현대소설多보기

안국선 **금수회의록**
이인직 **혈의 누**

C&A에듀

금수회의록, 혈의 누

초판 1쇄 | 2013년 2월 4일
　　 4쇄 | 2017년 2월 9일
2판 3쇄 | 2021년 12월 23일

엮은이 | C&A논술 연구팀
펴낸이 | 이재종
펴낸곳 | (주)C&A에듀
주소 | 서울시 강남구 도곡로 63길 23, 302호
전화 | 02-501-1681
팩스 | 02-569-0660
홈페이지 | www.cnaedu.co.kr
e_mail | rainbownonsul@hanmail.net

ISBN 979-89-6703-779-6

* 이 책의 국립중앙도서관 출판시도서목록(CIP)은 서지정보유통지원시스템 홈페이지
　(http://seoji.nl.go.kr)와 국가자료공동목록시스템(http://www.nl.go.kr/kolisnet)
　에서 이용하실 수 있습니다.(CIP제어번호: CIP2018005574)

논술로 通하는

현대소설多보기

안국선 **금수회의록**
이인직 **혈의 누**

C&A에듀

차례

혈의 누

펴내는글

문학작품은 작가의 사상과 감정이 언어로 구축된, 또 하나의 세계입니다. 우리는 이런 문학작품을 읽으면서 스스로 경험하지 못한 다양한 세계를 경험하고 이를 통해 새로운 깨달음을 얻습니다. 그렇기 때문에 청소년기의 독서는 꼭 필요합니다.

지금까지 '중·고등 필독 소설선'이라는 이름으로 다양한 도서가 발간되었지만, 이 책들은 학생들이 텍스트를 읽고 깊이 이해할 수 있는 다양한 방법을 제시하지 못했습니다. 그래서 C&A에듀에서는 토의·토론·논술 문제를 수록하여, 소설 작품을 읽은 학생들이 자기주도형 독서는 물론, 소설 작품에 대한 심층적인 토론이 가능한 《논술로 통하는 현대소설다보기》를 기획해 펴내게 되었습니다.

《논술로 통하는 현대소설다보기》는 '작품읽기', '내용확인', '토의문제', '논술문제', '작품해설'로 구성되어 있습니다.

'작품읽기'에서는 소설 전문(全文)을 실어 학생들이 소설의 전체를 읽고 이해할 수 있도록 했습니다. '작품읽기' 뒤에 오는 '내용확인'에서는 소설의 내용과 관련하여 선택·서술형 문제가 제시되어 있습니다. 학생들이 소설 전문을 읽은 뒤 문제를 풀면서 스스로 소설 내용의 이해 정도를 확인해 볼 수 있습니다. '토의문제'에서는 소설 내용과 관련된 주

> **66** 한 사람이 열 권의 책을 읽는 것보다
> 열 사람이 한 권의 책을 읽고 토론하는 것이 더 좋다. **99**

제어를 뽑아 토의·토론할 수 있는 문제를 실었습니다. 내용 이해 후 소설과 관련한 여러 주제로 토의를 해 봄으로써 사고를 확장시킬 수 있습니다. '논술문제'에서는 작품이 실렸던 대학별 기출문제를 활용하여 논제를 제시해 놓았습니다. 소설을 읽고, 토의·토론을 통해 확장된 사고를 글을 쓰면서 논리적으로 정리해 볼 수 있으며, 자연스럽게 서술형 내신과 나아가 입시논술도 대비할 수 있을 것입니다.

마지막으로 '작품해설'에서는 작품에 대한 폭넓은 이해를 돕고자 작품에 대한 배경지식을 학생들이 쉽게 이해할 수 있게 구성해 실어 놓았습니다.

저희 C&A에듀는 오랜 수업 경험에서 검증된 논제를 중심으로 토의·토론 수업을 할 수 있는 문제들을 만들었습니다. 학생들은 이 토의·토론을 통해 문학적 상상력과 통합적 사고력을 길러낼 수 있을 것입니다. 앞으로도 중·고등학생들의 문학에 대한 깊은 이해를 도우며, 논술 길라잡이가 되어 줄《논술로 통하는 현대소설다보기》시리즈를 지속적으로 발간하겠습니다.

금수회의록

서언(序言)

 머리를 들어 하늘을 우러러보니 일월과 성신이 천추의 빛을 잃지 아니하고, 눈을 떠서 땅을 굽어보니 강해와 산악이 만고의 형상을 변치 아니하도다. 어느 봄에 꽃이 피지 아니하며, 어느 가을에 잎이 떨어지지 아니하리오.

 우주는 의연히 백대에 한결같거늘, 사람의 일은 어찌하여 고금이 다르뇨? 지금 세상 사람을 살펴보니 애달프고, 불쌍하고, 탄식하고, 통곡할 만하도다.

 전인의 말씀을 듣든지 역사를 보든지 옛적 사람은 양심이 있어 천리를 순종하여 하나님께 가까웠거늘, 지금 세상은 인문이 결딴나서 도덕도 없어지고, 의리도 없어지고, 염치도 없어지고, 절개도 없어져서, 사람마다 더럽고 흐린 풍랑에 **빠지고** 헤어 나올 줄 몰라서 온 세상이 다 악한 고로, 그르고 옳음을 분별치 못하여 악독하기로 유명한 도척이 같은 도적놈은 청천백일에 사마를 달려 왕궁 국도에 횡행하되 사람이 보고 이상히 여기지 아니하고, **안자**같이 착한 사람이 **누항**에 있어서 한 도시락 밥을 먹고 한 표주박 물을 마시며 간난을 견디지 못하되 한 사람도 불쌍히 여기지 아니하니, 슬프다! 착한 사람과 악한 사람이 거꾸로 되고 충신과 역적이 바뀌었도다. 이같이 천리에 어기어지고 덕의가 없어서 더럽고, 어둡고, 어리석고, 악독하

안자(顏子) 중국 춘추 시대 말기의 학자이자 공자의 제자인 안회(顏回, B.C.521~B.C.490).
누항(陋巷) 좁고 지저분하며 더러운 거리.

여 금수만도 못한 이 세상을 장차 어찌하면 좋을꼬? 나도 또한 인간에 한 사람이라, 우리 인류 사회가 이같이 악하게 됨을 근심하여 매양 성현의 글을 읽어 성현의 마음을 본받으려 하더니, 마침 서창에 곤히 든 잠이 춘풍에 이익한 바 되매 유흥을 금치 못하여 **죽장망혜**로 녹수를 따르고 청산을 찾아서 한 곳에 다다르니, 사면에 **기화요초**는 우거졌고 시냇물 소리는 종종하여 인적이 고요한데, 흰 구름 푸른 수풀 사이에 현판 하나가 달렸거늘, 자세히 보니 다섯 글자를 크게 썼으되 '금수회의소'라 하고 그 옆에 문제를 걸었는데, '인류를 논박할 일'이라 하였고, 또 광고를 붙였는데, '하늘과 땅 사이에 무슨 물건이든지 의견이 있거든 의견을 말하고 방청을 하려거든 방청하되 다 각기 자유로 하라.' 하였는데, 그곳에 모인 물건은 길짐승, 날짐승, 버러지, 물고기, 풀, 나무, 돌 **등물**이 다 모였더라. 혼자 마음으로 가만히 생각하여 보니, 대저 사람은 만물지중에 가장 귀하고 제일 신령하여 천지의 **화육**을 도우며 하나님을 대신하여 세상 만물의 금수, 초목까지라도 다 맡아 다스리는 권능이 있고, 또 사람이 만일 **패악한** 일이 있으면 천히 여겨 금수 같은 행위라 하며, 사람이 만일 어리석고 하는 일이 없으면 초목같이 아무 생각도 없는 물건이라고 욕하나니, 그러면 금수, 초목은 천하고 사람은 귀하며 금수, 초목은 아무것도 모르고 사람은 신령하거늘, 지금 세상은 바뀌어서 금수, 초목이 도리어 사람의 **무도패덕함**을 공격하려 하니, 괴상하고 부끄럽고 **절통** 분하여 열었던 입을 다물지도 못하고 정신없이 섰더니,

---

죽장망혜(竹杖芒鞋) 대지팡이와 짚신이라는 뜻으로, 먼 길을 떠날 때의 아주 간편한 차림새를 이르는 말.
기화요초(琪花瑤草) 옥같이 고운 꽃과 풀.
등물(等物) 같은 종류의 물건.
화육(化育) 천지자연의 이치로 만물을 낳아서 기르는 것.
패악하다(悖惡-) 도리에 어그러지고 흉악하다.
무도패덕하다(無道悖德-) 도리와 의리에 어긋나서 막되다.
절통(切痛) 몹시 원통함.

개회 취지(開會趣旨)

별안간 뒤에서 무엇이 와락 떠다밀며,

"어서 들어갑시다. 시간 되었소."

하고 바삐 들어가는 서슬에 나도 따라 들어가서 방청석에 앉아 보니 각색 길짐승, 날짐승, 모든 버러지, 물고기 등물이 꾸역꾸역 들어와서 그 안에 **빽빽**하게 서고 앉았는데, 모인 물건은 형형색색이나 좌석은 **제제창창한데**, 장차 개회하려는지 규칙 방망이 소리가 똑똑 나더니, 회장인 듯한 한 물건이 머리에는 금색이 찬란한 큰 관을 쓰고, 몸에는 오색이 영롱한 의복을 입은 이상한 태도로 회장석에 올라서서 한 번 **읍하고**, **위의**가 엄숙하고 형용이 단정하게 딱 서서 여러 회원을 대하여 하는 말이,

"여러분이여, 내가 지금 여러분을 청하여 만고에 없던 일대 회의를 열 때에 한마디 말씀으로 개회 취지를 베풀려 하오니 재미있게 들어 주시기를 바라오.

대저 우리들이 거주하여 사는 이 세상은 당초부터 있던 것이 아니라, 지극히 거룩하시고 지극히 전능하신 하나님께서 조화로 만드신 것이라. 세계 만물을 창조하신 조화주를 곧 하나님이라 하나니, 일만 이치의 주인 되시는 하나님께서 세계를 만드시고 또 만물을 만들어 각색 물건이 세상에 생기게 하셨으니, 이같이 만드신 목적은 그 영광을 나타내어 모든 생물로 하여금 인자한 은덕을 베풀어 영원한 행복을 받게 하려 함이라. 그런고로 세상에 있는 모든 물건은 사람이든지 짐승이든지 초목이든지 무슨 물건이든지 다 귀하고 천한 분별이 없은즉, 어떤 것은 높고 어떤 것은 낮다 할 이치가 있으

제제창창하다(濟濟蹌蹌-) 몸가짐이 위엄이 있고 질서가 정연하다.
읍하다(揖-) 두 손을 맞잡아 얼굴 앞으로 들어 올리고 허리를 앞으로 공손히 구부렸다가 몸을 펴면서 손을 내리다.
위의(威儀) 위엄이 있는 태도나 차림새.

리오. 다 각각 천지의 기운을 타고 생겨서 이 세상에 사는 것인즉, 다 각기 천지 본래의 이치만 좇아서 하나님의 뜻대로 본분을 지키고, 한편으로는 제 몸의 행복을 누리고, 한편으로는 하나님의 영광을 나타낼지니, 그중에도 사람이라 하는 물건은 당초에 하나님이 만드실 때에 특별히 영혼과 도덕심을 넣어서 다른 물건과 다르게 하셨은즉, 사람들은 더욱 하나님의 뜻을 순종하여 천리 정도를 지키고 착한 행실과 아름다운 일로 하나님의 영광을 나타내어야 할 터인데, 지금 세상 사람의 하는 행위를 보니 그 하는 일이 모두 악하고 부정하여 하나님의 영광을 나타내기는 고사하고 도리어 하나님의 영광을 더럽게 하며 은혜를 배반하여 **제반악증**이 많도다. 외국 사람에게 아첨하여 벼슬만 하려 하고, 제 나라가 다 망하든지 제 동포가 다 죽든지 **불고하는** 역적 놈도 있으며, 임금을 속이고 백성을 해롭게 하여 나랏일을 결딴내는 소인 놈도 있으며, 부모는 자식을 사랑치 아니하고, 자식은 부모를 효도로 섬기지 아니하며 형제간에 재물로 인연하여 **골육상잔하기**를 일삼고, 부부간에 음란한 생각으로 화목지 아니한 사람이 많으니, 이 같은 인류에게 좋은 영혼과 제일 귀하다 하는 특권을 줄 것이 무엇이오.

하나님을 섬기던 천사도 악한 행실을 하다가 떨어져서 마귀가 된 일이 있거든 하물며 사람이야 더 말할 것 있소. 태곳적 맨 처음에 사람을 내실 적에는 영혼과 덕의심을 주셔서 만물 중에 제일 귀하다 하는 특권을 주셨으되 저희들이 그 권리를 내어 버리고 그 성품을 잃어버리니, 몸은 비록 사람의 형상이 그대로 있을지라도 만물 중에 가장 귀하다 하는 인류의 자격은 있다 할 수가 없소.

여러분은 금수라, 초목이라 하여 사람보다 천하다 하나, 하나님이 정하신

제반악증(諸般惡症) 여러 가지 악한 증세.
불고하다(不顧−) 돌보지 아니하다.
골육상잔하다(骨肉相殘−) 가까운 혈족끼리 서로 해치거나 죽이다.

법대로 행하여 기는 자는 기고, 나는 자는 날고, 굴에서 사는 자는 깃들임을 **침노치** 아니하며, 깃들인 자는 굴을 빼앗지 아니하고, 봄에 생겨서 가을에 죽으며, 여름에 나와서 겨울에 들어가니, 하나님의 법을 지키고 천지 이치대로 행하여 정도에 어김이 없은즉, 지금 여러분 금수, 초목과 사람을 비교하여 보면 사람이 도리어 낮고 천하며, 여러분이 도리어 귀하고 높은 지위에 있다 할 수 있소. 사람들이 이같이 제 자격을 잃고도 거만한 마음으로 오히려 만물 중에 제가 가장 귀하다, 높다, 신령하다 하여 우리 족속 여러분들을 멸시하니, 우리가 어찌 그 횡포를 받으리오. 내가 여러분의 마음을 찬성하여 하나님께 아뢰고 본 회의를 소집하였는데, 이 회의에서 결의할 안건은 세 가지 문제가 있소.

제일. 사람 된 자의 책임을 의논하여 분명히 할 일.

제이. 사람의 행위를 들어서 옳고 그름을 의논할 일.

제삼. 지금 세상 사람 중에 인류 자격이 있는 자와 없는 자를 조사할 일.

이 세 가지 문제를 토론하여 여러분과 사람의 관계를 분명히 하고, 사람들이 여전히 악한 행위를 하여 회개치 아니하면 그 동물의 사람이라 하는 이름을 빼앗고 이등 마귀라 하는 이름을 주기로 하나님께 **상주할** 터이니, 여러분은 이 뜻을 본받아 이 회의에서 결의한 일을 진행하시기를 바라옵나이다."

회장이 개회 취지를 연설하고 회장석에 앉으니, 한 모퉁이에서 우렁찬 소리로 회장을 부르고 일어서서 연단으로 올라간다.

침노하다(侵擄-) 성가시게 달라붙어 손해를 끼치거나 해치다.
상주하다(上奏-) 임금에게 말씀을 아뢰다.

제일석, 반포지효(反哺之孝) - 까마귀

프록코트를 입어서 전신이 새까맣고 똥그란 눈이 말똥말똥한데, 물 한 잔 조금 마시고 연설을 시작한다.

"나는 까마귀올시다. 지금 인류에 대하여 **소회**를 진술할 터인데 반포의 효라 하는 문제를 가지고 잠깐 말씀하겠소.

사람들은 만물 중에 제가 제일이라 하지마는, 그 행실을 살펴볼 지경이면 다 천리에 어기어져서 하나도 **가취할** 것이 없소. 사람들의 옳지 못한 일을 모두 다 들어 말씀하려면 너무 지리하겠기에 다만 사람들의 불효한 것을 가지고 말씀할 터인데, 옛날 동양 성인들이 말씀하기를 '효도는 덕의 근본이라.' '효도는 일백 행실의 근원이라.' '효도는 천하를 다스린다.' 하였고, 예수교 계명에도 '부모를 효도로 섬기라.' 하였으니, 효도라 하는 것은 자식 된 자가 **고연한** 직분으로 당연히 행할 일이올시다. 우리 까마귀의 족속은 먹을 것을 물고 돌아와서 어버이를 기르며, 효성을 극진히 하여 망극한 은혜를 갚아서, 하나님이 정하신 본분을 지키어 자자손손이 천만대를 내려가도록 가법을 변치 아니하는 고로, 옛적에 **백낙천**이라 하는 사람이 우리를 가리켜 새 중의 **증자**라 하였고, 《본초강목》에는 **자조**라 일컬었으니, 증자라 하는 양반은 부모에게 효도 잘하기로 유명한 사람이요, 자조라 하는 뜻은 사랑하는 새라 함이니, 부모는 자식을 사랑하고 자식은 부모에게 효도함이 하나님의 법이라. 우리는 그 법을 지키고 어기지 아니하거늘, 지금 세상 사람들이

반포지효(反哺之孝) 까마귀 새끼가 자라서 늙은 어미에게 먹이를 물어다 주는 효라는 뜻으로, 자식이 자란 후에 어버이의 은혜에 보답하는 효성을 이르는 말.
소회(所懷) 마음에 품고 있는 생각.
가취하다(可取-) 취할 만하다. 또는 쓸 만하다.
고연하다(固然-) 본디부터 그러하다.
백낙천(白樂天) 중국 중당 시대의 시인 백거이(白居易, 772~846).
증자(曾子) 《대학》의 저자로 알려진 중국의 철학자(B.C.505~B.C.436 추정). 효(孝)를 중요하게 여겼다.
자조(慈鳥) 새끼가 어미에게 먹이를 날라다 주는 인자한 새라는 뜻으로, 까마귀를 달리 이르는 말.

말하는 것을 보면 낱낱이 효자 같으되, 실상 하는 행실을 보면 주색잡기에 **침혹하여** 부모의 뜻을 어기며, 형제간에 재물로 다투어 부모의 마음을 상케 하며, 제 한 몸만 생각하고 부모가 주리되 돌아보지 아니하고, 여편네는 학식이라고 조금 있으면 주제넘은 마음이 생겨서 온화, 유순한 부덕을 잊어버리고 시집가서는 시부모 보기를 아무것도 모르는 어리석은 물건같이 대접하고, 심하면 원수같이 미워하기도 하니, 인류 사회에 효도 없어짐이 지금 세상보다 더 심함이 없도다. 사람들이 일백 행실의 근본 되는 효도를 알지 못하니 다른 것은 더 말할 것 무엇 있소. 우리는 천성이 효도를 주장하는 고로 **출천지효성** 있는 사람이면 우리가 감동하여 **노래자**를 도와서 종일토록 그 부모를 즐겁게 하여 주며, 증자의 갓 위에 모여서 효자의 아름다운 이름을 천추에 전케 하였고, 또 우리가 효도만 극진할 뿐 아니라 자고이래로 **사기**에 빛난 일이 한두 가지가 아니오니 대강 말씀하오리다.

　우리가 떼를 지어 논밭으로 내려갈 때 곡식을 해하는 버러지를 없애려고 가건마는, 사람들은 미련한 생각에 그 곡식을 파먹는 줄로 아는도다! 서양 책력 일천팔백칠십사 년에 미국 조류학자 피이르라 하는 사람이 우리 까마귀 족속 이천이백오십팔 마리를 잡아다가 배를 가르고 오장을 꺼내어 해부하여 보고 말하기를 '까마귀는 곡식을 해하지 아니하고 곡식에 해되는 버러지를 잡아먹는다.' 하였으니, 우리가 곡식밭에 가는 것은 곡식에 이가 되고 해가 되지 아니하는 것은 분명하고, 또 우리가 밤중에 우는 것은 공연히 우는 것이 아니요, 나라에서 법령이 아름답지 못하여 백성이 **도탄**에 **침륜하여**

침혹하다(沈惑-) 　무엇을 몹시 좋아하여 정신을 잃고 거기에만 빠지다.
출천지효성(出天之孝誠) 　본래부터 타고난 효성.
노래자(老萊子) 　초나라의 현인으로 중국 24효자의 한 사람. 난을 피해 몽산(蒙山) 남쪽에서 농사를 짓고 살았으며 72세에 아동복을 입은 어린애 장난을 하여서 노부모를 위안하였다.
사기(史記) 　역사적 사실을 기록한 책.
도탄(塗炭) 　진구렁과 숯불의 뜻으로, 백성의 생활이 몹시 쪼들려 비참하고 고통스러운 상태.
침륜하다(沈淪-) 　재산이나 권세 따위가 없어지고 보잘것없이 되다.

천하에 큰 병화가 일어날 징조가 있으면 우리가 아니 울 때에 울어서 사람들이 깨닫고 허물을 고쳐서 세상이 태평무사하기를 희망하고 권고함이요, **고소성 한산사에서 달은 넘어가고 서리 친 밤**에 쇠북을 주둥이로 쪼아 소리를 내서 **대망**에게 죽을 것을 살려 준 은혜를 갚았고, 한나라 효무제가 아홉 살 되었을 때에 그 부모는 **왕망**의 난리에 죽고 효무제 혼자 달아날새, 날이 저물어 길을 잃었거늘 우리들이 가서 인도하였고, 연 태자 단이 진나라에 볼모 잡혀 있을 때에 우리가 머리를 희게 하여 그 나라로 돌아가게 하였고, 진 문공이 **개자추**를 찾으려고 **면상산**에 불을 놓으매 우리가 연기를 에워싸고 타지 못하게 하였더니, 그 후에 진나라 사람이 그 산에 '은연대'라 하는 집을 짓고 우리의 은덕을 기념하였으며, 당나라 **이의부**는 글을 짓되 **상림**에 나무를 심어 우리를 준다 하였었고, 또 물병에 돌을 던지니 이솝이 상을 주고, 탁자의 포도주를 다 먹어도 프랭클린이 사랑하도다. 우리 까마귀의 **사적**이 이러하거늘, 사람들은 우리 소리를 듣고 흉한 징조라 길한 징조라 함은 저희들 마음대로 하는 말이요, 우리에게는 상관없는 일이라. 사람의 일이 흉하든지 길하든지 우리가 울 일이 무엇 있소? 그것은 사람들이 무식하고 어리석어서 저희들이 좋지 아니한 때에 흉하게 듣고 하는 말이로다. 사람이 염병이니 괴질이니 앓아서 죽게 된 때에 우리가 어찌하여 그 근처에 가서 울면, 사람들은 못생겨서 저희들이 약도 잘못 쓰고 위생도 잘못하여 죽는 줄은 알지 못하고 우리가 울어서 죽는 줄로만 알고, 저희끼리 욕설하려면

고소성 한산사에서 달은 넘어가고 서리 친 밤 장계(張繼)의 시 〈풍교야박(楓橋夜泊)〉의 첫 소절이다.
대망(大蟒) 전설상 동물의 하나인 이무기.
왕망(王莽) 중국의 단명한 나라인 신(新)의 창시자(B.C.45~A.D.23). 중국 역사에서 '찬탈자'로 알려져 있다.
개자추(介子推) 중국 춘추 시대의 은사(隱士). 망명하던 진나라 문공(文公)을 줄곧 도왔는데, 문공이 귀국하여 왕이 된 후 등용하지 않자 면산(緜山)에 숨었다.
면상산(綿上山) 면산(緜山).
이의부(李義府) 당나라 고종 재위기에 이부상서를 지냈던 인물로, 문장이 뛰어나고 사무에 정통하였다.
상림(霜林) 서리를 맞아 잎이 시든 수풀.
사적(事績) 일의 실적이나 공적.

염병에 까마귀 소리라 하니 아, 어리석기는 사람같이 어리석은 것은 세상에 또 없도다. 요순 적에도 봉황이 나왔고 왕망이 때도 봉황이 나오매, 요순 적 봉황은 상서라 하고 왕망이 때 봉황은 흉조처럼 알았으니, 물론 무슨 소리든지 사람이 근심 있을 때에 들으면 흉조로 듣고, 좋은 일 있을 때에 들으면 상서롭게 듣는 것이라. 무엇을 알고 하는 말은 아니요, 길하다 흉하다 하는 것은 듣는 저희에게 있는 것이요, 하는 우리에게 있는 것이 아니어늘, 사람들은 말하기를, 까마귀는 흉한 일이 생길 때에 와서 우는 것이라 하여 듣기 싫어하니, 사람들은 이렇듯 이치를 알지 못하는 어리석은 동물이라, 책망하여 무엇 하겠소.

또 우리는 아침에 일찍 해 뜨기 전에 집을 떠나서 사방으로 날아다니며 먹을 것을 구하여 부모 봉양도 하고, 나뭇가지를 물어다가 집도 짓고, 곡식에 해되는 버러지도 잡아서 하나님 뜻을 받들다가 저녁이 되면 반드시 내 집으로 돌아가되, 나가고 돌아올 때에 일정한 시간을 어기지 않건마는, 사람들은 점심때까지 자빠져서 잠을 자고, 한번 집을 떠나서 나가면 혹은 협잡질하기, 혹은 술장 보기, 혹은 계집의 집 뒤지기, 혹은 노름하기, 세월이 가는 줄을 모르고 저희 부모가 진지를 잡수었는지, 처자가 기다리는지 모르고 쏘다니는 사람들이 어찌 우리 까마귀의 족속만 하리오. 사람은 일 아니 하고 놀면서 잘 입고 잘 먹기를 좋아하되, 우리는 제가 벌어 제가 먹는 것이 옳은 줄 아는 고로 결단코 우리는 사람들 하는 행위는 아니 하오. 여러분도 다 아시거니와 우리가 사람에게 업수이 여김을 받을 까닭이 없음을 살피시오."

손뼉 소리에 연단을 내려가니, 또 한편에서 아리땁고도 밉살스러운 소리로 회장을 부르면서 깡뚱깡뚱 연설단을 향하여 올라가니, 어여쁜 태도는 남을 가히 호릴 만하고 갸웃거리는 모양은 본색이 드러나더라.

염병에 까마귀 소리 불길하여 귀에 아주 거슬리는 소리를 이르는 말.

제이석, 호가호위(狐假虎威) – 여우

여우가 연설단에 올라서서 기생이 시조를 부르려고 목을 가다듬는 것처럼 기침 한 번을 캑 하더니 간사한 목소리로 연설을 시작한다.

"나는 여우올시다. 점잖으신 여러분 모이신 데 감히 나와서 연설하옵기는 방자한 듯하오나, 저 인류에게 대하여 소회가 있삽기 호가호위라 하는 문제를 가지고 두어 마디 말씀을 하려 하오니, 비록 학문은 없는 말이나 용서하여 들어 주시기 바라옵니다.

사람들이 옛적부터 우리 여우를 가리켜 말하기를, 요망한 것이라 간사한 것이라고 하여 저희들 중에도 요망하든지 간사한 자를 보면 여우 같은 사람이라 하니, 우리가 그 더럽고 **괴악한** 이름을 듣고 있으나 우리는 참 요망하고 간사한 것이 아니요, 정말 요망하고 간사한 것은 사람이오. 지금 우리와 간사한 사람의 행위를 비교하여 보면 사람과 우리와 명칭을 바꾸었으면 옳겠소.

사람들이 우리를 간교하다 하는 것은 다름 아니라 《전국책》이라 하는 책에 기록하기를, 호랑이가 일백 짐승을 잡아먹으려고 구할새, 먼저 여우를 얻은지라, 여우가 호랑이더러 말하되, 하나님이 나로 하여금 모든 짐승의 어른이 되게 하셨으니, 지금 자네가 나의 말을 믿지 아니하거든 내 뒤를 따라와 보라. 모든 짐승이 나를 보면 다 두려워하느니라. 호랑이가 여우의 뒤를 따라가니, 과연 모든 짐승이 보고 벌벌 떨며 두려워하거늘, 호랑이가 여우의 말을 정말로 알고 잡아먹지 못한지라. 이는 저들이 여우를 보고 두려워한 것이 아니라 여우 뒤의 호랑이를 보고 두려워한 것이니, 여우가 호랑이의 위엄을 빌려서 모든 짐승으로 하여금 두렵게 함인데, 사람들은 이것을

호가호위(狐假虎威) 여우가 호랑이의 위엄을 빌린다는 뜻으로, 남의 권세를 빌려 허세를 부리는 것을 이르는 말.
괴악하다(怪惡-) 고약하다.

빙자하여 우리 여우더러 간사하니 교활하니 하되, 남이 나를 죽이려 하면 어떻게 하든지 죽지 않도록 주선하는 것은 당연한 일이라. 호랑이가 아무리 산중 영웅이라 하지마는 우리에게 속은 것만 어리석은 일이라. 속인 우리야 무슨 **불가한** 일이 있으리오.

지금 세상 사람들은 당당한 하나님의 위엄을 빌려야 할 터인데, 외국의 세력을 빌려 의뢰하여 몸을 보전하고 벼슬을 얻어 하려 하며, 타국 사람을 **부동하여** 제 나라를 망하고 제 동포를 압박하니, 그것이 우리 여우보다 나은 일이오? 결단코 우리 여우만 못한 물건들이라 하옵네다. (손뼉 소리 천지진동)

또 나라로 말할지라도 대포와 총의 힘을 빌려서 남의 나라를 위협하여 속국도 만들고 보호국도 만드니, 불한당이 칼이나 **육혈포**를 가지고 남의 집에 들어가서 재물을 탈취하고 부녀를 겁탈하는 것이나 다를 것이 무엇 있소? 각국이 평화를 보전한다 하여도 하나님의 위엄을 빌려서 도덕상으로 평화를 유지할 생각은 조금도 없고, 전혀 병장기의 위엄으로 평화를 보전하려 하니, 우리 여우가 호랑이의 위엄을 빌려서 제 몸의 죽을 것을 피한 것과 어떤 것이 옳고 어떤 것이 그르오? 또 세상 사람들이 구미호를 요망하다 하나, 그것은 대단히 잘못 아는 것이라. 옛적 책을 볼지라도 꼬리 아홉 있는 여우는 상서라 하였으니, 《잠학거류서》라 하는 책에는 말하였으되, '구미호가 도 있으면 나타나고, 나올 적에는 글을 물어 상서를 주문에 지었다.' 하였고, 왕포 《사자강덕론》이라 하는 책에는 '주나라 문왕이 구미호를 응하여 동편 오랑캐를 돌아오게 하였다.' 하였고, 《산해경》이라 하는 책에는 '청구국에 구미호가 있어서 덕이 있으면 오느니라.' 하였으니, 이런 책을 볼지라

불가하다(不可−) 옳지 않다.
부동하다(符同−) 그른 일에 어울려 한통속이 되다.
육혈포(六穴砲) 탄알을 재는 구멍이 여섯 개 있는 권총.

도 우리 여우를 요망한 것이라 할 까닭이 없거늘, 사람들이 무식하여 이런 것은 알지 못하고 '여우가 천 년을 묵으면 요사스러운 여편네로 화한다.' 하고, 혹은 말하기를 '옛적에 음란한 계집이 죽어서 여우로 태어났다.' 하니, 이런 거짓말이 어디 또 있으리오. 사람들은 음란하여 별일이 많되 우리 여우는 그렇지 않소. 우리는 분수를 지켜서 다른 짐승과 교통하는 일이 없고, 우리뿐 아니라 여러분이 다 그러하시되 사람이라 하는 것들은 음란하기가 짝이 없소. 어떤 나라 계집은 개와 통간한 일도 있고, 말과 통간한 일도 있으니, 이런 일은 천하만국에 한두 사람뿐이겠지마는, 한 숟가락 국으로 온 솥의 맛을 알 것이라. 근래에 덕의가 끊어지고 인도가 없어져서 세상이 결딴난 일을 이루 다 말할 수 없소. 사람의 행위가 그러하되 오히려 하나님을 두려워하지 아니하며 짐승을 부끄러워하지 아니하고, 대갓집 규중 여자가 **논다니**로 놀아나서 이 사람 저 사람 호리기와 **각부아문 공청**에서 기생 불러 놀음 놀기, **전정**이 만 리 같은 각 학교 학도들이 **청루** 방에 다니기와, 제 혈육으로 난 자식을 돈 몇 푼에 욕심나서 논다니로 내어놓기, 이런 행위를 볼작시면 말하는 내 입이 다 더러워지오. 에 더러워. 천지간에 더럽고 요망하고 간사한 것은 사람이오. 우리 여우는 그렇지 않소. 저들끼리 간사한 사람을 보면 여우라 하니, 그러한 사람을 여우라 할진댄 지금 세상 사람 중에 여우 아닌 사람이 몇몇이나 있겠소? 또 저희들은 서로 여우 같다 하여도 가만히 듣고 있으되, 만일 우리더러 사람 같다 하면 우리는 그 이름이 더러워서 아니 받겠소. 내 소견 같으면 이후로는 사람을 사람이라 하지 말고 여우라 하고, 우리 여우를 사람이라 하는 것이 옳은 줄로 아나이다."

논다니 웃음과 몸을 파는 여자를 속되게 이르는 말.
각부아문(各部衙門) 각각의 상급 관청.
공청(公廳) 벼슬아치들이 나랏일을 보는 집.
전정(前程) 장차 나아갈 길.
청루(青樓) 창기(娼妓)나 창녀들이 있는 집.

제삼석, 정와어해(井蛙語海) - 개구리

여우가 연설을 그치고 **할금할금** 돌아보며 제자리로 내려가니, 또 한편에서 회장을 부르고 아장아장 걸어와서 연단 위에 깡충 뛰어 올라간다. 눈은 톡 불거지고 배는 똥똥하고 키는 작달막한데 눈을 깜작깜작하며 입을 벌죽벌죽하고 연설한다.

"나의 성명은 말씀 아니 하여도 여러분이 다 아시리다. 나는 출입이라고는 미나리 논밖에 못 가본 고로 세계 형편도 모르고, 또 맹꽁이를 이웃하여 산 고로 구학문의 맹자 왈 공자 왈은 대강 들었으나 신학문은 아는 것이 변변치 아니하나, 지금 정와의 어해라 하는 문제로 대강 인류 사회를 논란코자 하옵네다.

사람들은 거만한 마음이 많아서 저희들이 천하에 제일이라 하고, 만물 중에 저희가 가장 귀하다고 자칭하지마는, 제 나랏일도 잘 모르면서 **양비대담하고** 큰소리 탕탕하고 주제넘은 말 하는 것들 우스웁디. 우리 개구리를 가리켜 말하기를, '우물 안 개구리와 바다 이야기 할 수 없다.' 하니, 항상 우물 안에 있는 개구리는 우물이 좁은 줄만 알고 바다에는 가보지 못하여 바다가 큰지 작은지, 넓은지 좁은지, 긴지 짧은지, 깊은지 얕은지 알지 못하나 못 본 것을 아는 체는 아니 하거늘, 사람들은 좁은 소견을 가지고 외국 형편도 모르고 천하대세도 살피지 못하고 공연히 떠들며, 무엇을 아는 체하고 나라는 다 망하여 가건마는 썩은 생각으로 갑갑한 말만 하는도다. 또 어떤 사람들은 제 나라 안에 있어서 제 나랏일도 다 알지 못하면서 보도 듣도 못한 다른 나라 일을 다 아노라고 추척대니 가증하고 우습도다. 연전에 어

정와어해(井蛙語海) 우물 안 개구리가 감히 바다에 대해 말한다는 뜻으로 어리석음을 이르는 말.
할금할금 곁눈으로 살그머니 자꾸 할겨 보는 모양.
양비대담하다(攘臂大談-) 소매를 걷어 올리고 큰소리를 치다.

느 나라 어떤 대관이 외국 대관을 만나서 수작할새 외국 대관이 묻기를,

'대감이 지금 내부대신으로 있으니 전국의 인구와 호수가 얼마나 되는지 아시오?'

한데 그 대관이 묵묵히 무언하는지라. 또 묻기를,

'대감이 전에 **탁지**대신을 지내었으니 전국의 **결총**과 국고의 세출, 세입이 얼마나 되는지 아시오?'

한데 그 대관이 또 아무 말도 못 하는지라. 그 외국 대관이 말하기를,

'대감이 이 나라에 나서 이 정부의 대신으로 이같이 모르니 귀국을 위하여 **가석하도다.**'

하였고, 작년에 어느 나라 내부에서 각 읍에 훈령하고 부동산을 조사하여 보아라 하였더니, 어떤 군수는 보하기를, '이 고을에는 부동산이 없다.' 하여 일세의 웃음거리가 되었으니, 이같이 제 나라 일도 크나 작으나 도무지 아는 것 없는 것들이 일본이 어떠하니, **아라사**가 어떠하니, **구라파**가 어떠하니, **아미리가**가 어떠하니 제가 가장 아는 듯이 지껄이니 기가 막히오. 대저 천지의 이치는 무궁무진하여 만물의 주인 되시는 하나님밖에 아는 이가 없는지라, 《논어》에 말하기를 '하나님께 죄를 얻으면 빌 곳이 없다.' 하였는데, 그 주에 말하기를 '하나님은 곧 이치라.' 하였으니, 하나님이 곧 이치요, 하나님이 곧 만물 이치의 주인이라. 그런고로 하나님은 곧 조화주요, 천지만물의 대**주재**시니 천지만물의 이치를 다 아시려니와, 사람은 다만 천지간의 한 물건인데 어찌 이치를 알 수 있으리오. 여간 좀 연구하여 아는 것이

탁지(度支)　대한 제국 때에 둔, 국가 전반의 재정을 맡아 보던 중앙 관청. 탁지부(度支部).
결총(結總)　조선 시대에, 토지세 징수의 기준이 된 논밭 면적의 전체 수.
가석하다(可惜-)　애틋하게 아깝고 가엾다.
아라사(俄羅斯)　'러시아'의 음역어.
구라파(歐羅巴)　'유럽'의 음역어.
아미리가(亞美利加)　'미국'의 음역어.
주재(主宰)　어떤 일을 중심이 되어 맡아 처리하는 사람. 주재자(主宰者).

있거든 그 아는 대로 세상에 유익하고 사회에 효험 있게 아름다운 사업을 영위할 것이어늘, 조그만치 남보다 먼저 알았다고 그 지식을 이용하여 남의 나라 빼앗기와 남의 백성 학대하기와 군함, 대포를 만들어서 악한 일에 종사하니, 그런 나라 사람들은 당초에 사람 되는 영혼을 주지 아니하였더면 도리어 좋을 뻔하였소. 또 더욱 도리에 어기어지는 일이 있으니, 나의 지식이 저 사람보다 조금 낫다고 하면 남을 가르쳐 준다 하고 실상은 해롭게 하며, 남을 인도하여 준다 하고 제 욕심 채우는 일만 하며, 어떤 사람은 제 나라 형편도 모르면서 타국 형편을 아노라고 외국 사람을 부동하여, 임금을 속이고 나라를 해치며 백성을 위협하여 재물을 도둑질하고 벼슬을 도둑하며 개화하였다 자칭하고, 양복 입고, 단장 짚고, 궐련 물고, 시계 차고, **살죽경** 쓰고, 인력거나 **자행거** 타고, 제가 외국 사람인 체하여 제 나라 동포를 압제하며, 혹은 외국 사람 상종함을 영광으로 알고 아첨하며, 제 나라 일을 변변히 알지도 못하는 것을 가르쳐 주며, 여간 월급냥이나 벼슬아치나 얻어 하느라고 남의 나라 정탐꾼이 되어 애매한 사람 모함하기, 어리석은 사람 위협하기로 능사를 삼으니, 이런 사람들은 안다 하는 것이 도리어 큰 병통이 아니오?

우리 개구리의 족속은 우물에 있으면 우물에 있는 분수를 지키고, 미나리 논에 있으면 미나리 논에 있는 분수를 지키고, 바다에 있으면 바다에 있는 분수를 지키나니, 그러면 우리는 사람보다 상등이 아니오니까? (손뼉 소리 짤각짤각)

또 무슨 동물이든지 자식이 아비 닮는 것은 하나님의 정하신 뜻이라. 우리 개구리는 대대로 자식이 아비 닮고 손자가 할아비를 닮되, 형용도 똑같고 성품도 똑같아서 추호도 틀리지 않거늘, 사람의 자식은 제 아비 닮는 것이

살죽경 안경.
자행거(自行車) 예전에 '자전거'를 이르던 말.

별로 없소. 요임금의 아들이 요임금을 닮지 아니하고, 순임금의 아들이 순임금과 같지 아니하고, **하우씨**와 은왕 **성탕**은 성인이로되, 그 자손 중에 포학하기로 유명한 **걸, 주** 같은 이가 났고, **왕건** 태조는 영웅이로되 **왕우, 왕창**이가 생겼으니, 일로 보면 개구리 자손은 개구리를 닮되 사람의 새끼는 사람을 닮지 아니하도다. 그러한즉 천지자연의 이치를 지키는 자는 우리가 사람에게 비교할 것이 아니요, 만일 아비를 닮지 아니한 자식을 마귀의 자식이라 할진대 사람의 자식은 다 마귀의 자식이라 하겠소.

또 우리는 관가 땅에 있으면 관가를 위하여 울고, **사사** 땅에 있으면 사사를 위하여 울거늘, 사람은 한 번만 벼슬자리에 오르면 붕당을 세워서 권리 다툼하기와, 권문세가에 아첨하러 다니기와, 백성을 잡아다가 주리 틀고 돈 빼앗기와 무슨 일을 당하면 청촉 듣고 뇌물 받기와 나랏돈 도적질하기와 인민의 고혈을 빨아먹기로 종사하니, 날더러 도적놈 잡으라 하면 벼슬하는 관인들은 거반 다 감옥서 감이요, 또 우리들의 우는 것이 울 때에 울고, 길 때에 기고, 잠잘 때에 자는 것이 천지 이치에 합당하거늘, **불란서**라 하는 나라 양반들이 우리 개구리의 우는 소리를 듣기 싫다고 백성들을 불러 개구리를 다 잡으라 하다가, 마침내 혁명당이 일어나서 난리가 되었으니, 사람같이 무도한 것이 세상에 또 있으리오. 당나라 때에 한 사람이 우리를 두고 글을 짓되, '개구리가 도의 맛을 아는 것 같아 연꽃 깊은 곳에서 운다.' 하였으니, 우리의 도덕심 있는 것은 사람도 아는 것이라. 우리가 어찌 사람에게 굴복하리오. 동양 성인 공자께서 말씀하시기를, '아는 것은 안다 하고, 알지

하우씨(夏禹氏) 중국 하나라의 우임금을 이르는 말.
성탕(成湯) 중국 은나라 초대 왕인 탕왕(湯王)의 다른 이름.
걸, 주(桀, 紂) 걸은 하나라의 마지막 왕이고, 주는 은나라의 마지막 왕이다. 두 사람 모두 폭군으로 불린다.
왕건(王建) 고려의 초대 왕(877~943). 뛰어난 정치력으로 고려를 창건하고 후삼국을 통일했다.
왕우, 왕창(王禑, 王昌) 왕우는 고려 32대 왕, 왕창은 고려 33대 왕의 이름이다.
사사(私私) 개인 자격으로서의 사람.
불란서(佛蘭西) '프랑스'의 음역어.

못하는 것은 알지 못한다 하는 것이 정말 아는 것이라.' 하셨으니, 저희들이 천박한 지식으로 남을 속이기를 능사로 알고 천하만사를 모두 아는 체하니, 우리는 이같이 거짓말은 하지 아니하오. 사람이란 것은 하나님의 이치를 알지 못하고 악한 일만 많이 하니 그대로 둘 수가 없으니, 차후는 사람이라 하는 명칭을 주지 마는 것이 대단히 옳을 줄로 생각하오."

넙죽넙죽 하는 말이 **소진, 장의**가 오더라도 당치 못할러라. 말을 그치고 내려오니 또 한편에서 회장을 부르고 나는 듯이 연설단에 올라간다.

제사석, 구밀복검(口蜜腹劍) – 벌

허리는 잘록하고 체격은 조그마한데 두 어깨를 떡 벌리고 청량한 소리로 머리를 까딱까딱하면서 연설한다.

"나는 벌이올시다. 지금 구밀복검이라 하는 문제를 가지고 잠깐 두어 마디 말씀할 터인데, 먼저 서양서 들은 이야기를 잠깐 하오리다.

당초에 천지개벽할 때에 하나님이 에덴동산을 준비하사 각색 초목과 각색 짐승을 그 안에 두고 사람을 만들어 거기서 살게 하시니, 그 사람의 이름은 아담이라 하고 그 아내는 **이와**라 하였는데, 지금 온 세상 사람들의 조상이라. 사람은 특별히 모양이 하나님과 같고 마음도 하나님과 같게 하였으니, 사람은 곧 하나님의 아들이라 하는 뜻을 잊지 말고 하나님의 마음을 본받아 지극히 착하게 되어야 할 터인데, 아담과 이와가 죄를 짓고 에덴동산에서 쫓겨난지라. 우리 벌의 조상은 죄도 아니 짓고 하나님의 뜻대로 순종

소진, 장의(蘇秦, 張儀) 중국 전국 시대의 정치가들로, 두 사람 다 언변이 뛰어났다.
구밀복검(口蜜腹劍) 입에는 꿀이 있고 배 속에는 칼이 있다는 뜻으로, 말로는 친한 듯하나 속으로는 해칠 생각이 있음을 이르는 말.
이와 이브.

하여 각색 초목의 꽃으로 우리의 전답을 삼고 꿀을 농사하여 양식을 만들어 복락을 누리니, 조상 적부터 우리가 사람보다 나은지라. 세상이 오래되어 갈수록 사람은 하나님과 더욱 멀어지고, 오늘날 와서는 거죽은 사람의 형용이 그대로 있지마는 실상은 **시랑**과 마귀가 되어 서로 싸우고, 서로 죽이고, 서로 잡아먹어서, 약한 자의 고기는 강한 자의 밥이 되고, 큰 것은 작은 것을 압제하여 남의 권리를 **늑탈하여** 남의 재산을 속여 빼앗으며, 남의 토지를 앗아 가며, 남의 나라를 위협하여 망케 하니, 그 흉측하고 악독함을 무엇이라 이르겠소? 사람들이 우리 벌을 독한 사람에게 비유하여 말하기를, '입에 꿀이 있고 배에 칼이 있다.' 하나 우리 입의 꿀은 남을 꾀이려 하는 것이 아니라 우리 양식을 만드는 것이요, 우리 배의 칼은 남을 공연히 쏘거나 찌르는 것이 아니라 남이 나를 해치려 하는 때에 정당방위로 쓰는 칼이요, 사람같이 입으로는 꿀같이 말을 달게 하고 배에는 칼 같은 마음을 품은 우리가 아니오. 또 우리의 입은 항상 꿀만 있으되 사람의 입은 변화가 무쌍하여 꿀같이 단 때도 있고, 고추같이 매운 때도 있고, 칼같이 날카로운 때도 있고, 비상같이 독한 때도 있어서, 맞대하였을 때에는 꿀을 들어붓는 것같이 달게 말하다가 돌아서면 흉보고, 욕하고, 노여워하고, 악담하며, 좋아지낼 때에는 깨소금 항아리같이 고소하고 맛있게 수작하다가, 조금만 미흡한 일이 있으면 죽일 놈 살릴 놈 하며 **무성포**가 있으면 곧 놓아 죽이려 하니 그런 악독한 것이 어디 또 있으리오. 에, 여러분, 여보시오, 그래, 우리 짐승 중에 사람들처럼 그렇게 악독한 것들이 있단 말이오? (손뼉 소리 귀가 막막)

사람들이 서로 욕설하는 소리를 들으면 참 귀로 들을 수 없소. 별 흉악망측한 말이 많소. '빠가' '갓뎀' 같은 욕설은 오히려 관계치 않소. '네밀 붙을

시랑(豺狼) 승냥이와 이리. 여기서는 탐욕이 많고 무자비한 사람을 말한다.
늑탈하다(勒奪−) 폭력이나 위력을 써서 강제로 빼앗다.
무성포(無聲砲) 소리 안 나는 총.

놈' '염병에 땀을 못 낼 놈' 하는 욕설은 제 입을 더럽히고 제 마음 악한 줄을 모르고 얼씬하면 이런 욕설을 함부로 하니 어떻게 흉악한 소리요. 에, 사람의 입에는 도덕상 좋은 말은 별로 없고 못된 소리만 쓸데없이 지저귀니 그것들을 사람이라고? 그것들을 만물 중에 가장 귀한 것이라고? 우리는 천지간의 미물이로되 그렇지는 않소. 또 우리는 임금을 섬기되 충성을 다하고, 장수를 뫼시되 군령이 분명하여, 다 각각 직업을 지켜 일을 부지런히 하여 주리지 아니하거늘, 어떤 나라 사람들은 제 임금을 죽이고 역적의 일을 하며 제 장수의 명령을 복종치 아니하고 **난병**도 되며, 백성들은 게을러서 아무 일도 아니 하고 공연히 쏘다니며 놀고 먹고 놀고 입기 좋아하며, 술이나 먹고, 노름이나 하고, 계집의 집이나 찾아다니고, 협잡이나 하고, 그렁저렁 세월을 보내어 집이 구차하고 나라가 간난하니 사람으로 생겨나서, 우리 벌들보다 낫다 하는 것이 무엇이오? 서양의 어느 학자가 우리를 두고 노래를 지었으니,

아침 이슬 저녁볕에

이 꽃 저 꽃 찾아가서

부지런히 꿀을 물고

제 집으로 돌아와서

반은 먹고 반은 두어

겨울 양식 저축하여

무한 복락 누릴 때에

하나님의 은혜라고

빛난 날개 좋은 소리

아름답게 찬미하네

난병(亂兵) 규율이 잡히지 아니한 군대.

그래, 사람 중에 사람스러운 것이 몇이나 있소? 우리는 사람들에게 **시비**들을 것 조금도 없소. 사람들의 악한 행위를 말하려면 끝이 없겠으나 시간이 부족하여 그만둡네다."

제오석, 무장공자(無腸公子) ─ 게

벌이 연설을 그치고 미처 연설단에 내려서기 전에 또 한편에서 회장을 부르고 나오니, 모양이 기괴하고 눈에 **영채**가 있어 힘센 장수같이 두 팔을 쩍 벌리고 어깨를 추썩추썩하며 하는 말이,

"나는 게올시다. 지금 무장공자라 하는 문제로 연설할 터인데, 무장공자라 하는 말은 창자 없는 물건이라 하는 말이니, 옛적에 **포박자**라 하는 사람이 우리 게의 족속을 가리켜 무장공자라 하였으니 대단히 무례한 말이로다. 그래, 우리는 창자가 없고 사람들은 창자가 있소? 시방 세상에 사는 사람 중에 옳은 창자 가진 사람이 몇 명이나 되겠소? 사람의 창자는 참 썩고 흐리고 더럽소. 의복은 **능라주의**로 지르르 흐르게 잘 입어서 외양은 좋아도 다 가죽만 사람이지 그 속에는 똥밖에 아무것도 없소. 좋은 칼로 배를 가르고 그 속을 보면, 구린내가 물큰물큰 나오. 지금 어떤 나라 정부를 보면 깨끗한 창자라고는 아마 몇 개가 없으리다. 신문에 그렇게 나무라고, 사회에서 그렇게 시비하고, 백성이 그렇게 원망하고, 외국 사람이 그렇게 욕들을 하여도 모르는 체하니 이것이 창자 있는 사람들이오? 그 정부에 옳은 마음 먹고 벼슬

시비(是非) 일의 옳고 그름. 시시비비(是是非非).
무장공자(無腸公子) 창자가 없는 게라는 뜻으로, 여기서는 줏대 없는 인간을 이르는 말이다.
영채(映彩) 환하게 빛나는 고운 빛깔.
포박자(抱朴子) 중국의 도교 사상가이자 의학자인 갈홍(葛洪, 283~342 추정)의 호. 유교 윤리와 도교의 비술을 결합하려 애썼다.
능라주의(綾羅紬衣) 비단옷과 명주옷을 아울러 이르는 말.

하는 사람 누가 있소? 한 사람이라도 있거든 있다고 하시오. **만판 경륜**이 임금 속일 생각, 백성 잡아먹을 생각, 나라 팔아먹을 생각밖에 아무 생각 없소. 이같이 썩고 더럽고 똥만 들어서 구린내가 물큰물큰 나는 창자는 우리의 없는 것이 도리어 낫소. 또 욕을 보아도 성낼 줄도 모르고, 좋은 일을 보아도 기뻐할 줄 알지 못하는 사람이 많이 있소. 남의 압제를 받아 살 수 없는 지경에 이르되 깨닫고 분한 마음 없고, 남에게 그렇게 욕을 보아도 노여워할 줄 모르고 종노릇하기만 좋게 여기고 달게 여기며, 관리의 무례한 압박을 당하여도 자유를 찾을 생각이 도무지 없으니, 이것이 창자 있는 사람들이라 하겠소? 우리는 창자가 없다 하여도 남이 나를 해치려 하면 죽더라도 가위로 집어 한 놈 물고 죽소. 내가 한 번 어느 나라에 지나다가 보니 외국 병정이 지나가는데, 그 나라 부인을 건드려 젖통이를 만지려 하매 그 부인이 소리를 지르고 욕을 한즉, 그 병정이 발로 차고 손으로 때려서 행악이 무쌍한지라. 그 나라 사람들이 모여 서서 그것을 구경만 하고 한 사람도 대들어 그 부인을 도와주고 구원하여 주는 사람이 없으니, 그 사람들은 그 부인이 외국 사람에게 당하는 것을 상관없는 줄로 알아서 그러한지 겁이 나서 그러한지, 결단코 남의 일이 아니라 저의 동포가 당하는 일이니 저희들이 당함이어늘, 그것을 보고 분낼 줄 모르고 도리어 웃고 구경만 하니, 그 부인의 오늘날 당하는 욕이 내일 제 어미나 제 아내에게 또 돌아올 줄을 알지 못하는가? 이런 것들이 창자 있다고 사람이라 **자긍하니** 허리가 아파 못살겠소. 창자 없는 우리 게는 어찌하면 좋겠소? 나라에 경사가 있으되 기뻐할 줄 알지 못하여 국기 하나 내어 꽂을 줄 모르니 그것이 창자 있는 것이오? 그런 창자는 부럽지 않소. 창자 없는 우리 게의 행한 사적을 좀 들어 보

만판 마음껏 흡족하고 충분하게.
경륜(經綸) 어떤 포부를 가지고 일을 조직하고 계획함.
자긍하다(自矜-) 스스로를 자랑스러워하다.

시오. 송나라 때 추호라 하는 사람이 채경에서 사로잡혀 소주로 귀양 갈 때 우리가 구원하였으며, 산주 구세라 하는 때에 한 처녀가 죽게 된 것을 살려 내느라고 큰 뱀을 우리 가위로 잘라 죽였으며, 산신과 싸워서 호인의 배를 구원하였고, 객사한 송장을 드러내어 음란한 계집의 죄를 발각하였으니, 우리의 행한 일은 다 옳고 아름다운 일이오, 사람같이 더러운 일은 하지 않소. 또 사람들도 우리의 행위를 자세히 아는 고로 '**게도 제 구멍이 아니면 들어가지 아니한다.**'는 속담이 있소. 참 그러하지요. 우리는 암만 급하더라도 들어갈 구멍이라야 들어가지, 부당한 구멍에는 들어가지 않소. 사람들을 보면 부당한 데로 들어가는 사람이 많소. 부모처자를 내버리고 중이 되어 산속으로 들어가는 이도 있고, **여염집** 부인네들은 음란한 생각으로 불공한다 핑계하고 절간 초막으로 들어가는 이도 있고, 명예 있는 신사라 자칭하고 쓸데없는 돈 내버리러 기생집에 들어가는 이도 있고, 옳은 길 내버리고 그른 길로 들어가는 사람, 옳은 종교 싫다 하고 이단으로 들어가는 사람, 돌을 안고 못으로 들어가는 사람, 섶을 지고 불로 들어가는 사람, 이루 다 말할 수 없소. 당연히 들어갈 데와 못 들어갈 데를 분별치 못하고 못 들어갈 데를 들어가서 화를 당하고 패를 보고 해를 끼치니, 이런 사람들이 무슨 창자 있노라고 우리의 창자 없는 것을 비웃소? 지금 사람들을 보면 그 창자가 다 썩어서 **미구**에 창자 있는 사람은 한 개도 없이 다 무장공자가 될 것이니, 이다음에는 사람더러 무장공자라 불러야 옳겠소."

게도 제 구멍이 아니면 들어가지 아니한다 남의 영역을 함부로 침입하지 않는다는 말.
여염집(閭閻−) 일반 백성의 살림집.
미구(未久) 얼마 오래지 아니함.

제육석, 영영지극(營營之極) - 파리

게가 입에서 거품이 부걱부걱 나오며 **수용산출**로 하던 말을 그치고 엉금엉금 기어 내려가니, 파리가 또 회장을 부르고 나는 듯이 연단에 올라가서 두 손을 싹싹 비비면서 말을 한다.

"나는 파리올시다. 사람들이 우리 파리를 가리켜 말하기를, '파리는 간사한 소인이라.' 하니, 대저 사람이라 하는 것들은 저의 흉은 살피지 못하고 다만 남의 말은 잘하는 것들이오. 간사한 소인의 성품과 태도를 가진 것들은 사람들이오. 우리는 결단코 소인의 성품과 태도를 가진 것이 아니오. 《시전》이라 하는 책에 말하기를, '**영영**한 푸른 파리가 횃대에 앉았다.' 하였으니, 이것은 우리를 가리켜 한 말이 아니라 사람들을 비유한 말이오. 옛 글에 '방에 가득한 파리를 쫓아도 없어지지 않는다.' 하는 말도 우리를 두고 한 말이 아니라, 사람 중의 간사한 소인을 가리켜 한 말이오. 우리는 결단코 간사한 일은 하지 아니하였소마는, 인간에는 참 소인이 많습디다. 사슴을 가리켜 말이라 하여 임금을 속인 것이 비단 **조고** 한 사람뿐 아니라, 지금 망하여 가는 나라 조정을 보면 온 정부가 다 조고 같은 간신이요, 천자를 끼고 제후에게 호령함이 또한 **조조** 한 사람뿐 아니라, 지금은 도덕은 떨어지고 **효박한** 풍기를 보면 온 세계가 다 조조 같은 소인이라 웃음 속에 칼이 있고 말 속에 총이 있어, 친구라고 사귀다가 저 잘되면 차버리고, 동지라고 상종타

영영지극(營營之極) 세력이나 이익을 취하기 위하여 악착같이 여기저기 왕래하는 모양.
수용산출(水湧山出) 물이 용솟음치고 산이 우뚝 솟는다는 뜻으로, 시나 글을 지을 때 풍부한 생각이 샘솟듯 떠오르는 상태를 이른다.
영영하다(營營-) 가만히 있지 못하고 이리저리 쏘다니는 모양이 매우 번잡스럽다.
조고(趙高) 중국의 내시(?~B.C.207). 통일 제국 진의 시황제(始皇帝)가 죽고 난 후 정권을 장악하려는 음모를 꾸몄으며, 그 결과 진이 몰락하였다.
조조(曹操) 위나라의 시조(155~220). 황건의 난을 평정한 공으로 실권을 장악하였으며, 중국이 삼분된 이후 위나라의 왕이 되었다. 권모에 능하고 시문을 잘하였다.
효박하다(淆薄-) 인정이나 풍속이 어지럽고 각박하다.

가 남 죽이고 저 잘되기, 누구누구는 **빈천지교** 저버리고 **조강지처** 내쫓으니 그것이 사람이며, 아무아무 **유지지사** 고발하여 감옥서에 몰아넣고 저 잘되기 희망하니, 그것도 사람인가? 쓸개에 가 붙고 간에 가 붙어 요리조리 알씬알씬하는 사람 정말 밉기도 밉습디다. 여러분도 다 아시거니와 그래 **공담**으로 말하자면 우리가 소인이오, 사람들이 **간물**이오? 생각들 하여 보시오. 또 우리는 먹을 것을 보면 혼자 먹는 법 없소. 여러 족속을 청하고 여러 친구를 불러서 화락한 마음으로 한가지로 먹지마는, 사람들은 이 끝만 보면 형제간에도 의가 상하고 일가간에도 정이 없어지며, 심한 자는 서로 골육상쟁하기를 예사로 아니, 참 기가 막히오. 동포끼리 서로 사랑하고, 서로 구제하는 것은 하나님의 이치어늘 사람들은 과연 저희 동포끼리 서로 사랑하는가? 저들끼리 서로 **빼앗고**, 서로 싸우고, 서로 시기하고, 서로 흉보고, 서로 총을 놓아 죽이고, 서로 칼로 찔러 죽이고, 서로 피를 빨아 마시고, 서로 살을 깎아 먹되 우리는 그렇지 않소. 세상에 제일 더러운 것은 똥이라 하지마는, 우리가 똥을 눌 때 남이 다 보고 알도록 흰 데는 검게 누고, 검은 데는 희게 누어서 남을 속일 생각은 하지 않소. 사람들은 똥보다 더 더러운 일을 많이 하지마는 혹 남의 눈에 보일까, 남의 입에 오르내릴까 겁을 내어 은밀히 하되, **무소부지하신** 하나님은 먼저 아시고 계시오. 옛적에 유형이라 하는 사람은 부채를 들고 참외에 앉은 우리를 쫓고, 왕사라 하는 사람은 칼을 **빼어 먹**을 먹는 우리를 쫓을새, 저 사람들이 그렇게 쫓되 우리가 가지 아니함을 성내어 하는 말이, '파리는 쫓아도 도로 온다.' 미워하니, 저희들이 쫓

빈천지교(貧賤之交) 가난하고 미천할 때 사귄 사이. 또는 그러한 벗.
조강지처(糟糠之妻) 몹시 가난하고 천할 때 고생을 함께 겪어 온 아내를 이르는 말.
유지지사(有志之士) 어떤 일에 뜻이 있거나 관심이 있는 선비.
공담(公談) 여러 사람 앞에서 명백하게 공개하여 말함.
간물(奸物) 간사한 사람.
무소부지하다(無所不至−) 이르지 아니한 데가 없다.
먹 '똥'을 달리 이르는 말.

을 것은 쫓지 아니하고 아니 쫓을 것은 쫓는도다. 사람들은 우리를 쫓으려 할 것이 아니라, 불가불 쫓을 것이 있으니, 사람들아, 부채를 놓고 칼을 던지고 잠깐 내 말을 들어라. 너희들이 당연히 쫓을 것은 너희 마음을 수고롭게 하는 마귀니라. 사람들아 사람들아, 너희들은 너희 마음속에 있는 물욕을 쫓아 버려라. 너희 머릿속에 있는 썩은 생각을 내어 쫓으라. 너희 조정에 있는 간신들을 쫓아 버려라. 너희 세상에 있는 소인들을 내어 쫓으라. 참외가 다 무엇이며, 먹이 다 무엇이냐? 사람들아 사람들아, 우리 수십억만 마리가 일제히 손을 비비고 비나니, 우리를 미워하지 말고 하나님이 미워하시는 너희를 해치는 여러 마귀를 쫓으라. 손으로만 빌어서 아니 들으면 발로라도 빌겠다."

의기가 양양하여 사람을 저희 똥만치도 못하게 나무라고 겸하여 충고의 말로 권고하고 내려간다.

제칠석, 가정이 맹어호(苛政而猛於虎) - 호랑이

웅장한 소리로 회장을 부르니 산천이 울린다. 연단에 올라서서 머리를 설레설레 흔들고 좌중을 내려다보니 눈알이 등불 같고 위풍이 늠름한데, 주홍 같은 입을 떡 벌리고 어금니를 부지직 갈며 연설하는데, 좌중이 **종용하다**.

"본원의 이름은 호랑인데 **별호**는 **산군**이올시다. 여러분 중에도 혹 아시는 이도 있을 듯하오. 지금 가정이 맹어호라 하는 문제를 가지고 두어 마디 할 터인데, 이것은 여러분 아시는 것과 같이, 옛적 유명한 성인 공자님이 하신

가정이 맹어호(苛政而猛於虎) 가혹한 정치는 호랑이보다 더 무섭다.
종용하다(從容-) '조용하다'의 원말.
별호(別號) 별명(別名).
산군(山君) '호랑이'를 달리 이르는 말.

말씀이라. 가정이 맹어호라 하는 뜻은 까다로운 **정사**가 호랑이보다 무섭다 함이니, **양자**라 하는 사람도 이와 같은 말이 있는데 '혹독한 관리는 날개 있고 뿔 있는 호랑이와 같다.' 한지라, 세상에 사람들이 말하기를, '제일 포악하고 무서운 것은 호랑이라.' 하였으니, 자고이래로 사람들이 우리에게 해를 받은 자가 몇 명이나 되느뇨? 도리어 사람이 사람에게 해를 당하며 **살육**을 당한 자가 몇억만 명인지 알 수 없소. 우리는 설사 포악한 일을 할지라도 깊은 산과 깊은 골과 깊은 수풀 속에서만 횡행할 뿐이요, 사람처럼 청천백일지하에 왕궁 국도에서는 하지 아니하거늘, 사람들은 대낮에 사람을 죽이고 재물을 빼앗으며 죄 없는 백성을 감옥서에 몰아넣어서 돈 바치면 내어놓고 세 없으면 죽이는 것과, 임금은 아무리 인자하여 **사전**을 내리더라도 법관이 **용사하여** 공평치 못하게 죄인을 조종하고, 돈을 받고 벼슬을 내어서 그 벼슬한 사람이 그 밑천을 뽑으려고 음흉한 수단으로 정사를 까다롭게 하여 백성을 못 견디게 하니, 사람들의 악독한 일을 우리 호랑이에게 비하여 보면 몇만 배가 되는지 알 수 없소. 또 우리는 다른 동물을 잡아먹더라도 하나님이 만들어 주신 발톱과 이빨로 하나님의 뜻을 받아 천성의 행위를 행할 뿐이어늘, 사람들은 학문을 이용하여 화학이니 물리학이니 배워서 사람의 도리에 유익한 옳은 일에 쓰는 것은 별로 없고, 각색 병기를 발명하여 군함이니 대포니 총이니 탄환이니 화약이니 칼이니 활이니 하는 등물을 만들어서 재물을 무한히 내버리고 사람을 무수히 죽여서, 나라를 만들 때의 만반 경륜은 다 남을 해하려는 마음뿐이라. 그런고로 영국 문학박사 판스라 하는 사람이 말하기를, '사람이 사람에게 대하여 잔인한 까닭으로 수천만 명

정사(政事) 정치 또는 행정상의 일.
양자(楊子) 중국 전국 시대 초기의 도가 철학자인 양주(楊朱, B.C.440~B.C.360 추정)를 높여 이르는 말.
살육(殺戮) 사람을 마구 죽임.
사전(赦典) 국가에 경사가 있을 때 죄인을 용서하여 놓아주던 일.
용사하다(用事-) 권세를 부리다.

사람이 참혹한 지경에 들어갔도다.' 하였고, 옛날 **진회왕**이 **초회왕**을 청하매 초회왕이 진나라에 들어가려 하거늘, 그 신하 **굴평**이 간하여 가로되, '진나라는 호랑이 나라라 가히 믿지 못할지니 가시지 마소서.' 하였으니, 호랑이의 나라가 어찌 진나라 하나뿐이리오. 오늘날 **오대주**를 둘러보면, 사람 사는 곳곳마다 어느 나라가 욕심 없는 나라가 있으며, 어느 나라가 포악하지 아니한 나라가 있으며, 어느 인간에 고상한 천리를 말하는 자가 있으며, 어느 세상에 진정한 인도를 의논하는 자가 있느뇨? 나라마다 진나라요, 사람마다 호랑이라. 세상 사람들이 말하기를, 호랑이는 포악 무쌍한 것이라 하되, 이것은 알지 못하는 말이로다. 우리는 원래 천품이 은혜를 잘 갚고 의리를 깊이 아나니, 글자 읽은 사람은 짐작할 듯하오. 옛적에, 진나라 곽무자라 하는 사람이 호랑이 목구멍에 걸린 뼈를 빼내어 주었더니 사슴을 드려 은혜를 갚았고, 영윤 자문을 낳아서 몽택에 버렸더니 젖을 먹여 길렀으며, 양위의 효성을 감동하여 몸을 물리쳤으니, 이런 일을 보면 우리가 은혜를 감동하고 의리를 아는 것이라. 사람들로 말하면 은혜를 알고 의리를 지키는 사람이 몇몇이나 되겠소? 옛적 사람이 말하기를, '호랑이를 기르면 후환이 된다.' 하여 지금까지 **양호유환**이라 하는 문자를 쓰지마는, 되지 못한 사람의 새끼를 기르는 것이 도리어 정말 후환이 되는지라. 호랑이 새끼를 길러서 돈을 모으는 사람은 있으되 사람의 자식을 길러서 덕을 보는 사람은 별로 없소. 또 속담에 이르기를, 호랑이 죽음은 껍질에 있고 사람의 죽음은 이름에 있다 하니, 지금 세상 사람의 정말 명예 있는 사람이 몇 명이나 있소?

진회왕(秦檜王) 중국 남송 주화파 우두머리였던 재상 진회(秦檜, 1090~1155)를 말한다.
초회왕(楚懷王) 초나라의 왕(?~B.C.296 추정). 제나라와 동맹하여 강국인 진나라에 대항해야 한다고 주장한 굴평의 충고를 받아들이지 않아 결국 진나라의 포로가 되어 살해당했다.
굴평(屈平) 중국 전국 시대의 정치가이자 시인(B.C.340~B.C.278 추정). 독창적이고 개성적인 그의 시들은 초기 중국 시단에 많은 영향을 주었다.
오대주(五大洲) 지구상의 다섯 대륙. 아시아주, 유럽주, 아프리카주, 오세아니아주, 아메리카주.
양호유환(養虎遺患) 호랑이를 길러서 화근을 남긴다는 뜻으로, 화근이 될 것을 길러서 후환을 당함을 이르는 말.

인생칠십고래희라, 한세상 살 동안이 얼마 되지 아니한데 옳은 일만 할지라도 다 못 하고 죽을 터인데 꿈결 같은 이 세상을 구구히 살려 하여 못된 일 할 생각이 시꺼멓게 있어서, 앞문으로 호랑이를 막고 뒷문으로 승냥이를 불러들이는 자도 있으니 어찌 불쌍치 아니하리오. 옛적 사람은 호랑이의 가죽을 쓰고 도적질하였으나, 지금 사람들은 껍질은 사람의 껍질을 쓰고 마음은 호랑이의 마음을 가져서 더욱 험악하고 더욱 흉포한지라. 하나님은 **지공무사하신** 하나님이시니, 이같이 험악하고 흉포한 것들에게 제일 귀하고 신령하다는 권리를 줄 까닭이 무엇이오? 사람으로 못된 일 하는 자의 종자를 없애는 것이 좋은 줄로 생각하옵네다."

제팔석, 쌍거쌍래(雙去雙來) – 원앙

호랑이가 연설을 그치고 내려가니, 또 한편에서, 형용이 단정하고 태도가 신중한 어여쁜 원앙새가 연단에 올라서서 **애연한** 목소리로 말을 한다.

"나는 원앙이올시다. 여러분이 인류의 악행을 공격하는 것이 다 **절당한** 말씀이로되 인류의 제일 괴악한 일은 음란한 것이오. 하나님이 사람을 내실 때에 한 남자에 한 여인을 내셨으니, 한 사나이와 한 여편네가 서로 저버리지 아니함은 천리에 정한 인륜이라. 사나이도 계집을 여럿 두는 것이 옳지 않고 여편네도 서방을 여럿 두는 것이 옳지 않거늘, 세상 사람들은 다 생각하기를, 사나이는 계집을 많이 두고 호강하는 것이 좋은 것인 줄로 알고 처

인생칠십고래희(人生七十古來稀) 사람이 70세까지 살기는 예로부터 매우 드물다는 것을 이르는 말.
지공무사하다(至公無私-) 지극히 공평하고 사사로움이 없다.
쌍거쌍래(雙去雙來) 쌍쌍이 오간다는 뜻으로, 부부간의 금실이 좋음을 이르는 말.
애연하다(哀然-) 슬픈 듯하다.
절당하다(切當-) 사리에 꼭 들어맞다.

첩을 두셋씩 두는 사람도 있으며, 어떤 사람은 오륙 명 두는 자도 있으며, 혹은 장가 든 뒤에 그 아내를 돌아다보지 아니하고 두 번 세 번 장가드는 자도 있으며, 혹은 아내를 소박하고 첩을 사랑하다가 패가망신하는 자도 있으니, 사나이가 두 계집 두는 것은 천리에 어기어짐이라. 계집이 두 사나이를 두면 변고로 알고 사나이가 두 계집 두는 것은 예사로 아니, 어찌 그리 **편벽되며**, 사나이가 남의 계집 도적함은 꾸짖지 아니하고, 계집이 남의 사나이를 상관하면 큰 변인 줄 아니, 어찌 그리 불공하오? 하나님의 천연한 이치로 말할진대 사나이는 아내 한 사람만 두고 여편네는 남편 한 사람만 좇을지라. 무론 남녀하고 두 사람을 두든지 섬기는 것은 옳지 아니하거늘, 지금 세상 사람들은 괴악하고 음란하고 **박정하여** 길가의 한 가지 버들을 꺾기 위하여 백년해로하려던 사람을 잊어버리고, 동산의 한 송이 꽃을 보기 위하여 조강지처를 내쫓으며, 남편이 병이 들어 누웠는데 의원과 **간통하는** 일도 있고, 복을 빌어 불공한다 **가탁하고** 중서방 하는 일도 있고, 남편 죽어 사흘이 못 되어 서방 **해갈** 주선하는 일도 있으니, 사람들은 계집이나 사나이나 인정도 없고 의리도 없고 다만 음란한 생각뿐이라 할 수밖에 없소. 우리 원앙새는 천지간에 지극히 작은 물건이로되 사람과 같이 그런 더러운 행실은 아니 하오. 남녀의 법이 유별하고 부부의 **윤기**가 지중한 줄을 아는 고로 음란한 일은 결코 없소. 사람들도 우리 원앙새의 역사를 짐작하기로 이야기하는 말이 있소. 옛날에 한 사냥꾼이 원앙새 한 마리를 잡았더니, 암원앙새가 수원앙새를 잃고 수절하여 과부로 있은 지 일 년 만에 또 그 사냥꾼의 화살에 맞아 얻은 바 된지라. 사냥꾼이 원앙새를 잡아 가지고 집으로 돌아와서 털

편벽되다(偏僻−) 한쪽으로 치우쳐 공평하지 못하다.
박정하다(薄情−) 인정이 박하다.
간통하다(姦通−) 결혼하여 배우자가 있는 사람이 배우자가 아닌 사람과 성적 관계를 맺다.
가탁하다(假託−) 거짓 핑계를 대다.
해갈(解渴) 목마름을 해소함.
윤기(倫紀) 윤리와 기강.

을 뜯을새, 날개 아래 무엇이 있거늘 자세히 보니 **거년**에 자기가 잡아 온 수원앙새의 대가리라. 이것은 암원앙새가 수원앙새와 같이 있다가 수원앙새가 사냥꾼의 화살을 맞아서 떨어지니, 그 **창황** 중에도 수원앙새의 대가리를 집어 가지고 숨어서 일시의 난을 피하여 짝 잃은 한을 잊지 아니하고 서방의 대가리를 날개 밑에 끼고 슬피 세월을 보내다가 또한 사냥꾼에게 얻은 바 된지라. 그 사냥꾼이 이것을 보고 정절이 지극한 새라 하여 먹지 아니하고 정결한 땅에 장사를 지낸 후로부터 다시는 원앙새는 잡지 아니하였다 하니, 우리 원앙새는 짐승이로되 절개를 지킴이 이러하오. 사람들의 행위를 보면 추하고 비루하고 음란하여 우리보다 귀하다 할 것이 조금도 없소. 사람들의 행사를 대강 말할 터이니 잠깐 들어 보시오. 부인이 죽으면 불쌍히 여기는 남편이 몇이나 되겠소? **상처한** 후에 사나이 수절하였다는 말은 들어 보도 못하였소. 낱낱이 재취를 하든지 첩을 얻든지, 자식에게 못 할 노릇하고 집안에 화근을 일으키어 **화기**를 손상케 하고, 계집으로 말하면 남편 죽은 후에 수절하는 사람은 많으나 속으로 서방질 다니며 **상부한** 지 며칠이 못 되어 개가할 길 찾느라고 분주한 계집도 있고, 또 자식을 낳아서 개구멍이나 다리 밑에 내버리는 것도 있으며, 심한 계집은 간부에게 혹하여 산 서방을 두고 도망질하기와 약을 먹여 죽이는 일까지 있으니, 저희들의 별별 괴악한 일은 이루 다 말할 수 없소. 세상에 제일 더럽고 괴악한 것은 사람이라, 다 말하려면 내 입이 더러워질 터이니까 그만두겠소."

원앙새가 연설을 그치고 연단에서 내려오니, 회장이 다시 일어나서 말한다.

거년(去年) 지난해.
창황(蒼黃) 어떻게 할 겨를도 없이 다급함.
상처하다(喪妻-) 아내의 죽음을 당하다.
화기(和氣) 온화한 기색. 또는 화목한 분위기.
상부하다(喪夫-) 남편의 죽음을 당하다.

폐회

"여러분 하시는 말씀을 들으니 다 옳으신 말씀이오. 대저 사람이라 하는 동물은 세상에 제일 귀하다 신령하다 하지마는, 나는 말하자면, 제일 어리석고 제일 더럽고 제일 괴악하다 하오. 그 행위를 들어 말하자면 한정이 없고, 또 시간이 진하였으니 그만 폐회하오."

하더니 그 안에 모였던 짐승이 일시에 나는 자는 날고, 기는 자는 기고, 뛰는 자는 뛰고, 우는 자도 있고, 짖는 자도 있고, 춤추는 자도 있어, 다 각각 돌아가더라.

슬프다! 여러 짐승의 연설을 듣고 가만히 생각하여 보니, 세상에 불쌍한 것이 사람이로다. 내가 어찌하여 사람으로 태어나서 이런 욕을 보는고? 사람은 만물 중에 귀하기로 제일이요, 신령하기도 제일이요, 재주도 제일이요, 지혜도 제일이라 하여 동물 중에 제일 좋다 하더니, 오늘날로 보면 제일 악하고 제일 흉괴하고 제일 음란하고 제일 간사하고 제일 더럽고 제일 어리석은 것은 사람이로다. 까마귀처럼 효도할 줄도 모르고, 개구리처럼 분수 지킬 줄도 모르고, 여우보담도 간사하고 호랑이보담도 포악하고 벌과 같이 정직하지도 못하고, 파리같이 동포 사랑할 줄도 모르고, 창자 없는 일은 게보다 심하고, 부정한 행실은 원앙새가 부끄럽도다. 여러 짐승이 연설할 때 나는 사람을 위하여 변명 연설을 하리라 하고 몇 번 생각하여 본즉 무슨 말로 변명할 수가 없고, 반대를 하려 하나 현하지변을 가졌더라도 쓸데가 없도다. 사람이 떨어져서 짐승의 아래가 되고, 짐승이 도리어 사람보다 상등이 되었으니, 어찌하면 좋을꼬? 예수 씨의 말씀을 들으니 하나님이 아직도 사람을 사랑하신다 하니, 사람들이 악한 일을 많이 하였을지라도 회개하면 구원 있는 길이 있다 하였으니, 이 세상에 있는 여러 형제자매는 깊이깊이 생각하시오.

1_ 〈금수회의록〉에 대한 설명으로 적절하지 <u>않은</u> 것을 골라 봅시다.

① 안국선이 쓴 신소설이다.
② 계몽적인 성격을 지닌 소설이다.
③ '현실-꿈-현실'의 액자식 구성이다.
④ '나'의 눈에 비친 인간의 모습을 비판하고 있다.
⑤ '금수회의소'에서 인류를 논박하는 이야기이다.

2_ 까마귀가 연설 중에 인용할 만한 시조로 가장 알맞은 것을 골라 봅시다.

① 어버이 살아실 제 섬길 일란 다하여라
　지나간 후이면 애닲다 어찌하랴
　평생에 고쳐 못할 일이 이뿐인가 하노라 　　　　　　　　－ 정철

② 까마귀 싸우는 곳에 백로야 가지 마라
　성낸 까마귀들이 너의 흰빛을 시샘하나니
　맑은 물에 깨끗이 씻은 몸을 더럽힐까 하노라 　　　　－ 정몽주 어머니

③ 뉘라서 가마귀를 검고 흉타 하돗던고
　반포보은이 그 아니 아름다운가
　사람이 저 새만 못함을 못내 슬허하노라 　　　　　　－ 박효관

④ 어버이 날 낳으셔 어질과저 길러 내니
　이 두 분 아니시면 내몸 나서 어질소냐
　아마도 지극한 은덕을 못내 갚아 하노라 　　　　　　－ 낭원군

⑤ 반중 조홍감이 고와도 보이나다
　유자 아니라도 품음직도 하다마는
　품어 가 반길 이 없을새 글로 설워하나이다 　　　　　－ 박인로

[3~4번] 다음 글을 읽고 물음에 답해 봅시다.

　　여러분은 금수라, 초목이라 하여 사람보다 천하다 하나, 하나님이 정하신 법대로 행하여 기는 자는 기고, 나는 자는 날고, 굴에서 사는 자는 깃들임을 침노치 아니하며, 깃들인 자는 굴을 빼앗지 아니하고, 봄에 생겨서 가을에 죽으며, 여름에 나와서 겨울에 들어가니, 하나님의 법을 지키고 천지 이치대로 행하여 정도에 어김이 없은즉, 지금 여러분 금수, 초목과 사람을 비교하여 보면 사람이 도리어 낮고 천하며, 여러분이 도리어 귀하고 높은 지위에 있다 할 수 있소. 사람들이 이같이 제 자격을 잃고도 거만한 마음으로 오히려 만물 중에 제가 가장 귀하다, 높다, 신령하다 하여 우리 족속 여러분들을 멸시하니, 우리가 어찌 그 횡포를 받으리오. (중략)

　　사람들이 여전히 악한 행위를 하여 회개치 아니하면 그 동물의 사람이라 하는 이름을 빼앗고 이등 마귀라 하는 이름을 주기로 하나님께 상주할 터이니, 여러분은 이 뜻을 본받아 이 회의에서 결의한 일을 진행하시기를 바라옵나이다.

3_ 금수들이 모여 회의를 하는 이유를 써 봅시다.

....

....

....

4_ 시대적 상황을 참고하여 〈금수회의록〉이 우화적 기법을 사용하고 있는 이유를 써 봅시다.

....

....

....

....

5_ 시대적 상황을 고려하여 여우가 비판하고 있는 것을 각각 써 봅시다.

> **가** 지금 세상 사람들은 당당한 하나님의 위엄을 빌려야 할 터인데, 외국의 세력을 빌려 의뢰하여 몸을 보전하고 벼슬을 얻어 하려 하며, 타국 사람을 부동하여 제 나라를 망하고 제 동포를 압박하니, 그것이 우리 여우보다 나은 일이오?
>
> **나** 근래에 덕의가 끊어지고 인도가 없어져서 세상이 결딴난 일을 이루 다 말할 수 없소. 사람의 행위가 그러하되 오히려 하나님을 두려워하지 아니하며 짐승을 부끄러워하지 아니하고, 대갓집 규중 여자가 논다니로 놀아나서 이 사람 저 사람 호리기와 각부아문 공청에서 기생 불러 놀음 놀기, 전정이 만 리 같은 각 학교 학도들이 청루 방에 다니기와, 제 혈육으로 난 자식을 돈 몇 푼에 욕심나서 논다니로 내어놓기, 이런 행위를 볼작시면 말하는 내 입이 다 더러워지오.

· **가** : ....

....

· **나** : ....

....

6_ 밑줄 친 부분이 의미하는 바를 써 봅시다.

> 임금 속일 생각, 백성 잡아먹을 생각, 나라 팔아먹을 생각밖에 아무 생각 없소. 이같이 썩고 더럽고 똥만 들어서 구린내가 물큰물큰 나는 창자는 우리의 없는 것이 도리어 낫소. 또 욕을 보아도 성낼 줄도 모르고, 좋은 일을 보아도 기뻐할 줄 알지 못하는 사람이 많이 있소. 남의 압제를 받아 살 수 없는 지경에 이르되 깨닫고 분한 마음 없고, 남에게 그렇게 욕을 보아도 노여워할 줄 모르고 종노릇하기만 좋게 여기고 달게 여기며, 관리의 무례한 압박을 당하여도 자유를 찾을 생각이 도무지 없으니, 이것이 <u>창자 있는 사람들</u>이라 하겠소?

....

....

[7~8번] 다음 글을 읽고 물음에 답해 봅시다.

> 사람들은 학문을 이용하여 화학이니 물리학이니 배워서 사람의 도리에 유익한 옳은 일에 쓰는 것은 별로 없고, 각색 병기를 발명하여 군함이니 대포니 총이니 탄환이니 화약이니 칼이니 활이니 하는 등물을 만들어서 재물을 무한히 내버리고 사람을 무수히 죽여서, 나라를 만들 때의 만반 경륜은 다 남을 해하려는 마음뿐이라.

7 _ 위 글이 비판하고 있는 인간의 모습을 써 봅시다.

....

....

8 _ 위 글을 비판적 시각으로 평가해 봅시다.

....

....

....

9 _ 벌이 비판하는 인간의 모습을 구체적으로 써 봅시다.

> 세상이 오래되어 갈수록 사람은 하나님과 더욱 멀어지고, 오늘날 와서는 거죽은 사람의 형용이 그대로 있지마는 실상은 시랑과 마귀가 되어 서로 싸우고, 서로 죽이고, 서로 잡아먹어서, 약한 자의 고기는 강한 자의 밥이 되고, 큰 것은 작은 것을 압제하여 남의 권리를 늑탈하여 남의 재산을 속여 빼앗으며, 남의 토지를 앗아 가며, 남의 나라를 위협하여 망케 하니, 그 흉측하고 악독함을 무엇이라 이르겠소?

....

....

....

10_ 다음 글에 나타난 개화기 사회의 변화 모습을 써 봅시다.

> 사나이가 두 계집 두는 것은 천리에 어기어짐이라. 계집이 두 사나이를 두면 변고로 알고 사나이가 두 계집 두는 것은 예사로 아니, 어찌 그리 편벽되며, 사나이가 남의 계집 도적함은 꾸짖지 아니하고, 계집이 남의 사나이를 상관하면 큰 변인 줄 아니, 어찌 그리 불공하오?

....
....
....

[11~12번] 다음 글을 읽고 물음에 답해 봅시다.

> 사람이 떨어져서 짐승의 아래가 되고, 짐승이 도리어 사람보다 상등이 되었으니, 어찌하면 좋을꼬? 예수 씨의 말씀을 들으니 하나님이 아직도 사람을 사랑하신다 하니, 사람들이 악한 일을 많이 하였을지라도 회개하면 구원 있는 길이 있다 하였으니, 이 세상에 있는 여러 형제자매는 깊이깊이 생각하시오.

11_ 〈금수회의록〉에서 작가가 인간의 문제에 대해 제시한 해결책을 써 봅시다.

....
....
....

12_ 작가가 제시한 해결책의 한계를 써 봅시다.

....
....
....

13_ 〈금수회의록〉 속 동물들과 연관된 한자 성어를 쓰고 그들의 장점을 정리해 봅시다.

• 까마귀 :

• 여우 :

• 개구리 :

• 벌 :

• 게 :

• 파리 :

• 호랑이 :

• 원앙 :

토의문제 o

Step_1 신소설의 등장 배경과 특징

〈금수회의록〉의 시대적 배경을 알아보고, 작가가 인간과 사회를 비판하는 사상적 배경을
생각해 봅시다.

가 신소설(新小說)이란 20세기에 등장한 개화기 소설의 총칭이다. 이 용어가 처음 사용된 것
은 1906년 2월 〈대한매일신보〉에 게재된 '중앙신보'의 광고문에서이다. 신소설은 '개화기 소설'
'애국 계몽기 소설' '근대 전환기 소설' 등으로도 불린다. 갑오경장 이전의 소설과 비교하여 새
로운 내용, 형식, 문체로 이루어진 개화기의 과도기적 소설을 이른다.

　개화기를 맞이하여 국어 운동의 대두와 독서 대중의 확대, 기업적 성격을 지닌 근대적 출판
사의 출현, 개항으로 인한 서구 근대 사조의 유입 등의 영향으로 그 이전의 소설과는 주제와 문
체, 형식에서 상이한 소설이 출현하였다. 이러한 소설을 개화기 소설 또는 그 이전 소설과의 차
별성으로 신소설이라 부른다. (중략) 1905년 이후의 개화기 소설은 별도로 연구될 만한 가치를
지닌다. 1905년 일본에 의해 강제적으로 체결된 을사보호조약은 한국 사회의 위기 현상을 초래
한다. 특히 애국계몽운동의 차원으로 전개된 국권회복운동은 정치, 경제, 교육, 사회, 문화, 언
론, 종교, 문학, 예술 등 모든 분야에 걸쳐 진행된다. 1905년은 애국과 계몽의 분위기가 사회
전 영역으로 급속하게 확산된 해이다. (중략) 이 시대의 문인들은 위기의 근본적 원인을 설명하
고 그 대안을 제시하여 사회 통합을 실현하려는 열망을 강력하게 보여 주었다. 그들은 신문 논
설, 기사, 일기, 역사 기록과 같은 다양한 산문 양식과 토론이나 웅변과 같은 발언 양식을 통해
사회의 위기 현상을 포괄적으로 재현하여 망국의 국민을 개화, 각성시키고자 하였다. 그러므로
이 시기의 소설들은 놀라울 정도의 사회적 긴장을 획득하고 있다. 　　 － 양진오, 《한국 소설의 형성》

나 대저 우리들이 거주하여 사는 이 세상은 당초부터 있던 것이 아니라, 지극히 거룩하시고 지
극히 전능하신 하나님께서 조화로 만드신 것이라. 세계 만물을 창조하신 조화주를 곧 하나님이
라 하나니, 일만 이치의 주인 되시는 하나님께서 세계를 만드시고 또 만물을 만들어 각색 물건
이 세상에 생기게 하셨으니, 이같이 만드신 목적은 그 영광을 나타내어 모든 생물로 하여금 인
자한 은덕을 베풀어 영원한 행복을 받게 하려 함이라. 그런고로 세상에 있는 모든 물건은 사람
이든지 짐승이든지 초목이든지 무슨 물건이든지 다 귀하고 천한 분별이 없은즉, 어떤 것은 높
고 어떤 것은 낮다 할 이치가 있으리오. 다 각각 천지의 기운을 타고 생겨서 이 세상에 사는 것

인즉, 다 각기 천지 본래의 이치만 좇아서 하나님의 뜻대로 본분을 지키고, 한편으로는 제 몸의 행복을 누리고, 한편으로는 하나님의 영광을 나타낼지니, 그중에도 사람이라 하는 물건은 당초에 하나님이 만드실 때에 특별히 영혼과 도덕심을 넣어서 다른 물건과 다르게 하셨은즉, 사람들은 더욱 하나님의 뜻을 순종하여 천리 정도를 지키고 착한 행실과 아름다운 일로 하나님의 영광을 나타내어야 할 터인데, 지금 세상 사람의 하는 행위를 보니 그 하는 일이 모두 악하고 부정하여 하나님의 영광을 나타내기는 고사하고 도리어 하나님의 영광을 더럽게 하며 은혜를 배반하여 제반악증이 많도다. 외국 사람에게 아첨하여 벼슬만 하려 하고, 제 나라가 다 망하든지 제 동포가 다 죽든지 불고하는 역적 놈도 있으며, 임금을 속이고 백성을 해롭게 하여 나랏일을 결딴내는 소인 놈도 있으며, 부모는 자식을 사랑치 아니하고, 자식은 부모를 효도로 섬기지 아니하며 형제간에 재물로 인연하여 골육상잔하기를 일삼고, 부부간에 음란한 생각으로 화목지 아니한 사람이 많으니, 이 같은 인류에게 좋은 영혼과 제일 귀하다 하는 특권을 줄 것이 무엇이오.

하나님을 섬기던 천사도 악한 행실을 하다가 떨어져서 마귀가 된 일이 있거든 하물며 사람이야 더 말할 것 있소.

— 안국선, 〈금수회의록〉

1_ 제시문 **가**를 읽고 〈금수회의록〉이 만들어진 시대적 배경을 말해 봅시다.

2_ 제시문 **나**를 읽고 작가가 인간과 사회를 비판하는 사상적 배경을 말해 봅시다.

Step_2 우화의 특징

〈금수회의록〉과 〈호질〉을 비교하고, 우화의 특징을 찾아봅시다.

가 본원의 이름은 호랑인데 별호는 산군이올시다. 여러분 중에도 혹 아시는 이도 있을 듯하오. 지금 가정이 맹어호라 하는 문제를 가지고 두어 마디 할 터인데, 이것은 여러분 아시는 것과 같이, 옛적 유명한 성인 공자님이 하신 말씀이라. 가정이 맹어호라 하는 뜻은 까다로운 정사가 호랑이보다 무섭다 함이니, 양자라 하는 사람도 이와 같은 말이 있는데 '혹독한 관리는 날개 있고 뿔 있는 호랑이와 같다.' 한지라, 세상에 사람들이 말하기를, '제일 포악하고 무서운 것은 호랑이라.' 하였으니, 자고이래로 사람들이 우리에게 해를 받은 자가 몇 명이나 되느뇨? 도리어 사람이 사람에게 해를 당하며 살육을 당한 자가 몇억만 명인지 알 수 없소. 우리는 설사 포악한 일을 할지라도 깊은 산과 깊은 골과 깊은 수풀 속에서만 횡행할 뿐이요, 사람처럼 청천백일지하에 왕궁 국도에서는 하지 아니하거늘, 사람들은 대낮에 사람을 죽이고 재물을 빼앗으며 죄 없는 백성을 감옥서에 몰아넣어서 돈 바치면 내어놓고 세 없으면 죽이는 것과, 임금은 아무리 인자하여 사전을 내리더라도 법관이 용사하여 공평치 못하게 죄인을 조종하고, 돈을 받고 벼슬을 내어서 그 벼슬한 사람이 그 밑천을 뽑으려고 음흉한 수단으로 정사를 까다롭게 하여 백성을 못 견디게 하니, 사람들의 악독한 일을 우리 호랑이에게 비하여 보면 몇만 배가 되는지 알 수 없소.

– 안국선, 〈금수회의록〉

나 "내 앞에 가까이 오지 말아라. 내 들건대 유(儒)는 유(諛)라 하더니 과연 그렇구나. 네가 평소에 천하의 악명을 죄다 나에게 덮어씌우더니, 이제 사정이 급해지자 면전에서 아첨을 떠니 누가 곧이듣겠느냐? 천하의 원리는 하나뿐이다. 범의 본성(本性)이 악한 것이라면 인간의 본성도 악할 것이요, 인간의 본성이 선(善)한 것이라면 범의 본성도 선할 것이다. 너희들의 떠드는 천 소리 만 소리는 오륜(五倫)에서 벗어난 것이 아니고, 경계하고 권면하는 말은 내내 사강(四綱)에 머물러 있다. 그런데 도회지에 코 베이고, 발꿈치 짤리고, 얼굴에다 자자질하고 다니는 것들은 다 오륜을 지키지 못한 자들이 아니냐? 포승줄과 먹실, 도끼, 톱 같은 형구(刑具)를 매일 쓰기에 바빠 겨를이 나지 않는데도 죄악을 중지시키지 못하는구나. 범의 세계에서는 원래 그런 형벌이 없으니 이로 보면 범의 본성이 인간의 본성보다 어질지 않느냐? 범은 초목을 먹지 않고, 벌레나 물고기를 먹지 않고, 술 같은 좋지 못한 음식을 좋아하지 않으며, 순종 굴복하는 하찮은 것들을 차마 잡아먹지 않는다. (중략) 그런데 너희들은 소나 말들이 태워 주고 일해 주는 공로와 따르고 충성하는 정성을 다 저버리고 날마다 푸줏간을 채워 뿔과 갈기도 남기지 않고, 다시 우리의 노루와 사슴을 침노하여 우리들로 하여금 산에도 들에도 먹을 것이 없게 만든단 말이냐? 하늘이 정사를 공평하게 한다면 너희가 죽어서 나의 밥이 되어야 하겠느냐, 그렇지 말아야 할 것이겠느냐? 대체 제 것이 아닌데 취하는 것을 도(盜)라 하고, 생(生)을 빼앗고 물(物)을 해치는 것을 적(賊)이라 하나니, 너희가 밤낮으로 쏘다니며 팔을 걷어붙이고 눈을 부릅뜨고 노략질하면서 부끄러운 줄 모르고, 심한 놈은 돈을 불러 형님이라 부르고, 장수가 되기 위해서 제 아내를 살해하였은즉 다시 윤리 도덕을 논할 수도 없다. 뿐 아니라 메뚜기에게서 먹이를 빼앗아 먹고, 누에에게서 옷을 빼앗아 입고, 벌을 막고 꿀을 따며, 심한 놈은 개미 새끼를 젓 담아서 조상에게 바치니 잔인무도한 것이 무엇이 너희보다 더 하겠느냐." — 박지원, 〈호질(虎叱)〉

1_ 제시문 **가**와 **나**에서 호랑이가 비판하는 내용을 정리하고, 두 작품의 공통적인 말하기 방식을 말해 봅시다.

- **가**의 호랑이가 비판한 내용 :
  ....
  ....
  ....

- **나**의 호랑이가 비판한 내용 :
  ....
  ....
  ....

- 호랑이의 말하기 방식 :
  ....
  ....
  ....

2_ 작가가 자신의 생각을 우화 형식으로 전달한 이유를 말해 봅시다.

....
....
....

Step_3 연설체 산문 형식

〈금수회의록〉의 형식적 특징을 살펴보고, 연설체 소설의 기능과 효과를 생각해 봅시다.

가 별안간 뒤에서 무엇이 와락 떠다밀며,

"어서 들어갑시다. 시간 되었소."

하고 바삐 들어가는 서슬에 나도 따라 들어가서 방청석에 앉아 보니 각색 길짐승, 날짐승, 모든 버러지, 물고기 등물이 꾸역꾸역 들어와서 그 안에 빽빽하게 서고 앉았는데, 모인 물건은 형형색색이나 좌석은 제제창창한데, 장차 개회하려는지 규칙 방망이 소리가 똑똑 나더니, 회장인 듯한 한 물건이 머리에는 금색이 찬란한 큰 관을 쓰고, 몸에는 오색이 영롱한 의복을 입은 이상한 태도로 회장석에 올라서서 한 번 읍하고, 위의가 엄숙하고 형용이 단정하게 딱 서서 여러 회원을 대하여 하는 말이,

"여러분이여, 내가 지금 여러분을 청하여 만고에 없던 일대 회의를 열 때에 한마디 말씀으로 개회 취지를 베풀려 하오니 재미있게 들어 주시기를 바라오. (중략)

내가 여러분의 마음을 찬성하여 하나님께 아뢰고 본 회의를 소집하였는데, 이 회의에서 결의할 안건은 세 가지 문제가 있소.

제일. 사람 된 자의 책임을 의논하여 분명히 할 일.

제이. 사람의 행위를 들어서 옳고 그름을 의논할 일.

제삼. 지금 세상 사람 중에 인류 자격이 있는 자와 없는 자를 조사할 일.

이 세 가지 문제를 토론하여 여러분과 사람의 관계를 분명히 하고, 사람들이 여전히 악한 행위를 하여 회개치 아니하면 그 동물의 사람이라 하는 이름을 빼앗고 이등 마귀라 하는 이름을 주기로 하나님께 상주할 터이니, 여러분은 이 뜻을 본받아 이 회의에서 결의한 일을 진행하시기를 바라옵나이다."

회장이 개회 취지를 연설하고 회장석에 앉으니, 한 모퉁이에서 우렁찬 소리로 회장을 부르고 일어서서 연단으로 올라간다.

– 안국선, 〈금수회의록〉

나 사회적 발언 형식으로서 토론과 연설은 당대인들에게 열렬한 환영을 받았다. 한국 역사상 개화기처럼 토론과 연설이 각광을 받은 시기도 드물었다. 공개적인 장소에 운집한 수많은 청중들 가운데 연설자가 등단하여 정부를 비판하거나 관리를 탄핵하였는데, 이는 개화기의 새로운 풍경이었다.

"동시에 연설하고 토론하는 기풍이 도처에 일어나니 열 살짜리 어린아이라도 능히 만인 가운데 우뚝 서서 열변을 토한다. 당시 소학교에서 나와 동창하던 장용남, 태억석 두 아이는 독립협회에 나가 웅변으로써 만인을 곡하게 한 일이 기억되며, 나도 열 살 어린 아이로 또한 토론과

연설을 하여 선생의 칭찬을 받은 일이 생각나도다." (중략)

〈금수회의록〉의 작가 안국선은 《연설법방》을 저술했는데, 이 책에는 웅변가의 최초, 웅변가 되는 법방(法方), 연설자의 태도, 연설자의 박식, 연설과 감정, 안토니의 연설, 연설의 숙습, 연설의 종결 등이 실려 있다. 안국선은 이 책을 통해 어떻게 하면 훌륭한 연설가가 될 수 있는가를 상세하게 설명해 주고 있다. 이처럼 안국선은 개화기의 그 어느 작가보다도 연설과 토론에 큰 관심을 보여 주었는데, 연설과 토론에 대한 그의 관심은 〈금수회의록〉으로 형상화되고 있다. 〈금수회의록〉에는 동물들―까마귀, 여우, 개구리, 벌, 게, 파리, 호랑이, 원앙새 등등―이 출현하여 인간을 조롱하고 비판하고 있다.

― 안자산, 《조선문학사》

1_ 제시문 **가**를 참고하여 〈금수회의록〉의 형식적 특징을 말해 봅시다.

2_ 제시문 **나**를 읽고, 연설체 소설의 기능과 효과를 시대적 상황을 고려하여 말해 봅시다.

Step_4 국가 간의 관계에 대한 인식

국가 간의 관계를 바라보는 관점들을 살펴보고, 이상적인 국가 간의 관계란 어떤 것인지 토의해 봅시다.

가 호랑이가 일백 짐승을 잡아먹으려고 구할새, 먼저 여우를 얻은지라, 여우가 호랑이더러 말하되, 하나님이 나로 하여금 모든 짐승의 어른이 되게 하셨으니, 지금 자네가 나의 말을 믿지 아니하거든 내 뒤를 따라와 보라. 모든 짐승이 나를 보면 다 두려워하느니라. 호랑이가 여우의 뒤를 따라가니, 과연 모든 짐승이 보고 벌벌 떨며 두려워하거늘, 호랑이가 여우의 말을 정말로 알고 잡아먹지 못한지라. 이는 저들이 여우를 보고 두려워한 것이 아니라 여우 뒤의 호랑이를 보고 두려워한 것이니, 여우가 호랑이의 위엄을 빌려서 모든 짐승으로 하여금 두렵게 함인데, 사람들은 이것을 빙자하여 우리 여우더러 간사하니 교활하니 하되, 남이 나를 죽이려 하면 어떻게 하든지 죽지 않도록 주선하는 것은 당연한 일이라. 호랑이가 아무리 산중 영웅이라 하지마는 우리에게 속은 것만 어리석은 일이라. 속인 우리야 무슨 불가한 일이 있으리오.

지금 세상 사람들은 당당한 하나님의 위엄을 빌려야 할 터인데, 외국의 세력을 빌려 의뢰하여 몸을 보전하고 벼슬을 얻어 하려 하며, 타국 사람을 부동하여 제 나라를 망하고 제 동포를 압박하니, 그것이 우리 여우보다 나은 일이오? 결단코 우리 여우만 못한 물건들이라 하옵네다. (손뼉 소리 천지진동)

또 나라로 말할지라도 대포와 총의 힘을 빌려서 남의 나라를 위협하여 속국도 만들고 보호국도 만드니, 불한당이 칼이나 육혈포를 가지고 남의 집에 들어가서 재물을 탈취하고 부녀를 겁탈하는 것이나 다를 것이 무엇 있소? 각국이 평화를 보전한다 하여도 하나님의 위엄을 빌려서 도덕상으로 평화를 유지할 생각은 조금도 없고, 전혀 병장기의 위엄으로 평화를 보전하려 하니, 우리 여우가 호랑이의 위엄을 빌려서 제 몸의 죽을 것을 피한 것과 어떤 것이 옳고 어떤 것이 그르오?

나 본원의 이름은 호랑인데 별호는 산군이올시다. 여러분 중에도 혹 아시는 이도 있을 듯하오. 지금 가정이 맹어호라 하는 문제를 가지고 두어 마디 할 터인데, 이것은 여러분 아시는 것과 같이, 옛적 유명한 성인 공자님이 하신 말씀이라. 가정이 맹어호라 하는 뜻은 까다로운 정사가 호랑이보다 무섭다 함이니, 양자라 하는 사람도 이와 같은 말이 있는데 '혹독한 관리는 날개 있고 뿔 있는 호랑이와 같다.' 한지라, 세상에 사람들이 말하기를, '제일 포악하고 무서운 것은 호랑이라.' 하였으니, 자고이래로 사람들이 우리에게 해를 받은 자가 몇 명이나 되느뇨? 도리어 사람이 사람에게 해를 당하며 살육을 당한 자가 몇억만 명인지 알 수 없소. (중략) 음흉한 수단으로 정사를 까다롭게 하여 백성을 못 견디게 하니, 사람들의 악독한 일을 우리 호랑이에게 비하여 보면 몇만 배가 되는지 알 수 없소. 또 우리는 다른 동물을 잡아먹더라도 하나님이 만들어 주신 발톱과 이빨로 하나님의 뜻을 받아 천성의 행위를 행할 뿐이어늘, 사람들은 학문을 이용하여 화학이니 물리학이니 배워서 사람의 도리에 유익한 옳은 일에 쓰는 것은 별로 없고, 각색 병기를 발명하여 군함이니 대포니 총이니 탄환이니 화약이니 칼이니 활이니 하는 등물을 만들어서 재물을 무한히 내버리고 사람을 무수히 죽여서, 나라를 만들 때의 만반 경륜은 다 남을 해하려는 마음뿐이라. 그런고로 영국 문학박사 판스라 하는 사람이 말하기를, '사람이 사람에게 대하여 잔인한 까닭으로 수천만 명 사람이 참혹한 지경에 들어갔도다.' 하였고, 옛날 진회왕이 초회왕을 청하매 초회왕이 진나라에 들어가려 하거늘, 그 신하 굴평이 간하여 가로되, '진나라는 호랑이 나라라 가히 믿지 못할지니 가시지 마소서.' 하였으니, 호랑이의 나라가 어찌 진나라 하나뿐이리오. 오늘날 오대주를 둘러보면, 사람 사는 곳곳마다 어느 나라가 욕심 없는 나라가 있으며, 어느 나라가 포악하지 아니한 나라가 있으며, 어느 인간에 고상한 천리를 말하는 자가 있으며, 어느 세상에 진정한 인도를 의논하는 자가 있느뇨? 나라마다 진나라요, 사람마다 호랑이라. 세상 사람들이 말하기를, 호랑이는 포악 무쌍한 것이라 하되, 이것은 알지 못하는 말이로다. 우리는 원래 천품이 은혜를 잘 갚고 의리를 깊이 아나니, 글자 읽은 사람은 짐작할 듯하오.

– 안국선, 〈금수회의록〉

다 나라끼리 교제하는 것도 또한 만국 공법으로 규제하여, 천지에 공평무사한 이치에 따라 한결같이 행해 나간다. 그렇기 때문에 커다란 나라도 한 나라고, 작은 나라도 한 나라인 것이다. 나라 위에 나라가 없고, 나라 아래에도 또한 나라가 없다. 한 나라가 나라 되는 권리는 피차 동등하고, 지위도 털끝만한 차이가 없다. 그러므로 모든 나라가 우호적이고 평화로운 뜻으로 균등한 예우를 갖추어 조약을 서로 교환하고 사절단을 서로 파견함으로써, 강약을 구별하지 않고, 권리를 서로 지켜 주며 침범하지 않게 되었다. 다른 나라의 권리를 존중하지 않는다면 자기 나라의 권리도 스스로 파괴하는 결과가 초래되기 때문이다.

만국 공법은 약소국의 권리를 보호하기 위하여 수호 조약, 항해 조약 및 통상 조약 체결권, 총영사 및 무역 사무관 파견권, 교전이나 강화를 선언할 권리, 이웃 나라끼리 군사 행동을 취할 때에 중립을 지킬 권리 등을 보장하여 이를 주권에 포함시켰다. 공법에 통달한 어느 학자가 "속국이라는 말은 오늘날 어울리지 않는 명칭이다."라고 말하였다. 그 뜻은 한 나라로서의 체제를 갖추고 있는 나라가 비록 작더라도, 강대국이 형세대로 통합할 권리가 없음을 가리킨 것이다. 설령 약소국이 강대국의 사나운 위협과 난폭한 핍박을 못 이겨, 자기 나라를 스스로 보전하기 위한 방편으로, 예전에 없었던 속국의 체제를 한때 자인한 적이 있더라도, 이 일 때문에 본래부터 오랫동안 가지고 있던 권리를 잃어버리지는 않는다. 위협과 핍박 아래서는 스스로 긍정하는 승인을 할 수가 없으며, 또 그러한 승인은 합법적인 조처가 아니기 때문에, 억지로 백번 승인했다 하더라도 만국 공법의 조항에 의해 소멸되는 것이다.

1_ 제시문 **가**와 **나**에 나타난 국가 간의 관계를 바라보는 입장을 말해 봅시다.

2_ 제시문 **다**의 입장에서 제시문 **가**와 **나**의 입장을 비판해 보고, 자신이 생각하는 이상적인 국가 간의 관계를 말해 봅시다.

Step_5 인간에 대한 다양한 비판의 양상과 해결책

동물들이 비판하는 인간의 문제점을 말해 보고, 작가가 제시한 해결책을 평가해 봅시다.

가 제일석, 반포지효(反哺之孝) – 까마귀

우리 까마귀의 족속은 먹을 것을 물고 돌아와서 어버이를 기르며, 효성을 극진히 하여 망극한 은혜를 갚아서, 하나님이 정하신 본분을 지키어 자자손손이 천만대를 내려가도록 가법을 변치 아니하는 고로, 옛적에 백낙천이라 하는 사람이 우리를 가리켜 새 중의 증자라 하였고, 《본초강목》에는 자조라 일컬었으니, 증자라 하는 양반은 부모에게 효도 잘하기로 유명한 사람이요, 자조라 하는 뜻은 사랑하는 새 함이니, 부모는 자식을 사랑하고 자식은 부모에게 효도함이 하나님의 법이라. 우리는 그 법을 지키고 어기지 아니하거늘, 지금 세상 사람들이 말하는 것을 보면 낱낱이 효자 같으되, 실상 하는 행실을 보면 주색잡기에 침혹하여 부모의 뜻을 어기며, 형제간에 재물로 다투어 부모의 마음을 상케 하며, 제 한 몸만 생각하고 부모가 주리되 돌아보지 아니하고, 여편네는 학식이라고 조금 있으면 주제넘은 마음이 생겨서 온화, 유순한 부덕을 잊어버리고 시집가서는 시부모 보기를 아무것도 모르는 어리석은 물건같이 대접하고, 심하면 원수같이 미워하기도 하니, 인류 사회에 효도 없어짐이 지금 세상보다 더 심함이 없도다.

나 제삼석, 정와어해(井蛙語海) – 개구리

사람들은 거만한 마음이 많아서 저희들이 천하에 제일이라 하고, 만물 중에 저희가 가장 귀하다고 자칭하지마는, 제 나랏일도 잘 모르면서 양비대담하고 큰소리 탕탕하고 주제넘은 말 하는 것들 우스웁다. 우리 개구리를 가리켜 말하기를, '우물 안 개구리와 바다 이야기 할 수 없다.' 하니, 항상 우물 안에 있는 개구리는 우물이 좁은 줄만 알고 바다에는 가보지 못하여 바다가 큰지 작은지, 넓은지 좁은지, 긴지 짧은지, 깊은지 얕은지 알지 못하나 못 본 것을 아는 체는 아니 하거늘, 사람들은 좁은 소견을 가지고 외국 형편도 모르고 천하대세도 살피지 못하고 공연히 떠들며, 무엇을 아는 체하고 나라는 다 망하여 가건마는 썩은 생각으로 갑갑한 말만 하는도다. 또 어떤 사람들은 제 나라 안에 있어서 제 나랏일도 다 알지 못하면서 보도 듣도 못한 다른 나라 일을 다 아노라고 추척대니 가증하고 우습도다.

다 제사석, 구밀복검(口蜜腹劍) – 벌

사람들이 우리 벌을 독한 사람에게 비유하여 말하기를, '입에 꿀이 있고 배에 칼이 있다.' 하나 우리 입의 꿀은 남을 꾀려 하는 것이 아니라 우리 양식을 만드는 것이요, 우리 배의 칼은 남을 공연히 쏘거나 찌르는 것이 아니라 남이 나를 해치려 하는 때에 정당방위로 쓰는 칼이요, 사람같이 입으로는 꿀같이 말을 달게 하고 배에는 칼 같은 마음을 품은 우리가 아니오. 또 우리의 입은 항상 꿀만 있으되 사람의 입은 변화가 무쌍하여 꿀같이 단 때도 있고, 고추같이 매운 때도 있고, 칼같이 날카로운 때도 있고, 비상같이 독한 때도 있어서, 맞대하였을 때에는 꿀을 들어붓는 것같이 달게 말하다가 돌아서면 흉보고, 욕하고, 노여워하고, 악담하며, 좋아지낼 때에는 깨소금 항아리같이 고소하고 맛있게 수작하다가, 조금만 미흡한 일이 있으면 죽일 놈 살릴 놈 하며 무성포가 있으면 곧 놓아 죽이려 하니 그런 악독한 것이 어디 또 있으리오. 에, 여러분, 여보시오, 그래, 우리 짐승 중에 사람들처럼 그렇게 악독한 것들이 있단 말이오?

라 제육석, 영영지극(營營之極) — 파리

친구라고 사귀다가 저 잘되면 차버리고, 동지라고 상종타가 남 죽이고 저 잘되기, 누구누구는 빈천지교 저버리고 조강지처 내쫓으니 그것이 사람이며, 아무아무 유지지사 고발하여 감옥서에 몰아넣고 저 잘되기 희망하니, 그것도 사람인가? 쓸개에 가 붙고 간에 가 붙어 요리조리 알씬알씬하는 사람 정말 밉기도 밉습니다. 여러분도 다 아시거니와 그래 공담으로 말하자면 우리가 소인이오, 사람들이 간물이오? 생각들 하여 보시오. 또 우리는 먹을 것을 보면 혼자 먹는 법 없소. 여러 족속을 청하고 여러 친구를 불러서 화락한 마음으로 한가지로 먹지마는, 사람들은 이 끝만 보면 형제간에도 의가 상하고 일가간에도 정이 없어지며, 심한 자는 서로 골육상쟁하기를 예사로 아니, 참 기가 막히오. 동포끼리 서로 사랑하고, 서로 구제하는 것은 하나님의 이치어늘 사람들은 과연 저희 동포끼리 서로 사랑하는가? 저들끼리 서로 빼앗고, 서로 싸우고, 서로 시기하고, 서로 흉보고, 서로 총을 놓아 죽이고, 서로 칼로 찔러 죽이고, 서로 피를 빨아 마시고, 서로 살을 깎아 먹되 우리는 그렇지 않소.

마

슬프다! 여러 짐승의 연설을 듣고 가만히 생각하여 보니, 세상에 불쌍한 것이 사람이로다. 내가 어찌하여 사람으로 태어나서 이런 욕을 보는고? 사람은 만물 중에 귀하기로 제일이요, 신령하기도 제일이요, 재주도 제일이요, 지혜도 제일이라 하여 동물 중에 제일 좋다 하더니, 오늘날로 보면 제일 악하고 제일 흉괴하고 제일 음란하고 제일 간사하고 제일 더럽고 제일 어리석은 것은 사람이로다. 까마귀처럼 효도할 줄도 모르고, 개구리처럼 분수 지킬 줄도 모르고, 여우보담도 간사하고 호랑이보담도 포악하고 벌과 같이 정직하지도 못하고, 파리같이 동포 사랑할 줄도 모르고, 창자 없는 일은 게보다 심하고, 부정한 행실은 원앙새가 부끄럽도다. 여러 짐승이 연설할 때 나는 사람을 위하여 변명 연설을 하리라 하고 몇 번 생각하여 본즉 무슨 말로 변명할 수가 없고, 반대를 하려 하나 현하지변을 가졌더라도 쓸데가 없도다. 사람이 떨어져서 짐승의 아래가 되고, 짐승이 도리어 사람보다 상등이 되었으니, 어찌하면 좋을꼬? 예수 씨의 말씀을 들으니 하나님이 아직도 사람을 사랑하신다 하니, 사람들이 악한 일을 많이 하였을지라도 회개하면 구원 있는 길이 있다 하였으니, 이 세상에 있는 여러 형제자매는 깊이깊이 생각하시오.

— 안국선 〈금수회의록〉

1_ 동물들이 비판하는 인간의 문제점들을 말해 봅시다.

• 제일석(까마귀) :

• 제삼석(개구리) :

• 제사석(벌) :

• 제육석(파리) :

2_ 제시문 **마** 에서 '나'가 꿈에서 깨어나면서 제시한 해결책을 정리하고, 이에 대한 자신의 생각을 말해 봅시다.

※ 국가 간 관계에 대한 제시문 **가**와 **나**의 입장을 토대로 〈그림1〉과 〈표1〉에서 추론 가능한 국제 관계를 설명해 봅시다.

■ 2011년 숙명여대 기출 응용

가 웅장한 소리로 회장을 부르니 산천이 울린다. 연단에 올라서서 머리를 설레설레 흔들고 좌중을 내려다보니 눈알이 등불 같고 위풍이 늠름한데, 주홍 같은 입을 떡 벌리고 어금니를 부지직 갈며 연설하는데, 좌중이 종용하다.

"본원의 이름은 호랑인데 별호는 산군이올시다. 여러분 중에도 혹 아시는 이도 있을 듯하오. 지금 가정이 맹어호라 하는 문제를 가지고 두어 마디 할 터인데, 이것은 여러분 아시는 것과 같이, 옛적 유명한 성인 공자님이 하신 말씀이라. 가정이 맹어호라 하는 뜻은 까다로운 정사가 호랑이보다 무섭다 함이니, 양자라 하는 사람도 이와 같은 말이 있는데 '혹독한 관리는 날개 있고 뿔 있는 호랑이와 같다.' 한지라, 세상에 사람들이 말하기를, '제일 포악하고 무서운 것은 호랑이라.' 하였으니, 자고이래로 사람들이 우리에게 해를 받은 자가 몇 명이나 되느뇨? 도리어 사람이 사람에게 해를 당하며 살육을 당한 자가 몇억만 명인지 알 수 없소. 우리는 설사 포악한 일을 할지라도 깊은 산과 깊은 골과 깊은 수풀 속에서만 횡행할 뿐이요, 사람처럼 청천백일지하에 왕궁 국도에서는 하지 아니하거늘, 사람들은 대낮에 사람을 죽이고 재물을 빼앗으며 죄 없는 백성을 감옥서에 몰아넣어서 돈 바치면 내어놓고 세 없으면 죽이는 것과, 임금은 아무리 인자하여 사전을 내리더라도 법관이 용사하여 공평치 못하게 죄인을 조종하고, 돈을 받고 벼슬을 내어서 그 벼슬한 사람이 그 밑천을 뽑으려고 음흉한 수단으로 정사를 까다롭게 하여 백성을 못 견디게 하니, 사람들의 악독한 일을 우리 호랑이에게 비하여 보면 몇만 배가 되는지 알 수 없소. 또 우리는 다른 동물을 잡아먹더라도 하나님이 만들어 주신 발톱과 이빨로 하나님의 뜻을 받아 천성의 행위를 행할 뿐이어늘, 사람들은 학문을 이용하여 화학이니 물리학이니 배워서 사람의 도리에 유익한 옳은 일에 쓰는 것은 별로 없고, 각색 병기를 발명하여 군함이니 대포니 총이니 탄환이니 화약이니 칼이니 활이니 하는 등물을 만들어서 재물을 무한히 내버리고 사람을 무수히 죽여서, 나라를 만들 때의 만반 경륜은 다 남을 해하려는 마음뿐이라. 그런고로 영국 문학박사 판스라 하는 사람이 말하기를, '사람이 사람에게 대하여 잔인한 까닭으로 수천만 명 사람이 참혹한 지경에 들어갔도다.' 하였고, 옛날 진회왕이 초회왕을 청하매 초회왕이 진나라에 들어가려 하거늘, 그 신하 굴평이 간하여 가로되, '진나라는 호랑이 나라이라 가히 믿지 못할지니 가시지 마소서.' 하였으니, 호랑이의 나라가 어찌 진나라 하나뿐이리오. 오늘날 오대주를 둘러보면, 사람 사는 곳곳마다 어느 나라가 욕심 없는 나라가 있으며, 어느 나라가 포악하지 아니한 나라가 있으며, 어느 인간에 고상한 천리를 말하는 자가 있으며, 어느 세상에 진정한 인도를 의논하는 자가 있느뇨? 나라마다 진나라요, 사람마다 호랑이라." ─ 안국선, 〈금수회의록〉

나 나라끼리 교제하는 것도 또한 만국 공법으로 규제하여, 천지에 공평무사한 이치에 따라 한결같이 행해 나간다. 그렇기 때문에 커다란 나라도 한 나라고, 작은 나라도 한 나라인 것이다. 나라 위에 나라가 없고, 나라 아래에도 또한 나라가 없다. 한 나라가 나라 되는 권리는 피차 동등하고, 지위도 털끝만한 차이가 없다. 그러므로 모든 나라가 우호적이고 평화로운 뜻으로 균등한 예우를 갖추어 조약을 서로 교환하고 사절단을 서로 파견함으로써, 강약을 구별하지 않고, 권리를 서로 지켜 주며 침범하지 않게 되었다. 다른 나라의 권리를 존중하지 않는다면 자기 나라의 권리도 스스로 파괴하는 결과가 초래되기 때문이다.

만국 공법은 약소국의 권리를 보호하기 위하여 수호 조약, 항해 조약 및 통상 조약 체결권, 총영사 및 무역 사무관 파견권, 교전이나 강화를 선언할 권리, 이웃 나라끼리 군사 행동을 취할 때에 중립을 지킬 권리 등을 보장하여 이를 주권에 포함시켰다. 공법에 통달한 어느 학자가 "속국이라는 말은 오늘날 어울리지 않는 명칭이다."라고 말하였다. 그 뜻은 한 나라로서의 체제를 갖추고 있는 나라가 비록 작더라도, 강대국이 형세대로 통합할 권리가 없음을 가리킨 것이다. 설령 약소국이 강대국의 사나운 위협과 난폭한 핍박을 못 이겨, 자기 나라를 스스로 보전하기 위한 방편으로, 예전에 없었던 속국의 체제를 한때 자인한 적이 있더라도, 이 일 때문에 본래부터 오랫동안 가지고 있던 권리를 잃어버리지는 않는다. 위협과 핍박 아래서는 스스로 긍정하는 승인을 할 수가 없으며, 또 그러한 승인은 합법적인 조처가 아니기 때문에, 억지로 백번 승인했다 하더라도 만국 공법의 조항에 의해 소멸되는 것이다.

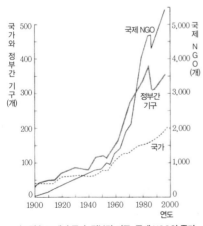

〈그림1〉 20세기 국가, 정부간 기구, 국제 NGO의 증가

해당국	해당국 영화를 배급받는 국가의 수	해당국 영화 판매가 영화 산업의 주 수입원인 국가의 수	해당국 영화 판매가 전체 수입 영화 판매의 최소 5% 이상에 해당하는 국가의 수
미국	79	56	79
프랑스	68	5	40
이탈리아	71	2	52
인도	42	6	27
영국	69	1	33
독일	56	0	15
일본	46	0	7

〈표1〉 20세기 말 주요 수출국별 영화 판매 분포

작품해설 o------

신소설 <금수회의록> 연구
-기독교 사상과 유교 사상을 중심으로

I. 서론

개화기 신소설인 <금수회의록>은 1908년 2월에 발간된 소설로, 발간 후 3개월 만에 재판되는 등 당시 독자들에게 큰 호응을 받았다. 동물들이 연설을 하는 우화 형식을 빌려 당시 세태를 신랄하게 비판했기에, 발간 1년 뒤인 1909년 당국에 의해 금서 처분을 받았다.

이 작품의 주요 동기는 소설의 미적 형식의 완성보다는 독자들을 계몽하는 것이다. 소설 속 동물들은 모두 당시 세태에 대해 강력히 비판하며 인간들이 어떻게 살아야 할지에 대해 도덕적인 가르침을 쏟아 내고 있다. 이 글에서는 <금수회의록>에서 나타난 기독교 의식과 유교 사상을 분석하고 그 두 사상의 혼재에서 오는 한계에 대해서 서술하고자 한다.

II. <금수회의록>의 기독교 문학적 성격

1. 기독교의 수용과 발생

전통적으로 무속 신앙, 불교, 유교, 도교의 영향하에 있던 우리나라에는 외국인 선교사가 아닌 실학자들에 의해 천주교가 들어왔다. 유교를 국가 이념으로 삼았던 조선에서 천주교 수용은 단순한 종교 운동의 성격을 넘어서서 봉건적 사회 질서를 깨뜨리고 새로운 시대로 나아가는 일이었다. 실학자인 이익은 청을 통해 받아들인 서학의 과학 지식과 천주교의 윤리를 책으로 삼아, 오직 주자학만 맹목적으로 숭배했던 당시 학풍을 비판하였다.

1784년 조선인 최초로 '베드로(반석)'란 세례명을 받은 이승훈은 북경에서 천주교 서적을 갖고 조선에 들어왔다. 그는 주로 중인 전도에 힘썼고, 이벽과 권일신에게 세례를 주었다.

"그들의 가장 유력한 종교로 만드는데 실로 장구하고도 먼 길을 걸어왔다."는 표현처럼 천주교는 1886년 한·불 조약이 체결되어 신앙의 자유를 얻기까지 100년 동안 수많은 박해를 받았다. 1785년 정약용 3형제가 연루되었던 을사추조적발(乙巳秋曹摘發)을 시작으로 많은 사람들이 박해받았고 순교했다. 기존 보수 세력이, 제사도 지내지 않고 서구에 대해 개방적인 천주교인들을 유교 사상과 쇄국 정책에 대한 저항 세력으로 받아들였기 때문이다.

수난과 순교의 역사를 겪은 천주교에 비해 개신교는 비교적 순탄하게 이 땅에서 선교의 기반을 확충해 나갔다. 개신교는 조선이 중국과 일본에 문호를 개방하고 선교사들이 들어와 교육과 의료 활동을 하면서 유입되었다. 개신교 선교사로서 한국에 처음 들어온 사람은 네덜란드 선교회 소속의 구츨라프이다. 그는 1832년 황해도에 도착하여 주민들에게 한문 성서를 나누어 주고 중국으로 돌아갔다. 약 30년 후, 성서 공회 소속인 토마스 목사가 서해안에서 두 달간 머물며 복음을 전했다. 이듬해 토마스는 선교 목적으로 미국 상선 제너럴 셔먼호에 동승해 평양의 대동강에서 전도를 하다가 우리나라 최초의 개신교 순교자가 되었다.

스코틀랜드 선교사 존 로스와 존 매킨타이어는 성서의 한국어 번역에 막대한 기여를 했다. 그들은 1875년에 《예수성교문답》과 《예수성교요령》이라는 전도 문서를 한글로 편찬했고, 1882년에 목사 이응찬 등의 도움을 받아 《누가복음》과 《요한복음》을 간행했다.

한편, 미국 개신교가 한국에 선교를 시작한 것은 감리교회 선교사 소속 멕레이가 1884년 경성에 와서 김옥균을 만나 고종에게 병원과 학교 사업을 허락받으면서부터이다. 또 미국 북장로교 선교사인 알렌이 보수계의 중추인 민영익을 탁월한 의술로 치료해 주어 고종과 민비의 왕실부 시의관에 임명되었다. 알렌은 1885년 우리나라 최초의 서양식 병원인 광혜원을 설립하였다. 알렌에 의해 한국 선교가 탄력을 받자 미국 북장로교 언더우드 목사가 인천에 상륙하여 복음을 전파하면서 선교 역사의 기점이 되었다. 같은 해 5월에는 의사 스크랜튼이 그의 어머니인 메리 스크랜튼 여사와 입국하여 병원을 설립하였다.

기독교 초기 선교자들은 의료 활동과 교육 기관의 설립으로 복음 전파의 터전을 확립하였고, 병원과 진료소를 설치하여 환자들을 전도하였다. 또한 성서와 찬송가를 한글로 번역하였는데 이는 단순히 기독교 전파의 목적에 머물지 않고 인간 평등, 자유로운 진리 추구, 진취적인 대중 의식을 백성들에게 심어 주었다. 따라서 기독교는 이 땅에 근대화를 자극하고 지식과 복음을 전하면서 한국 개화기 문학을 탄생시키는 정신적 계기가 되었다.

2. 기독교 문학의 발생

한국 문학의 전개 과정에서 기독교는 문학사적으로 큰 영향을 끼쳤다. 개화기를 전후하여 기독교를 수용한 방식은 크게 두 가지였다. 교리로 기독교를 받아들인 부류와 지식욕이나 서구 문화에 대한 호기심으로 받아들인 부류였다. 기독교에는 영혼 구원, 박애 정신, 회개 정신, 가정 구원, 자유와 평등 의식 등이 담겨 있어 이러한 사상이 당시 문학에 큰 영향을 끼쳤다. 백철은 '기독교가 개화기에 서양의 새것을 받아들이는 데 중요한 매개체'가 되었다고 했다. 이는 현대 문학 속에 기독교가 끼친 사상적 영향이 문학적으로 형상화되는 데 있어서 기본적인 원동력이 되었음을 지적한 것이다.

개화기 때 세계 열강의 각축장이 된 조선의 백성들은 국가의 자주독립과 자신의 안전을 열망하며 기독교를 찾게 되었다. 또한 서구에서 들어온 기독교를 보고 강한 호기심을 내비쳤으며, 새로운 교육 제도와 의술을 베푸는 기독교에 대한 기대감이 매우 컸다.

당시 기독교는 낙후된 조선 사회를 계몽시키는 데 주력했고, 백성들에게 신앙을 통해 안식을 주려고 노력했다. 기독교는 양반 계층보다 서민 계층을 옹호했고, 당시 열악한 처지에 있던 여성의 지위를 향상시키려고 했다. 또한 기독교 사상을 바탕으로 반상(班常) 제도, 관존민비(官尊民卑) 사상, 조혼(早婚) 제도의 철폐를 주장했다. 기독교는 구습을 타파하고 새로운 가치관을 형성하는 데 중요한 역할을 담당했다.

이러한 기독교 사상이 당시 개화기 문학에 투영되었음은 물론이다. 기독교 정신이 구현된 기독교 문학은 기독교 신앙 안에서 성서적 복음을 바탕으로 보편적인 예술성을 성취하는 문학이다. 기독교 문학은 그리스도 안에서 인간의 본래적인 모습을 회복하고 구원을 얻는 것을 지향한다. 기독교에서는 성경을 국문으로 번역하고 신문 및 잡지를 발간하면서 국민들의 의식을 개혁해 이후 대중이 기독교 문학을 받아들일 수 있는 토양을 만들었다. 그리고 기독교 문학의 형성 초기에는 민족주의 정신을 내세웠다. 그래서 당시 사람들은 민족이 처한 어려운 상황에서 이를 정신적으로 극복하거나 기독교 의식을 수용하게 되었다.

기독교 문학은 작품 가운데 분명하고 확실한 구원이 있으며 미래의 희망과 더불어 속죄와 은총이 있다. 인간의 고통과 불안 의식이 그 자체로 끝난 것이 아니고 시련 후에 다시 찾아올 구원의 과정으로 여기고 있다. 인간의 부패상 역시 하나님을 상실한 자에게 내려진 심판으로 여겨지나 회개하면 구원과 희망이 있다는 것이다. 이런 문학 속에서 추구하는 가치관과 기독교에서 추구하는 가치관은 통하는 바가 있다. 궁극적으로 모두 사랑과 진리,

도덕의식, 휴머니즘을 추구하기 때문이다. 기독교 문학은 이러한 가치관을 종교적 체험과 문학적 방법을 통해 예술적으로 형상화하는 작업이다. 이러한 측면에서 한국의 기독교 문학은 서구에 비해 일천한 만큼 문학적 성과가 미약하다. 개화기 때 우리에게 기독교가 전래된 기간을 보면 기독교 문학이 일천한 것은 당연하다. 그러나 기독교가 이 땅에 유입된 개화기에 나타난 기독교 문학은 당시의 사회상과 밀접한 관계가 있다.

따라서 개화기 당시 기독교 문학이 완숙한 경지에는 이르지 못했다 해도 핵심 주제로 민족의식을 일깨운 점은 의의가 매우 크다. 당시 작품들에는 당시 사회에 나타난 개화 및 계몽 사상, 자유와 평등 의식, 애국 사상과 자주독립 의식을 핵심 주제로 표방하고 있다.

3. 〈금수회의록〉에 나타난 기독교 의식

〈금수회의록〉은 토론체 형식으로 구성되어 있다. 회장의 발언권을 얻어 등단하고, 옳은 발언을 할 경우 찬성의 박수를 받는 등 근대적 정견 발표회장을 연상케 한다. 이런 모습은 개화기에 민중의 정치의식이 성장하면서 새롭게 등장한 사회 제도의 일종으로 볼 수 있다. 이 작품은 1905년 을사보호조약 이후 일제의 국권 침탈이 노골화된 상황에서 대응할 힘도 없고 부패한 양반 관료들을 날카롭게 비판했다.

〈금수회의록〉은 내용과 형식면에서 다른 개화기 소설과는 차별성이 있다. '나'라는 1인칭 관찰자가 꿈속에서 인류를 비판하는 금수들의 회의장에 들어가 동물들의 연설을 기록한 액자 소설의 형식을 취한 이 작품은 11개 단락으로 구분된다.

서언(序言), **개회 취지**(開會 趣旨), **제일석 반포지효**(反哺之孝, 까마귀), **제이석 호가호위**(狐假虎威, 여우), **제삼석 정와어해**(井蛙語海, 개구리), **제사석 구밀복검**(口蜜腹劍, 벌), **제오석 무장공자**(無腸公子, 게), **제육석 영영지극**(營營之極, 파리), **제칠석 가정이 맹어호**(苛政而猛於虎, 호랑이), **제팔석 쌍거쌍래**(雙去雙來, 원앙), **폐회** 등 11항목이다.

이 소설의 도입부는 '서언'이다. 차례로 까마귀, 여우 등이 등장하며 새로운 주제를 병렬식으로 연결시키며, 소설 전편이 동물들의 발언 형식을 빌려 우의적으로 서술했다는 점이 독특한 구성으로 평가된다. 동물의 입을 빌려 나타낸 작가의 비판 의식은 주로 기독교적 윤리관에 바탕을 두고 있다.

대저 우리들이 거주하여 사는 이 세상은 당초부터 있던 것이 아니라, 지극히 거룩하시고 지극히 전능하신 하나님께서 조화로 만드신 것이라. 세계 만물을 창조하신 조화주를 곧 하나님이라 하나니, 일만 이치의 주인 되시는 하나님께서 세계를 만드시고 또 만물을 만들어 각색 물건이 세상에 생기게 하셨으니, 이같이 만드신 목적은 그 영광을 나타내어 모든 생물로 하여금 인자한 은덕을 베풀어 영원한 행복을 받게 하려 함이라.

'개회 취지'는 사실상 작가의 신앙 고백 같은 것이라고 할 수 있다. 하나님은 천지만물을 만드신 창조주이며 은덕을 베푸는 시혜자이다. 따라서 이 세상은 하나님의 뜻에 따라 이루어졌으며, 피조물인 인간은 하나님의 섭리와 이치 안에서 신의 뜻에 맞게 살며 그의 영광을 드러내야 존재 가치가 있다는 것이다.

그중에도 사람이라 하는 물건은 당초에 하나님이 만드실 때에 특별히 영혼과 도덕심을 넣어서 다른 물건과 다르게 하셨은즉, 사람들은 더욱 하나님의 뜻을 순종하여 천리 정도를 지키고 착한 행실과 아름다운 일로 하나님의 영광을 나타내어야 할 터인데, 지금 세상 사람의 하는 행위를 보니 그 하는 일이 모두 악하고 부정하여 하나님의 영광을 나타내기는 고사하고 도리어 하나님의 영광을 더럽게 하며 은혜를 배반하여 제반악증이 많도다.

하나님이 인간을 창조할 때에 다른 동물과 달리 육체에 영혼과 도덕심을 넣어서 만드셨다. 그러므로 인간은 하나님의 선한 뜻을 순종하며 착한 행실로써 하나님의 영광을 드러내야 함에도 오히려 하나님의 영광을 더럽히고 은혜를 배반하는 일이 많다. 하지만 인간은 하나님의 뜻에 따라 순종하며 살아가야 한다. 이런 생각에 따라 작가는 당시 시대 상황을 '금수만도 못한 세상'으로 정의하고 있다. 이 작품에서 결의할 안건은 세 가지가 나온다.

제일. 사람 된 자의 책임을 의논하여 분명히 할 일.
제이. 사람의 행위를 들어서 옳고 그름을 의논할 일.
제삼. 지금 세상 사람 중에 인류 자격이 있는 자와 없는 자를 조사할 일.

이 안건들은 작가의 사상을 함축적으로 요약한다. 인간은 자기 책임을 다하고, 올바르게 행동해야 하며, 인간으로서의 자격을 갖추어야 한다는 것이다. 이 세 가지 요건을 갖출 때 사람으로서의 자격이 있다고 할 수 있다.

이 작품에 수록된 여덟 편은 각각 다른 주제를 담고 있다. 까마귀는 '반포지효(反哺之孝)'에서 효(孝) 사상을, 여우는 '호가호위(狐假虎威)'에서 공명정대함을, 개구리는 '정와어해(井蛙語海)'에서 분수를 지킬 것을, 벌은 '구밀복검(口蜜腹劍)'에서 근면과 정직함을, 게는 '무장공자(無腸公子)'에서 지조와 절개를, 파리는 '영영지극(營營之極)'에서 형제·동포 간 우애를, 호랑이는 '가정이 맹어호(苛政而猛於虎)'에서 의리를, 원앙새는 '쌍거쌍래(雙去雙來)'에서 부부간의 화목을 강조한다. 전통적 유교 윤리와 기독교 사상을 바탕으로 당시 인간 세태를 예리하게 비판하고 있는 것이다.

이 작품은 당시 사회의 현실을 논의하는데, 판단 기준을 기독교적 윤리와 도덕에 둔다. 이는 기독교로 개종한 작가가 현실 인식 기준을 종교적 가치에 두고 있기 때문이다.

〈금수회의록〉에는 여덟 동물들이 각각 등단하여 자신들의 특성을 가지고 인간의 타락상을 풍자하고 있다. 먼저, 반포지효에서 까마귀는 '효'의 붕괴 현상을 지적한다. 동양에서 '효는 덕의 근본이며 일백 행실의 근원이요, 천하를 다스린다.'고 하였으며, 기독교의 십계명에도 '부모를 효도로 섬겨야 한다.'는 내용이 들어 있음을 강조한다.

옛날 동양 성인들이 말씀하기를 '효도는 덕의 근본이라.' '효도는 일백 행실의 근원이라.' '효도는 천하를 다스린다.' 하였고, 예수교 계명에도 '부모를 효도로 섬기라.' 하였으니, 효도라 하는 것은 자식 된 자가 고연한 직분으로 당연히 행할 일이올시다. (중략) 지금 세상 사람들이 말하는 것을 보면 낱낱이 효자 같으되, 실상 하는 행실을 보면 주색잡기에 침혹하여 부모의 뜻을 어기며, 형제간에 재물로 다투어 부모의 마음을 상케 하며, 제 한 몸만 생각하고 (중략) 사람들이 일백 행실의 근본 되는 효도를 알지 못하니 다른 것은 더 말할 것 무엇 있소.

까마귀는 효도가 인간의 여러 행실의 근본임을 주장한다. 이는 전통적인 유교의 윤리관과 서구 기독교 사상에서 모두 효도가 반드시 실천해야 할 덕목임을 강조한 것이다. 그러나 인간들은 말로만 효자라 하고 실제로는 주색잡기, 형제간의 재산 다툼 등 불효를 저지르고 있다.

호가호위로 등장한 여우는 인간의 위선과 간사스러움을 비판하고 있다.

지금 세상 사람들은 당당한 하나님의 위엄을 빌려야 할 터인데, 외국의 세력을 빌려 의뢰하여 몸을 보전하고 벼슬을 얻어 하려 하며, 타국 사람을 부동하여 제 나라를 망하고 제 동포를 압박하니,

그것이 우리 여우보다 나은 일이오? 결단코 우리 여우만 못한 물건들이라 하옵네다. (중략)

사람이라 하는 것들은 음란하기가 짝이 없소. 어떤 나라 계집은 개와 통간한 일도 있고, 말과 통간한 일도 있으니, 이런 일은 천하만국에 한두 사람뿐이겠지마는, 한 숟가락 국으로 온 솥의 맛을 알 것이라. 근래에 덕의가 끊어지고 인도가 없어져서 세상이 결딴난 일을 이루 다 말할 수 없소. 사람의 행위가 그러하되 오히려 하나님을 두려워하지 아니하며 (중략) 이런 행위를 볼작시면 말하는 내 입이 다 더러워지오.

작가는 민족 현실과 일제의 침략적 속성을 알고도 일제와 협력하는 양반 계층을 비판하고 있다. 또한 인간의 덕의가 끊어지고 하나님을 두려워하지 않는 부도덕한 인간의 처세를 비판한다.

한편, 인간의 성도덕의 타락이 극에 달했음도 비판한다. 양반집 여자가 개나 말과 통간할 정도로 성도덕이 타락했을 뿐만 아니라, 도덕의 부패상이 극에 달했음을 지적하고 있다. 이와 같이 인간들의 간사하고 교활함이 도를 지나쳐 하나님을 두려워할 줄 모르는 비도덕적 상황에 이르렀음을 강조한 것이라 할 수 있다.

정와어해로 등단한 개구리는 은혜와 의리를 모르는 배신 행위와 아첨을 일삼는 매국 행위를 고발한다.

그런고로 하나님은 곧 조화주요, 천지만물의 대주재시니 천지만물의 이치를 다 아시려니와, 사람은 다만 천지간의 한 물건인데 어찌 이치를 알 수 있으리오. (중략) 나의 지식이 저 사람보다 조금 낮다고 하면 남을 가르쳐 준다 하고 실상은 해롭게 하며, 남을 인도하여 준다 하고 제 욕심 채우는 일만 하며, 어떤 사람은 제 나라 형편도 모르면서 타국 형편을 아노라고 외국 사람을 부동하여, 임금을 속이고 나라를 해치며 백성을 위협하여 재물을 도둑질하고 벼슬을 도둑하며 (중략)

우리 개구리의 족속은 우물에 있으면 우물에 있는 분수를 지키고, 미나리 논에 있으면 미나리 논에 있는 분수를 지키고, 바다에 있으면 바다에 있는 분수를 지키나니, 그러면 우리는 사람보다 상등이 아니오니까?

인간은 오만과 부패 때문에 천지만물을 창조하신 하나님의 이치를 알지 못하고 상대를 모함하거나 제 욕심만 채우려고 재물을 도둑질하면서 악한 일을 일삼는 행위를 비판하고 있다. 미물로 취급받는 개구리는 우물에 있으면 우물에 있는 분수를 지키고, 미나리 논에 있으면 미나리 논에 있는 분수를 지키는 등 각각 처한 장소에서 분수를 지킨다. 그런데 인간은 벼슬자리를 도둑질하고 국가의 장래보다는 자신의 이익을 위해 백성을 위협하고 착취하고 있는 모습을 풍자한 것이다. 당시 기강이 무너진 상황에서 벼슬자리를 매관매직하는 폐단이 광범위하게 형성되어 있었기 때문이다.

구밀복검에서 벌은 하나님의 형상을 본떠 창조된 인간이 에덴동산에서 쫓겨난 사건을 통하여 사람들의 불순종과 게으름을 책망한다.

사람은 특별히 모양이 하나님과 같고 마음도 하나님과 같게 하였으니, 사람은 곧 하나님의 아들이라 하는 뜻을 잊지 말고 하나님의 마음을 본받아 지극히 착하게 되어야 할 터인데, 아담과 이와가 죄를 짓고 에덴동산에서 쫓겨난지라. 우리 벌의 조상은 죄도 아니 짓고 하나님의 뜻대로 순종하여 각색 초목의 꽃으로 우리의 전답을 삼고 꿀을 농사하여 양식을 만들어 복락을 누리니, 조상 적부터 우리가 사람보다 나은지라. 세상이 오래되어 갈수록 사람은 하나님과 더욱 멀어지고, 오늘날 와서는 거죽은 사람의 형용이 그대로 있지마는 실상은 시랑과 마귀가 되어 서로 싸우고, 서로 죽이고, 서로 잡아먹어서, 약한 자의 고기는 강한 자의 밥이 되고, 큰 것은 작은 것을 압제하여 남의 권리를 늑탈하여 남의 재산을 속여 빼앗으며, 남의 토지를 앗아 가며, 남의 나라를 위협하여 망케 하니, 그 흉측하고 악독함을 무엇이라 이르겠소.

인간은 하나님의 형상을 본떠 만들어졌기에 다른 동물에 비해 존엄하다는 것이다. 그러나 인간은 하나님의 뜻에 순종하지 않는, 불순종의 죄를 지어 에덴동산에서 쫓겨났으며, 약육강식의 원리에 따라 강자가 약한 자를 억압하고 권리마저 빼앗는 잘못된 인간관계를 형성하고 있다며 비판한다.

무장공자란 제목으로 등장한 게는 창자가 없는 듯 주체적이지 않은 사람들의 모습을 책망한다.

사람들을 보면 부당한 데로 들어가는 사람이 많소. 부모처자를 내버리고 중이 되어 산속으로 들어가는 이도 있고, 여염집 부인네들은 음란한 생각으로 불공한다 핑계하고 절간 초막으로 들어가는 이도 있고, 명예 있는 신사라 자칭하고 쓸데없는 돈 내버리러 기생집에 들어가는 이도 있고, 옳은 길 내버리고 그른 길로 들어가는 사람, 옳은 종교 싫다 하고 이단으로 들어가는 사람, (중략) 지금 사람들을 보면 그 창자가 다 썩어서 미구에 창자 있는 사람은 한 개도 없이 다 무장공자가 될 것이니, 이 다음에는 사람더러 무장공자라 불러야 옳겠소.

여기서는 사람들이 게를 창자 없는 동물이라 비하하지만, 오히려 인간들이 부당한 방법으로 살아감 풍자하고 있다. 즉, 가족을 버리고 스님이 되거나, 여염집 부인이 지조를 잃은 행동을 하거나, 이단에 빠진 사람들을 창자 없이 사는 사람들이라고 표현한 것이다.

영영지극에 등장한 파리는 자신들의 우애를 들어 인간의 간사함과 사리사욕을 비판한다.

대저 사람이라 하는 것들은 저의 흉은 살피지 못하고 다만 남의 말은 잘하는 것들이오. 간사한 소인의 성품과 태도를 가진 것들은 사람들이오. (중략) 사람들은 똥보다 더 더러운 일을 많이 하지마는 혹 남의 눈에 보일까, 남의 입에 오르내릴까 겁을 내어 은밀히 하되, 무소부지하신 하나님은 먼저 아시고 계시오.

하나님은 시간과 공간을 초월하여 모든 것을 다 알고 계신 분이므로 인간이 은밀히 하는 행동도 다 알고 있으며 누구든지 하나님을 속일 수 없다는 이야기를 하고 있다. 따라서 서로 시기하거나 남을 흉보는 간사한 태도를 지양해야 함을 역설하는 것이다.

가정이 맹어호로 등장한 호랑이는 정부 관리들의 부정부패를 비판하고 있다.

사람들은 대낮에 사람을 죽이고 재물을 빼앗으며 죄 없는 백성을 감옥서에 몰아넣어서 돈 바치면 내어놓고 세 없으면 죽이는 것과, 임금은 아무리 인자하여 사전을 내리더라도 법관이 용사하여 공평치 못하게 죄인을 조종하고, 돈을 받고 벼슬을 내어서 그 벼슬한 사람이 그 밑천을 뽑으려고 음흉한 수단으로 정사를 까다롭게 하여 백성을 못 견디게 하니, (중략) 옛적 사람은 호랑이의 가죽을 쓰고 도적질하였으나, 지금 사람들은 껍질은 사람의 껍질을 쓰고 마음은 호랑이의 마음을 가져서 더욱 험악하고 더욱 흉포한지라. 하나님은 지공무사하신 하나님이시니, 이같이 험악하고 흉포한 것들에게 제일 귀하고 신령하다는 권리를 줄 까닭이 무엇이오?

여기서는 '백성을 괴롭히는 정치가 호랑이보다 더 무섭다.'라는 공자의 이야기처럼 백성들의 생명과 재산을 보호해야 할 정부 관리들이 부패하여 과다한 세금과 노동으로 백성들의 삶이 무너뜨림을 책망하고 있다. 즉 관리들은 죄 없는 백성을 죽이거나 감옥으로 보내고, 재산을 뺏으며, 벼슬을 매관매직까지 하고 있는데 하나님은 모든 것을 알고 계시기 때문에 언젠가 이런 죄악을 심판할 것이라는 이야기다. 당시 조선이 제국주의 국가들의 각축장이 됐음에도 국가보다는 개인의 사리사욕에 눈먼 정치인들에게 각성을 촉구하고 있다.

쌍거쌍래로 등단한 원앙새는 인간의 성적 타락을 규탄하고 부부간 성도덕을 규정한다.

인류의 제일 괴악한 일은 음란한 것이오. 하나님이 사람을 내실 때에 한 남자에 한 여인을 내셨으니, 한 사나이와 한 여편네가 서로 저버리지 아니함은 천리에 정한 인륜이라. (중략) 조강지처를 내쫓으며, 남편이 병이 들어 누웠는데 의원과 간통하는 일도 있고, 복을 빌어 불공한다 가탁하고 중서방 하는 일도 있고, 남편 죽어 사흘이 못 되어 서방 해갈 주선하는 일도 있으니, 사람들은 계집이나 사나이나 인정도 없고 의리도 없고 다만 음란한 생각뿐이라 할 수밖에 없소.

태초에 하나님이 한 남자에 한 여자를 허락하셨다는 말은 일부일처제의 기독교적 결혼관을 의미한다. 그러나 이런 기독교적 결혼관은 성윤리 타락으로 무너지고 있다는 것이다. 남자도 여러 여인을 두고 여성도 남편이 죽자마자 재혼하는 등 성도덕이 문란해졌음을 규탄하고 있다.

〈금수회의록〉의 폐회 부분에서는 인간의 윤리가 금수보다 못하며 타락했음을 지적한다.

까마귀처럼 효도할 줄도 모르고, 개구리처럼 분수 지킬 줄도 모르고, 여우보담도 간사하고 호랑이보담도 포악하고 벌과 같이 정직하지도 못하고, 파리같이 동포 사랑할 줄도 모르고, 창자 없는 일은 게보다 심하고, 부정한 행실은 원앙새가 부끄럽도다. (중략) 사람이 떨어져서 짐승의 아래가 되고, 짐승이 도리어 사람보다 상등이 되었으니, 어찌하면 좋을꼬? 예수 씨의 말씀을 들으니 하나님이 아직도 사람을 사랑하신다 하니, 사람들이 악한 일을 많이 하였을지라도 회개하면 구원 있는 길이 있다 하였으니, 이 세상에 있는 여러 형제자매는 깊이깊이 생각하시오.

작가는 인간이 도덕적으로 타락했지만 하나님은 아직도 인간을 사랑하고 있으니, 자신의 죄를 회개하고 기독교 신앙으로 그동안의 잘못을 극복하기를 바라고 있다. 인간 행위의 마지막 판단 기준을 기독교적인 관점에서 찾고, '회개'를 통해 구원이 이르는 길을 궁극적인 지향점으로 삼았다. 회개는 그동안의 죄를 인정하고 하나님의 뜻에 따라 살아가는 것이라 할 수 있다. 이 작품은 기독교적 가치를 통해 개화기의 혼란한 상황을 극복할 것을 주장하고 있다.

작가는 성적으로 타락하고, 효가 붕괴되고, 정부 관료들이 사리사욕만 추구하는 당시 시대적 상황을 '금수만도 못한 세상'으로 규정하고 이런 죄악들을 동물들의 입을 통해 비판하고 있다. 결국 이 작품은 기독교 신앙과 정치의식이 반영된 사회 비판 소설이며, 계몽주의적 요소와 함께 사회 타락 현상을 우의와 풍자로 표현한 기독교 소설이다.

따라서 이 작품은 당시 세태를 비판하며 사회적으로 기독교 원리에 따라 도덕성을 회복하여 이상향을 실현할 것을 주장하고 있다고 볼 수 있다. 즉, 모범적인 윤리관 제시, 원죄에 대한 회개, 인간 구원에의 희구 등 기독교적 가치관을 궁극적으로 설정하여 그 정신을 구현하는 데 크게 기여한 작품이다.

Ⅲ. 〈금수회의록〉에 드러난 유교 문학적 성격

1. 유교 사상의 개관

(1) 유교의 기본 사상

유교는 수신(修身), 제가(齊家), 평천하(平天下)의 실현을 목표로 하는 윤리학이며 정치학이고, 조선 시대 내내 우리나라를 지배해 온 사상이다. 공자 사상의 진수는, 그가 죽은 후 제자들이 그의 언행을 수집하여 편찬한 《논어》에서 잘 나타난다. 공자는 인을 가장 중시하였으며, 인은 곧 효이고, 이 효 개념을 정치에도 확장했다.

그 후 맹자가 나타나 인(仁)과 함께 의(義)를 내세웠다. 또한 인간의 본성을 선하다고 보아 선한 본성이 우러나오는 덕치로서의 왕도론을 주장했다.

(2) 유교의 천인합일 사상

하늘과 인간의 조화적 통일을 지향하는 천인합일 사상은 주로 유가와 도가 사상가들에 의해 발전되어 왔다. 유가와 도가 모두 하늘을 근본으로 하여 천지와 인간의 조화를 추구하는 입장에는 큰 차이가 없다. 그러나 천지 자연 속에서 유교는 인간의 지위와 역할을 존중하지만 도교는 다른 만물과 인간의 지위에 차이를 두지 않는다. 도가의 천인합일론은 철저히 인간을 낮추고 자연을 높이 세운 입장이다.

유가와 도가 사상가들 모두 하늘을 존재와 이치의 최상위 근원으로 여긴다. 그러나 도가에서는 하늘을 그 자체로 완전무결한 것으로 보지만 유가에서는 하늘을 위대하지만 불완전한 것으로 본다. 인간이 불완전한 부분을 '인간적이고 문화적인' 부분으로 채워서 완성해야 한다는 것이다. 따라서 인간은 하늘과 만물의 중간에서 하늘의 실현을 돕는 독보적인 존재인 것이다. 이에 유가 사상가들은 만물을 생성화육시키는 하늘과 인간의 조정과 보완의 능력이 필수적으로 보태져야 한다고 보았다.

《주역》에서는 "인간은 천지의 도를 보듬어 이루고, 천지의 질서에 따라 서로 도와 백성을 이롭게 한다."고 말한다. 방립천은 이를 "자연에 적절한 조정을 가하여 인류의 요구에 부합하도록 한다."는 뜻으로 풀었다. 자연에 대한 인간의 개입을 정당화하는 것이다. 《주역》은 또 "대인은 하늘을 앞서서 인도해도 하늘이 어긋나지 않으며, 하늘을 따라서 하늘의 때를 받든다."라고도 말했다. 방립천은 이를 "한편으로 자연을 개발하고 다른 한편으로 자연에 적응하며 자연도 사람을 위배하지 않고 사람도 자연을 위배하지 않는다. 자연과 인간이 서로 협조 관계를 이룬다."고 풀이했다. 이는 자연에 대한 인간의 적극적인 개입을 인정하면서도, 한편으로는 자연의 법칙에 순응해야 하는 인간의 자세를 강조한 것이다. 즉, 자연에 대한 인간의 적극적인 개입은 '천지의 질서'에 어긋나지 않을 때 인정되는 것이다.

《중용》은 인간의 지위에 대해 한발 더 나아간 생각을 펼쳐, 인간이 '천지'와 대등하게 설 수도 있다고 보았다.

자신의 성(性)을 다할 수 있으면 곧 사람의 성을 다할 수 있고, 사람의 성을 다할 수 있으면 곧 만물의 성을 다할 수 있고, 만물의 성을 다할 수 있으면 곧 천지의 화육(化育)을 도울 수 있고, 천지의 화육을 도울 수 있으면 곧 천지와 더불어 함께할 수 있다.　　　　　　　　　　　　　　　－《중용》

《중용》은 사람이 "천지와 더불어 함께할 수 있다."고 말한다. '함께한다'는 것은 '참여한다'는 것으로, 이는 '사람이 만물을 화육하는 천지의 일에 참여하여 천지와 나란히 함께 설 수 있다.'는 것을 의미한다. 이는 '인간이 천지와 대등하게 서서 천지인 삼재(三才)를 이룬다.'는 생각과 통하는 것이다. 인간의 지위를 '만물'과 구분되고 '천지'와 대등한 것으로 본 이러한 주장은, 유가의 천인합일 사상이 인간 존중의 태도를 취하고 있음을 단적으로 보여 주는 것이다.

그러나 《중용》에서도 사람의 도(道)는 하늘의 도에 근원을 두고 있는 것으로 이해된다.

하늘이 명한 것을 성(性)이라 하고, 성을 따르는 것을 도(道)라 하며, 도를 닦는 것을 교(敎)라 한다.
　　　　　　　　　　　　　　　－《중용》

《중용》은 '사람의 도'가 본성을 따르는 데 있으며, 그 본성은 하늘이 명한 것이라고 말한다. 즉 사람의 도가 근본적으로 하늘에서 비롯되었다고 본다.

2. 〈금수회의록〉에 나타난 유교적 성격

개화기 작품에서 유교적이란 것은 외래적인 것과 대립되는 재래적인 것, 서구적이 아닌 동양적인 것, 외적인 것이 아닌 내적인 것을 의미한다. 개화기 문학 작품에서 유교적 성격은 작품을 이루는 중요한 사상의 하나이다. 한국인은 기본적으로 오랫동안 유교적 윤리 규범 안에서 살아왔기에 누구나 인간관계나 사회생활에서 유교적인 태도를 취한다. 〈금수회의록〉에서도 유교적 기준이 인간의 타락상을 비판하는 기준이 되고 있다.

'옛날 동양 성인들이 말씀하기를 효도는 덕의 근본이라, 효도는 일백 행실의 근원이라, 효도는 천하를 다스린다 하였고'는 《효경》을 인용한 것이다.

'하나님께 죄를 얻으면 빌 곳이 없다.'는 《논어》를 인용했다. 이는 작가의 도덕관념에서 기독교적 윤리와 함께 유교적 도덕관이 큰 비중을 차지하고 있음을 뜻한다. 도덕의 속성은 한 사회를 유지하기 위해 개인에게 제한하는 규범이다. 그의 유교적 도덕관에서 볼 때 현재 세태는 그 규범의 틀을 벗어난 것이므로 작가는 금수회의라는 방법을 통해 사람들의 반성을 촉구하는 것이다. 그렇기에 작품의 유교적 성격은 매우 짙게 나타나면서 가장 큰 사상적 배경으로 자리 잡는다. 이는 구체적으로 작품에 등장하는 자잘한 삽화에서도 분명히 드러난다.

① 노래자를 도와서 종일토록 그 부모를 즐겁게 하여 주며, 증자의 갓 위에 모여서 효자의 아름다운 이름을 천추에 전케 하였고, 또 우리가 효도만 극진할 뿐 아니라 자고이래로 사기에 빛난 일이 한두 가지가 아니오니 대강 말씀하오리다.
② 물병에 돌을 던지니 이솝이 상을 주고, 탁자의 포도주를 다 먹어도 프랭클린이 사랑하도다.

①의 예는 동양 전래의 옛 기록에 남은 얘기들이고, ②의 예는 서양의 얘기들이다. 이 같은 작은 삽화들을 제시하면서 작가는 사람보다 금수가 우월함을 증명하고 있다. 여기서 주목할 것은 소설 속에 등장하는 그 삽화의 수가 서양의 예보다 동양의 것이 압도적으로 많다는 점이다. 이는 작품의 사상적 배경에 유교적인 것, 동양의 것이 압도적으로 큰 비중을 차지하고 있음을 보여 준다.

(1) 〈금수회의록〉에 나타난 유교의 기본 사상

〈금수회의록〉은 발간 당시 독자들에게 매우 인기였다. 이는 작품에 당시 독자들이 품은 현실적 삶에 대한 변화의 열망을 잘 반영했기 때문이며, 세태에 대한 날카로운 풍자를 담고 있었다는 사실을 보여 준다.

〈금수회의록〉은 도입부에 해당하는 서언, 개회의 취지를 밝힌 부분, 동물 여덟 마리가 나와서 각 제목으로 연설하는 부분, 폐막식, 그리고 이를 지켜본 인간의 평으로 나누어져 있다.

이들 동물의 연설 제목과 작품의 구성은 유교적으로 풍자하는 데 목적을 두고 있다. 풍자적 매체로서 인간보다는 동물을 택하고 있고 풍자의 대상은 인간이다. '금수만도 못한 인간'을 비웃으려는 의도를 개회 취지에서 확실히 밝히고 있다.

외국 사람에게 아첨하여 벼슬만 하려 하고, 제 나라가 다 망하든지 제 동포가 다 죽든지 불고하는 역적 놈도 있으며, 임금을 속이고 백성을 해롭게 하여 나랏일을 결딴내는 소인 놈도 있으며, 부모는 자식을 사랑치 아니하고, 자식은 부모를 효도로 섬기지 아니하며 형제간에 재물로 인연하여 골육상잔하기를 일삼고, 부부간에 음란한 생각으로 화목지 아니한 사람이 많으니, 이 같은 인류에게 좋은 영혼과 제일 귀하다 하는 특권을 줄 것이 무엇이오.

이를 토론하고 비판하기 위해 동물들 여덟 마리가 나와서 연설을 하는데, 이들의 이야기 엔 모두 대표적인 유교 사상이 전제되어 있다. 동물들의 비판 내용을 요약해 보면 윤리·도덕적 측면과, 민족과 국가적 차원의 현실적 측면으로 나눌 수 있다. 윤리·도덕적 측면에서는 불효, 음란, 학정 등이고, 현실적 측면에서는 국가의 외세 의존 등으로 압축된다. 작가는 서언에서 당시 상황을 매우 타락하고 부패하다고 평가한다.

우주는 의연히 백대에 한결같거늘, 사람의 일은 어찌하여 고금이 다르뇨? 지금 세상 사람을 살펴보니 애달프고, 불쌍하고, 탄식하고, 통곡할 만하도다.

전인의 말씀을 듣든지 역사를 보든지 옛적 사람은 양심이 있어 천리를 순종하여 하나님께 가까웠거늘, 지금 세상은 인문이 결딴나서 도덕도 없어지고, 의리도 없어지고, 염치도 없어지고, 절개도 없어져서, 사람마다 더럽고 흐린 풍랑에 빠지고 헤어 나올 줄 몰라서 온 세상이 다 악한 고로, 그리고 옳음을 분별치 못하여 악독하기로 유명한 도척이 같은 도적놈은 청천백일에 사마를 달려 왕궁 국도에 횡행하되 사람이 보고 이상히 여기지 아니하고, 안자같이 착한 사람이 누항에 있어서 한 도시락 밥을 먹고 한 표주박 물을 마시며 간난을 견디지 못하되 한 사람도 불쌍히 여기지 아니하니, 슬프다! 착한 사람과 악한 사람이 거꾸로 되고 충신과 역적이 바뀌었도다. 이같이 천리에 어기어지고 덕의가 없어서 더럽고, 어둡고, 어리석고, 악독하여 금수만도 못한 이 세상을 장차 어찌하면 좋을꼬?

작가는 이처럼 말하며 자연과 같이 의연하지 못하고 점점 타락의 길로 빠져 가고 있는 인간 세태를 비판하고 있다. 인간이 타락하여 점차 도덕, 의리, 염치, 절개도 없어지고 있는 것이다. 이와 같은 세태는 자연의 법칙을 천리로 존중하며 순리로 하면 생존하고 역리로 하면 멸망한다는 유교의 우주론에 어긋나는 것이다. 이와 같은 세상의 타락을 근심하던 화자 '나'는 이를 더 이상 방관할 수 없어 개선을 위한 자구책을 나름대로 찾아가고 있었다. 그러던 중에 잠시 잠에 빠져 꿈속에서 금수들의 회의에 참관하고서 이 글을 쓰게 되었다고 밝히고 있다.

나도 또한 인간에 한 사람이라, 우리 인류 사회가 이같이 악하게 됨을 근심하여 매양 성현의 글을 읽어 성현의 마음을 본받으려 하더니, 마침 서창에 곤히 든 잠이 춘풍에 이익한 바 되매 유흥을 금치 못하여 죽장망혜로 녹수를 따르고 청산을 찾아서 한 곳에 다다르니, 사면에 기화요초는 우거졌고 시냇물 소리는 종종하여 인적이 고요한데, 흰 구름 푸른 수풀 사이에 현판 하나가 달렸거늘, 자세히 보니 다섯 글자를 크게 썼으되 '금수회의소'라 하고 그 옆에 문제를 걸었는데, '인류를 논박할 일'이라 하였고, 또 광고를 붙였는데, '하늘과 땅 사이에 무슨 물건이든지 의견이 있거든 의견을 말하고 방청을 하려거든 방청하되 다 각기 자유로 하라.' 하였는데, 그곳에 모인 물건은 길짐승, 날짐승, 버러지, 물고기, 풀, 나무, 돌 등물이 다 모였더라.

작가는 동물들의 입을 빌려 인간의 타락을 우회적으로 비판하고 있다. 이 작품을 쓰던 당시 안국선은 민족 단체의 일원으로 민중의 계몽과 실력 양성에 주력했다. 그는 다양한 글을 통해 개화 의지를 피력하고 현실에서 계몽을 위해 열심히 활약하던 운동가였다. 따라서 안국선은 이 작품의 집필을 개화 운동의 한 방법으로 생각했던 듯하며, 서언에서 저술 의도를 분명히 밝히는 것 또한 같은 이유에서 비롯된 일인 듯하다. 또한 내용에는 현실 비판 의식과 작가의 정치적 색채가 강하게 나타날 뿐 아니라 애국 계몽주의적인 성격도 강하게 드러난다. 그래서 〈금수회의록〉은 당대 사회의 혼란을 극복하기 위하여 충, 효, 우애 등의 유교적 윤리 의식을 회복해야 함을 주장하고 있다. 하지만 이러한 주장은 당대 사회와 당대인들에 대한 비판 위에서 이루어지고 있다. 〈금수회의록〉에 등장하는 여덟 종류의 동물들이 차례로 등장하여 행하는 연설은 각각의 동물이 지닌 습성을 인간과 비교하여 인간의 타락과 문란한 사회를 폭로하고 있다.

반포지효에서는 까마귀를 등장시켜 까마귀의 효성과 인간의 불효를 대조하고 있다.

우리 까마귀의 족속은 먹을 것을 물고 돌아와서 어버이를 기르며, 효성을 극진히 하여 망극한 은혜를 갚아서, 하나님이 정하신 본분을 지키어 자자손손이 천만대를 내려가도록 가법을 변치 아니하는 고로, (중략) 지금 세상 사람들이 말하는 것을 보면 낱낱이 효자 같으되, 실상 하는 행실을 보면 주색잡기에 침혹하여 부모의 뜻을 어기며, 형제간에 재물로 다투어 부모의 마음을 상케 하며, 제 한 몸만 생각하고 부모가 주리되 돌아보지 아니하고, 여편네는 학식이라고 조금 있으면 주제넘은 마음이 생겨서 온화, 유순한 부덕을 잊어버리고 시집가서는 시부모 보기를 아무것도 모르는 어리석은 물건같이 대접하고, 심하면 원수같이 미워하기도 하니, 인류 사회에 효도 없어짐이 지금 세상보다 더 심함이 없도다.

호가호위에서는 여우가 외세에 의존하여 사리사욕만을 챙기고 벼슬을 얻으려는 '충(忠)'에 어긋난 간사한 무리를 비판하며 이를 조장하는 제국주의 정책에 대해 규탄하고 있다.

지금 세상 사람들은 당당한 하나님의 위엄을 빌려야 할 터인데, 외국의 세력을 빌려 의뢰하여 몸을 보전하고 벼슬을 얻어 하려 하며, 타국 사람을 부동하여 제 나라를 망하고 제 동포를 압박하니, 그것이 우리 여우보다 나은 일이오? 결단코 우리 여우만 못한 물건들이라 하옵네다. (손뼉 소리 천지진동)
또 나라로 말할지라도 대포와 총의 힘을 빌려서 남의 나라를 위협하여 속국도 만들고 보호국도 만드니, 불한당이 칼이나 육혈포를 가지고 남의 집에 들어가서 재물을 탈취하고 부녀를 겁탈하는 것이나 다를 것이 무엇 있소? 각국이 평화를 보전한다 하여도 하나님의 위엄을 빌려서 도덕상으로 평화를 유지할 생각은 조금도 없고, 전혀 병장기의 위엄으로 평화를 보전하려 하니, 우리 여우가 호랑이의 위엄을 빌려서 제 몸의 죽을 것을 피한 것과 어떤 것이 옳고 어떤 것이 그르오?

여기에서 여우는 외세에 아부하여 자신의 자리를 보전하는 것에만 애쓰는 부패한 관리와 이를 이용하여 자국의 이익만을 위하는 세태를 유교의 충 사상에 비추어 비판하고 있으며 작품 여러 군데에서 이런 비판이 나타난다. 이를 통해 안국선의 정치의식을 뚜렷하게 알아볼 수 있으며, 다음 두 예시가 이 주장을 증명한다.

① 조그만치 남보다 먼저 알았다고 그 지식을 이용하여 남의 나라 빼앗기와 남의 백성 학대하기와 군함, 대포를 만들어서 악한 일에 종사하니, 그런 나라 사람들은 당초에 사람 되는 영혼을 주지 아니하였더면 도리어 좋을 뻔하였소.

② 오늘날 와서는 거죽은 사람의 형용이 그대로 있지마는 실상은 사랑과 마귀가 되어 서로 싸우고, 서로 죽이고, 서로 잡아먹어서, 약한 자의 고기는 강한 자의 밥이 되고, 큰 것은 작은 것을 압제하여 남의 권리를 늑탈하여 남의 재산을 속여 빼앗으며, 남의 토지를 앗아 가며, 남의 나라를 위협하여 망케 하니, 그 흉측하고 악독함을 무엇이라 이르겠소?

정와어해에서는 개구리를 통해 인간의 짧은 소견과 분수를 몰라 '인'을 저버리고 공연히 아는 체하는 자들의 소견 좁음을 비판한다.

사람들은 거만한 마음이 많아서 저희들이 천하에 제일이라 하고, 만물 중에 저희가 가장 귀하다고 자칭하지마는, 제 나랏일도 잘 모르면서 양비대담하고 큰소리 탕탕하고 주제넘은 말 하는 것들 우스웁다. 우리 개구리를 가리켜 말하기를, '우물 안 개구리와 바다 이야기 할 수 없다.' 하니, 항상 우물 안에 있는 개구리는 우물이 좁은 줄만 알고 바다에는 가보지 못하여 바다가 큰지 작은지, 넓은지 좁은지, 긴지 짧은지, 깊은지 얕은지 알지 못하나 못 본 것을 아는 체는 아니 하거늘, 사람들은 좁은 소견을 가지고 외국 형편도 모르고 천하대세도 살피지 못하고 공연히 떠들며, 무엇을 아는 체하고 나라는 다 망하여 가건마는 썩은 생각으로 갑갑한 말만 하는도다. 또 어떤 사람들은 제 나라 안에 있어서 제 나랏일도 다 알지 못하면서 보도 듣도 못한 다른 나라 일을 다 아노라고 추척대니 가증하고 우습도다.

구밀복검에서도 역시 벌을 통해 '인'을 저버린 인간의 악독함과 이중성에 대한 비판을 공격한다.

사람같이 입으로는 꿀같이 말을 달게 하고 배에는 칼 같은 마음을 품은 우리가 아니오. 또 우리의 입은 항상 꿀만 있으되 사람의 입은 변화가 무쌍하여 꿀같이 단 때도 있고, 고추같이 매운 때도 있고, 칼같이 날카로운 때도 있고, 비상같이 독한 때도 있어서, 맞대하였을 때에는 꿀을 들어붓는 것같이 달게 말하다가 돌아서면 흉보고, 욕하고, 노여워하고, 악담하며, 좋아지낼 때에는 깨소금 항아리같이 고소하고 맛있게 수작하다, 조금만 미흡한 일이 있으면 죽일 놈 살릴 놈 하며 무성포가 있으면 곧 놓아 죽이려 하니 그런 악독한 것이 어디 또 있으리오.

가정이 맹어호에서도 '인'이라고는 찾아볼 수 없는 인간의 포악한 성격과 폭력성, 무기를 만들어 남의 목숨을 빼앗는 잔인성에 대하여 비판한다.

사람들은 학문을 이용하여 화학이니 물리학이니 배워서 사람의 도리에 유익한 옳은 일에 쓰는 것은 별로 없고, 각색 병기를 발명하여 군함이니 대포니 총이니 탄환이니 화약이니 칼이니 활이니 하는 등물을 만들어서 재물을 무한히 내버리고 사람을 무수히 죽여서, 나라를 만들 때의 만반 경륜은 다 남을 해하려는 마음뿐이라.

무장공자에서 게는 인간 사회의 부패를 공격한다. 특히 '치국(治國)'의 도를 잃어버린 정부와 관리의 타락에 대해 신랄하게 비판한다.

지금 어떤 나라 정부를 보면 깨끗한 창자라고는 아마 몇 개가 없으리다. 신문에 그렇게 나무라고, 사회에서 그렇게 시비하고, 백성이 그렇게 원망하고, 외국 사람이 그렇게 욕들을 하여도 모르는 체하니 이것이 창자 있는 사람들이오? 그 정부에 옳은 마음 먹고 벼슬하는 사람 누가 있소? 한 사람이라도 있거든 있다고 하시오. 만판 경륜이 임금 속일 생각, 백성 잡아먹을 생각, 나라 팔아먹을 생각 밖에 아무 생각 없소.

이와 같은 정부 관리의 부정부패와 사리사욕, 타락에 대한 비판은 개구리의 연설에서도 나타난다.

또 우리는 관가 땅에 있으면 관가를 위하여 울고, 사사 땅에 있으면 사사를 위하여 울거늘, 사람은 한 번만 벼슬자리에 오르면 붕당을 세워서 권리 다툼하기와, 권문세가에 아첨하러 다니기와, 백성을 잡아다가 주리 틀고 돈 빼앗기와 무슨 일을 당하면 청촉 듣고 뇌물 받기와 나랏돈 도적질하기와 인민의 고혈을 빨아먹기로 종사하니, 날더러 도적놈 잡으라 하면 벼슬하는 관인들은 거반 다 감옥서 감이요.

영영지극에서는 파리가 인간이 간사하여 강자에게 아부하며 쉽게 의리를 저버린다고 비판한다.

우리는 결단코 간사한 일은 하지 아니하였소마는, 인간에는 참 소인이 많습디다. 사슴을 가리켜 말이라 하여 임금을 속인 것이 비단 조고 한 사람뿐 아니라, 지금 망하여 가는 나라 조정을 보면 온 정부가 다 조고 같은 간신이요, 천자를 끼고 제후에게 호령함이 또한 조조 한 사람뿐 아니라, 지금은 도덕은 떨어지고 효박한 풍기를 보면 온 세계가 다 조조 같은 소인이라 웃음 속에 칼이 있고 말 속에 총이 있어, 친구라고 사귀다가 저 잘되면 차버리고, 동지라고 상종타가 남 죽이고 저 잘되기, 누구누구는 빈천지교 저버리고 조강지처 내쫓으니 그것이 사람이며, 아무아무 유지지사 고발하여 감옥서에 몰아넣고 저 잘되기 희망하니, 그것도 사람인가?

쌍거쌍래에서는 원앙을 등장시켜 성도덕 타락을 비판하고 일부일처제를 주장한다.

인류의 제일 괴악한 일은 음란한 것이오. 하나님이 사람을 내실 때에 한 남자에 한 여인을 내셨으니, 한 사나이와 한 여편네가 서로 저버리지 아니함은 천리에 정한 인륜이라. 사나이도 계집을 여럿 두는 것이 옳지 않고 여편네도 서방을 여럿 두는 것이 옳지 않거늘, 세상 사람들은 다 생각하기를, 사나이는 계집을 많이 두고 호강하는 것이 좋은 것인 줄로 알고 처첩을 두셋씩 두는 사람도 있으며, 어떤 사람은 오륙 명 두는 자도 있으며, 혹은 장가 든 뒤에 그 아내를 돌아다보지 아니하고 두 번 세 번 장가드는 자도 있으며, 혹은 아내를 소박하고 첩을 사랑하다가 패가망신하는 자도 있으니, 사나이가 두 계집 두는 것은 천리에 어기어짐이라.

이처럼 〈금수회의록〉에는 인간 사회에서 보이는 이기심, 간사함, 이중성, 아부, 음란 등의 단면을 각 동물의 특성과 비교하며 유교 사상에 바탕을 두어 비판하고 있다.

(2) 〈금수회의록〉에 나타난 천관

작가가 생각하는 '하나님의 뜻'이나 '하나님의 법'이 정확히 무엇을 의미하는지 따져 보면 그가 제시하는 궁극적 해결책이 순전히 종교적인 것은 아님을 알 수 있다. 그가 이 작품에서 하나님의 뜻이나 하나님의 법이라는 말을 사용할 때, 그 말은 언제나 '천리(天理)' '천지의 본래 이치' '자연의 이치'와 같은 의미를 갖는다. 이것은 여러 동물들의 연설 속에서 충분히 추측해 볼 수있다.

세상에 있는 모든 물건은 사람이든지 짐승이든지 초목이든지 무슨 물건이든지 다 귀하고 천한 분별이 없은즉, 어떤 것은 높고 어떤 것은 낮다 할 이치가 있으리오. 다 각각 천지의 기운을 타고 생겨서 이 세상에 사는 것인즉, 다 각기 천지 본래의 이치만 좇아서 하나님의 뜻대로 본분을 지키고, 한편으로는 제 몸의 행복을 누리고, 한편으로는 하나님의 영광을 나타낼지니, 그중에도 사람이라 하는 물건은 당초에 하나님이 만드실 때에 특별히 영혼과 도덕심을 넣어서 다른 물건과 다르게 하셨은즉, 사람들은 더욱 하나님의 뜻을 순종하여 천리 정도를 지키고 착한 행실과 아름다운 일로 하나님의 영광을 나타내어야 할 터인데, (중략) 은혜를 배반하여 제반악증이 많도다.

의장의 연설에서 그들에게는 천지의 본래 이치만 좇는 것이 하나님의 본분을 지키는 것과 동일한 것이 되고, 천리 정도를 지키는 것이 하나님을 순종하는 것과 동일이 됨을 알 수 있다. 즉 '하나님은 곧 이치'인 것이다.

고대에는 하늘을 자연의 법칙과 인간의 행위 규범을 모두 유래한 개념으로 인식했으며, 초월적인 존재나 지각의 대상으로는 인식하지 않았다. 오히려 인간과 만물의 세계와 함께 일원적으로 사유되어 왔고, 생성의 근원, 즉 인간을 생성시킨 근원으로 묘사되고 있다. 그렇게 때문에 다음과 같은 예문은 유교적 성격의 하늘과 부합되는 것이다.

① 옛적 사람은 양심이 있어 천리를 순종하여 하나님께 가까웠거늘,
② 다 각각 천지의 기운을 타고 생겨서 이 세상에 사는 것인즉, 다 각기 천지 본래의 이치만 좇아서 하나님의 뜻대로 본분을 지키고,

①에서 천리를 순종한다는 것은 곧 행위 규범을 내려 준 하늘의 뜻을 따르겠다는 의미이고, ②에서 천지의 기운을 타고 사람이 생겼다는 것은 기독교의 천지 창조의 개념과는 다른 유교적 개념의 인간 생성의 근원으로서 하늘을 파악하고 있기에 나올 수 있는 말이다. ②의 예는 맹자가 천명한 인간의 노력을 통해 하늘의 사명을 올바르게 실천해야 한다는 자신의 수신의 내적 정진과도 상통한다.

① 여러분은 금수라, 초목이라 하여 사람보다 천하다 하나, 하나님이 정하신 법대로 행하여 기는 자는 기고, 나는 자는 날고, 굴에서 사는 자는 깃들임을 침노치 아니하며, 깃들인 자는 굴을 빼앗지 아니하고, 봄에 생겨서 가을에 죽으며, 여름에 나와서 겨울에 들어가니, 하나님의 법을 지키고 천지 이치대로 행하여 정도에 어김이 없은즉,
② 우리는 아침에 일찍 해 뜨기 전에 집을 떠나서 사방으로 날아다니며 먹을 것을 구하여 부모 봉양도 하고, 나뭇가지를 물어다가 집도 짓고, 곡식에 해되는 버러지도 잡아서 하나님 뜻을 받들다가 저녁이 되면 반드시 내 집으로 돌아가되, 나가고 돌아올 때에 일정한 시간을 어기지 않건마는,
③ 우리들의 우는 것이 울 때에 울고, 길 때에 기고, 잠잘 때에 자는 것이 천지 이치에 합당하거늘,

불란서라 하는 나라 양반들이 우리 개구리의 우는 소리를 듣기 싫다고 백성들을 불러 개구리를 다 잡으라 하다가.

④ 우리 벌의 조상은 죄도 아니 짓고 하나님의 뜻대로 순종하여 각색 초목의 꽃으로 우리의 전답을 삼고 꿀을 농사하여 양식을 만들어 복락을 누리니, 조상 적부터 우리가 사람보다 나은지라.

인용문에 나타난 동물 연사들은 자연으로부터 부여받은 본래적 성질대로 지극히 자연스럽게 성실하게 살아가고 있다. 그들은 자연이 일러 주는 바에 따라 주어진 일을 하며 살아가고, 각각의 행위들은 타고난 본성에 어긋나지 않는다. 그들은 이러한 것들을 하나님의 법대로 행하는 것이고, 천지 이치대로 따르는 것이라 밝히고 있다. 이것은 사실상 기독교적 하나님의 뜻이 아니라 '하늘이 명한 본성에 따라 사는' 천인합일적 삶이라고 할 수 있다.

작가가 궁극적 선으로 간주하는 하나님의 뜻이란 '천지 본래의 이치에 부합하고 천인합일의 이상대로 주어진 자연의 본성에 따라 사는 것'을 말한다. 호랑이가 "우리는 다른 동물을 잡아먹더라도 하나님이 만들어 주신 발톱과 이빨로 하나님의 뜻을 받아 천성의 행위를 할 뿐"이라고 말하는 것에서 보듯, 심지어 폭력적인 행위라 하더라도 주어진 천성을 따르는 것이라면 정당화될 수 있다고 생각하는 것이다.

이 작품에 나타난 인간에 대한 이해 역시 유가의 천인합일 사상의 영향을 받고 있다. 천인합일 사상의 특징 가운데 하나는, 천지자연에서 인간의 지위와 역할을 긍정하는 데 있다. 이 작품 역시 기본적으로 이러한 입장을 공유한다. 특히 화자의 "대저 사람은 만물지중에 가장 귀하고 제일 신령하여 천지의 화육을 도우며 하나님을 대신하여 세상의 만물의 금수 초목까지라도 다 맡아 다스리는 권능이 있고"라는 발언은 천인합일 사상에서의 이해, 즉 인간은 '천지의 소산이지만 특별한 능력으로 인해 만물과 구분되어 천지의 공능을 도와 만물의 화육을 돕는 중간적 존재'라는 인간 이해를 그대로 반영하고 있다.

그러나 이 작품은 인간의 지위가 더 이상 유지되기 어렵다는 고민을 드러낸다.

전인의 말씀을 듣든지 역사를 보든지 옛적 사람은 양심이 있어 천리를 순종하여 하나님께 가까웠거늘, 지금 세상은 인문이 결딴나서 도덕도 없어지고, 의리도 없어지고, 염치도 없어지고, 절개도 없어져서, 사람마다 더럽고 흐린 풍랑에 빠지고 헤어 나올 줄 몰라서 온 세상이 다 악한 고로, (중략) 이같이 천리에 어기어지고 덕의가 없어서 더럽고, 어둡고, 어리석고, 악독하여 금수만도 못한 이 세상을 장차 어찌하면 좋을꼬?

작품 첫머리에 나오는 화자의 이 같은 탄식은 사실상 문제 제기의 역할을 한다. 화자가 이런 문제적 상황의 근본 원인으로 지적하고 있는 것은, 인간이 처음 만들어졌을 때의 본래적 선심(善心)을 잃어버렸다는 것이다.

① 태곳적 맨 처음에 사람을 내실 적에는 영혼과 덕의심을 주셔서 만물 중에 제일 귀하다 하는 특권을 주셨으되 저희들이 그 권리를 내어 버리고 그 성품을 잃어버리니,
② 사람은 특별히 모양이 하나님과 같고 마음도 하나님과 같게 하였으니, 사람은 곧 하나님의 아들이라 하는 뜻을 잊지 말고 하나님의 마음을 본받아 지극히 착하게 되어야 할 터인데,

화자는 이 문제에 대해 작품 끝머리에서 다음과 같은 해결책을 제시한다.

예수 씨의 말씀을 들으니 하나님이 아직도 사람을 사랑하신다 하니, 사람들이 악한 일을 많이 하였을지라도 회개하면 구원 있는 길이 있다 하였으니, 이 세상에 있는 여러 형제자매는 깊이깊이 생각하시오.

화자는 인간이 하나님에게 받은 '영혼과 덕의식' 또는 '하나님과 같은 마음'을 잃어버린 것을 문제의 근본 원인으로 본다. 따라서 '천인합덕'의 이상을 잃어버린 것이 원인이므로 하늘이 명한 본성을 좇아 행하는 것을 삶의 도(道)로 받아들여야 한다는 것이다. 결국 화자가 제시하는 해결책은 '천지자연의 이치를 따라 주어진 본성을 좇으며 살라.'는 천인합일론적인 삶의 제안으로 수렴된다. 이러한 해결책이 낭만적인 것일 수는 있지만 종교적인 것이라고 할 수는 없을 것이다.

(3) 천상계의 존재

신소설 이전의 소설에선 도덕이나 윤리적 당위성은 천상계의 설정으로 인해 유지되었다. 그러나 신소설은 일반적으로 천상계의 존재가 사라졌다는 가정 아래 전개된다. 천상계가 사라진 것은 소설사의 발달에 있어 신소설이 전(前) 시대 소설의 긍정적인 계승이라고 보더라도 당장 그 공백을 메울 수가 없음은 분명한 일이다. 즉 천상계가 없어져도 천상계로 지탱되던 도덕적 당위성에 대한 필요가 지속된다는 이야기다. 그리하여 신소설에서는 도덕적 당위성이나 운명 등 과거엔 천상계의 영역이던 것이 지상의 것 또는 경험적 세계의

것에 지나지 않는다고 한다.

〈금수회의록〉에서 사건 전개에 직접 관여하고 그 결과를 예정대로 이끄는 천상계의 존재는 나타나지 않는다. 그러나 과거 도덕적 당위로서의 천상계는 위에서 살핀 천관에서 어렴풋이나마 흔적을 남기고 있음을 알 수 있다. 하지만 이 역시 흔적만 남기고 있을 뿐, 거의 사라졌다 해도 과언이 아닌 범주에 속해 있다.

천상계는 사라졌지만, 여전히 〈금수회의록〉은 사람에 대해 과거 천상계가 맡았던 도덕적 당위를 강력히 드러내고 있다. 그 이유는 과거 천상계의 역할을 기독교가, 기독교의 하나님이 맡고 있기 때문이다. 결국 〈금수회의록〉은 다른 신소설 작품과 마찬가지로 천상계의 천산을 거의 완성시키고 있으나 반면에 그와 거의 같은 비중을 가진 하나님이란 존재를 끌어들여 도덕적 당위성을 유지하고 있는 것이다. 이는 어찌 보면 천상계의 변형이라는 특이한 양상으로도 파악이 가능하다.

〈금수회의록〉에서 유교적 사상의 영향이나 배경을 살펴보는 건 의의가 있다. 작가가 관료층에 속해 있던 양반 계급이었고, 후에 일본 유학을 다녀와서 관계에 진출했던 사람이기 때문이다. 유교는 우리에게 도덕적 영향은 크게 미쳤으나, 혈연, 지연 등과 같이 생활에 직접 관련된 특정인 사이의 인간관계를 규제하는 도덕률에 불과하다. 유교가 혈연, 지연을 넘어선 전체 사회의 보편적인 윤리는 아니었다는 견해는 곧, 유교적 성격을 지니는 〈금수회의록〉의 한계와도 연결될 수 있다. 이 작품의 세태 비판 등은 심정적 차원에서 머물러 위기에 직면한 국가 민족의 현실을 타개하기 위한 실질적인 국면이 미흡함이 지적되기도 한다.

Ⅳ. 작품의 한계

1. 사상의 혼란

당시 우리나라는 외래 사조가 유입되고 이것이 전통과 섞이며 사상적 혼란을 겪고 있었다. 이 작품에도 그러한 한계가 등장한다. 작품에서의 사상적 혼란의 대표적인 예로 유교에서의 천(天)과 기독교의 하나님을 혼동해서 사용하고 있음을 들 수 있다. 이 같은 개념의 혼용은 작가의 사상적 혼란이나 무지에까지 연결된다.

① 금수, 초목은 천하고 사람은 귀하며 금수, 초목은 아무것도 모르고 사람은 신령하거늘,
② 사람이든지 짐승이든지 초목이든지 무슨 물건이든지 다 귀하고 천한 분별이 없은즉, 어떤 것은 높고 어떤 것은 낮다 할 이치가 있으리오.

사람이 금수보다 귀하다는 게 ①의 입장인데, ②는 ①의 주장과 상반된 논리다. '귀하고 천한 분별이 없다.' 함은 평등 개념이고, 기독교의 영향으로 우리에게 소개되었다. 하지만 평등은 사람과 사람 사이의 것이지 금수와 사람이 평등하다는 식의 사고는 성립될 수 없는 것이기에 평등에 대한 작가의 그릇된 인식을 엿볼 수 있다.

'하나님'이나 '하나님의 뜻'에 대한 이 같은 이해는 매우 동양적이라 할 수 있으며, 기독교적 의미에서는 잘못된 것이라고도 할 수 있다. 이는 초창기 기독교의 전수 과정에서 생겨난 잘못된 교리 이해의 결과라고 여겨지는데, 작가는 아마도 기독교의 '하나님'을 동양 전통 사상인 '하느님[天]'과 동일한 존재로 오해했던 것 같다. 작품의 내용 가운데 《논어》에 말하기를, '하나님께 죄를 지었으면 빌 곳이 없다.' 하였는데, 그 주에 말하기를 '하나님은 곧 이치라.' 하였으니"라는 구절이 나오는 바, 유가에서 말하는 모든 존재와 이치의 근원으로서의 '하느님'이 기독교의 유일신 '하나님'과 동일시되고 있는 것을 볼 수 있기 때문이다. 어쨌든 하나님의 뜻이나 하나님의 법을 천지 본래의 이치나 자연의 이치와 같은 것으로 이해했을 때, 하나님의 뜻이나 하나님의 법에 부합하는 행위인 선한 행위는 곧 천지 본래의 이치나 자연의 이치에 순응하는 행위가 된다. 이 같은 작가의 사상적 혼란이나, 사상에 대한 그릇된 인식은 결국 가치관의 혼란을 일으킨다.

화자가 지적하는 문제의 근본 원인은 기독교적 어휘로 쓰여 있다. 그리고 화자가 제시하는 문제의 해결책도 문자 그대로 이해하면 명백한 종교적 해결책이라고 할 수 있다. 그러나 화자의 기독교 교리에 대한 이해가 사실상 전통적 유교 사상 특히 천인합일 사상과 혼동되어 있음을 감안하면 화자가 제시하는 문제의 근본 원인이나 해결책을 순전히 종교적으로만 이해하는 것은 잘못이라고 할 수 있다. 천인합일의 유교적 관념과 기독교 교리를 혼동하고 있는 화자에 의해 제시된 기독교적 진술은, 그 결말이 비록 기독교의 어휘로 되어 있다 하더라도 그 속뜻은 천인합일의 유교적 관념과 결합된 것으로 이해해야 할 것이다.

당시 사회의 여건은 전통성과 근대성의 혼동 상태라고 집약될 수 있으니 다음의 견해가 당시 가치관의 혼란에 대해 비교적 정확히 파악하고 있다고 할 수 있다.

갑작스러운 서구 문화의 전파와 수용으로 동양 사회 특히 우리 한국 사회는 가치관의 혼란과 무질서, 이른바 무규범 상태를 경험하였고, 신구의 문화가 체계 없이 동시에 존재함으로써 사회, 경제 및 가치와 규범 의식면에서 심한 이중 구조성을 보이고 있기도 하다.

가치관의 혼란이란 지배적이고 일관된 가치 체계가 없고, 이질적이고 상대적인 여러 가치 체계가 뒤섞여 갈등 상황을 만드는 상태이다. 결국 이는 가치 복합이라는 상황으로 발전하게 되어 다종교 상황이 벌어진다. 한국 근대 사상사에서는 어떤 사상도 그 주류의 맥락에 놓일 수 없으며, 이는 바꿔 말하면, 사상과 사상이 서로 뒤얽혀 있음에서 기인한다고 볼 수 있는 것이다. 그렇다면 〈금수회의록〉에서 유교와 기독교로 대변되는 사상적 혼란 역시 시대와의 관련 아래서 이해될 수 있는 것이다.

작품의 내용의 대부분을 차지하는 동물들의 교훈적 주장들, 악의 비판과 신의 권면으로 이루어진 크고 작은 주장들이 유교적 전통 관념에 충실해 있으며, 또한 거의 모든 동물이 하나님을 언급하며 기독교적 색채가 짙은 어휘들을 사용하고 있기 때문에 〈금수회의록〉에 등장하는 동물들의 발언은 유교와 기독교의 이중적 영향하에 있다고 판단되는 것이다.

2. 〈금수회의록〉의 한계

위에서 살펴본 바와 같이 〈금수회의록〉에 나타나는 사상적 혼란은 곧 주된 사상이 없음으로 인한 사상의 약화를 불러오고, 이는 작품의 한계로 나타난다.

각국이 평화를 보전한다 하여도 하나님의 위엄을 빌려서 도덕상으로 평화를 유지할 생각은 조금도 없고, 전혀 병장기의 위엄으로 평화를 보전하려 하니,

하나님의 위엄을 빌려서 평화를 유지하는 것이 얼마나 허황된 얘기인가는 지금까지 지속되고 있는 군사력에 의거한 불완전한 전쟁 억제만 보아도 알 수 있는 것이어서 하나님의 권위 또는 전지전능에 호소하는 식의 문제 해결 태도는 그 설득력을 잃고 있다.

① 사람들이 여전히 악한 행위를 하여 회개치 아니하면 그 동물의 사람이라 하는 이름을 빼앗고 이등 마귀라 하는 이름을 주기로 하나님께 상주할 터이니,
② 세상에 제일 더럽고 괴악한 것은 사람이라, 다 말하려면 내 입이 더러워질 터이니까 그만두겠소.

작품 전반에 걸쳐 사람에 대해 굉장한 비판과 풍자를 하지만, 해결책이라고는 ①의 내용, 고작 사람이라는 이름을 빼앗고 이등 마귀라는 이름을 주자는 것이 전부다. 사람의 타락상 비판은 구체적인 예를 들어 가며 상세하게 나열하고, 정작 결론적인 부분인 끝맺음은 무기력하고 허황되게 이루어져 있다. ②는 원앙의 마지막 말이다. 기껏 사람들의 타락상을 얘기하고는 그 얘기 끝에 내 입이 더러워질까 무서워 그만두겠다는 식으로 끝내 버린다.

여기서 우리는 작가가 누적된 사회 모순과 외세의 침략 등의 위기를 보기는 했지만 그것을 현상에서만 보고 본질을 보지 못하였음을 알 수 있다. 이는 현실적으로 민족의 치욕인 한일 합병이 다가오고 있을 때 민중의 봉기와 저항이 절정에 달했던 사실과는 대조적으로 신소설이 다분히 추상적인 감상주의적 태도로 현실에 대응하려 했다는 평가와도 부합되는 것이며, 곧 작가의 한계와도 연결되는 것이다. 즉, 시대상을 투철하게 인식하고는 있지만, 그 어떤 타개책이나 해결점의 모색을 제시하지 못하는 당대 지식인들의 모습을 보여 주는 것이다. 오히려 이는 사회의 부패 타락상 등을 사람들 개개인의 도덕적 타락에 기인하는 것으로 봄으로써 옛 성현의 가르침에 따를 것을 주장하고 있어 결과적으로 역사적, 사회적 현실과 유리되고, 현실 문제와 정면 대결을 교묘히 피하고 있는 것 같은 인상마저 준다.

천리에 어기어지고 덕의가 없어서 더럽고, 어둡고, 어리석고, 악독하여 금수만도 못한 이 세상을 장차 어찌하면 좋을꼬?

어찌하면 좋을지 몰라 고민하다 얻은 결론은 하나님에게 의지하는 것이다.

하나님이 아직도 사람을 사랑하신다 하니, 사람들이 악한 일을 많이 하였을지라도 회개하면 구원 있는 길이 있다 하였으니, 이 세상에 있는 여러 형제자매는 깊이깊이 생각하시오.

회개하고 깊이깊이 생각하는 정도에서 그 해결책을 제시하고 마무리 지을 수밖에 없는 것은 당연하다. 작가에겐 당대의 혼란과 위기만 눈에 뜨일 뿐, 방향을 제시할 만한 치밀한 역사의식이 부족했기 때문이다.

〈금수회의록〉의 무책임하면서 나약한 결론은 당시 애국 계몽 사상가들의 사상적 혼란 및 작품의 한계와 밀접한 관계가 있는 것이어서 흥미롭다.

〈금수회의록〉에서 우리는 애국 계몽 사상가로서의 안국선의 구체적이지 못한 현실 인식을 찾을 수 있다. 그리고 안국선이 소설의 창작을 중단하고 관직에 진출했다는 사실로 그가 문필 활동을 관직 진출을 위한 기반으로 삼았음을 짐작해 볼 수 있다.

이상과 같이 〈금수회의록〉에 드러난 정치적 현실은 작품 속에서 상당히 피상적이고 약하게 취급되고 있다. 정치 사상이 지배적으로 작용하거나 그런 환경에서 정치에 관련된 이야기가 우세한 작품이 정치 소설이라는 명확한 개념 규정 아래에서 보면, 이 작품은 정치 소설로의 한계가 있다. 왜냐하면 내용보다는 작가의 이력, 금서 조치를 받았다는 작품의 외적 조건, 발언권을 얻어 등단을 하고 찬성의 박수를 치는 구조 등에서 작품의 성격을 규정지으려 하기 때문이다.

그러나 이와 같은 사실은 현실적 인식을 소설적 세계에 그대로 담을 수 없었던 것은 당대의 현실 때문으로 보인다. 정치가 및 작가인 안국선은 정치가로서의 꿈이 좌절되자 애국 계몽 운동의 일환으로써 연설도 하고 소설도 썼다. 현실 세계와 소설 세계를 작가의 의식 세계가 연결해 준다면 그의 정치적 연설과 소설 〈금수회의록〉은 약간의 차이가 있다. 단적인 예로서 그는 논설을 통해서 대통령 중심제의 좋은 점과 영국식 입헌 군주제의 좋은 점 그리고 의회 제도의 타당성에 대한 의견을 피력하고 있지만 소설적 세계에는 드러나지 않는다. 이러한 예로 본다면 현실 세계와 소설 세계에는 괴리가 있다. 그러나 이는 작가적 인식의 미숙에서 생겨난 것이 아니라 그 외적인 세계에서 기인한다고 보이며, 당대 현실로서 소설적 세계의 미성숙과 맞물릴 수밖에 없는 필연적 현실이 아닌가 생각한다.

V. 결론

〈금수회의록〉의 작가는 당시의 시대적 상황을 '금수만도 못한 세상'으로 규정하고 있다. 작가가 의리와 도덕의 상실, 분수와 절개의 추락을 탄식하고 있는 대목은 당시의 시대 인식에 대한, 작가의 시각을 보여 주고 있다.

이 글에서는 〈금수회의록〉의 여러 요소들 가운데 소설 속에 두드러지게 나타난 기독교와 유교적 측면을 중심으로 살펴보았다.

〈금수회의록〉은 기독교 소설의 하나로서 이 작품을 통하여 인간이 도덕적으로 타락한 것이 현실이지만 하나님이 인간을 아직도 사랑하시므로 자신이 죄인임을 고백하고 기독교 신앙으로 혼란한 현실을 극복하기를 바라고 있다. 또한 인간 행위의 마지막 판단 기준을 기독교적인 관점에서 찾고, '회개'를 통한 구원에 이르는 길을 궁극적인 지향점으로 삼기를 바라고 있다.

결국 이 작품에 드러난 기독교 사상은 개화기의 혼란한 상황에서 국권 수호와 자주 의식을 고취하는 민족주의적 색채와 함께 비관적인 현실을 타개하는 방안으로 제시된다. 사회적으로도 기독교 가치관을 기준으로 도덕성의 회복과 모범적인 윤리관 제시, 원죄에 대한 회개, 인간 구원에의 희구, 이상향 실현 등의 정신을 구현해야 한다고 주장한다.

또한 〈금수회의록〉에 두드러지게 나타난 사상은 유교이다. 유교의 기본 사상을 통하여 〈금수회의록〉 저변에 깔린 유교에 입각한 비판들을 살펴보았다. 〈금수회의록〉에 드러난 유교적 성격은 인간의 타락상을 비판하고 그릇됨을 지적하는 척도가 되고 있다. 유교적 도덕관에 비추어 금수만도 못하게 타락한 사람들의 세태는 용납할 수 없는 것이고, 회개하고 고쳐져야 하는 것이기에 금수회의라는 방법으로 사람의 각성을 촉구하는 것이다. 그렇기에 작품의 유교적 성격은 매우 짙게 나타나면서 가장 큰 사상적 배경으로 자리 잡는다.

그리고 '하늘(天)'의 개념을 살펴보았다. 하늘이라는 개념이 기독교의 천지 창조 사상과는 또 다른 초월적 존재가 아니라 인간과 만물의 세계와 함께 일원적으로 사유되어 온 것으로 지각의 대상이 아니며, 생성의 근원, 즉 인간을 생성시킨 근원으로 묘사되어 유교적인 하늘의 성격과 부합되는 것임을 논의를 통하여 살펴보았다.

어느 시대, 어느 작품이나 긍정적인 평가와 부정적인 평가가 공존하듯, 이상의 구성 원리를 통해 분석해 본 〈금수회의록〉은 그런대로 긍정적인 평가가 가능한 작품이지만, 작가의 철저하지 못한 사상적 기반은 가치관의 혼재라는 시대 상황을 반영하여 한계를 드러내고 있기도 하다. 또한 정치 소설이라고 규정하기에는 미흡한 점이 많기에 이것 또한 한계로 드러나고 있다.

그러나 이 작품은 우리가 삶에서 무엇을 추구하며 살아야 하는가 하는 문제에 대한 근본적인 반성과 성찰을 유도하고자 한 작품으로, 한국 문학사에 진정한 구원을 향한 의미 있는 지평을 열어 놓은 작품이라 할 수 있다.

혈의 누

　　일청전쟁의 총소리는 평양 **일경**이 떠나가는 듯하더니, 그 총소리가 그치매 사람의 자취는 끊어지고 산과 들에 비린 티끌뿐이라.

　　평양성의 모란봉에 떨어지는 저녁볕은 뉘엿뉘엿 넘어가는데, 저 햇빛을 붙들어 매고 싶은 마음에 붙들어 매지는 못하고 숨이 턱에 닿은 듯이 갈팡질팡하는 한 부인이 나이 삼십이 될락 말락 하고, 얼굴은 분을 따고 넣은 듯이 흰 얼굴이나 인정 없이 뜨겁게 내리쪼이는 가을볕에 얼굴이 익어서 선생 듯빛이 되고, 걸음걸이는 허둥지둥하는데 옷은 흘러내려서 젖가슴이 다 드러나고 치맛자락은 땅에 질질 끌려서 걸음을 걷는 대로 치마가 밟히니, 그 부인은 아무리 급한 걸음걸이를 하더라도 멀리 가지도 못하고 허둥거리기만 한다.

　　남이 그 모양을 볼 지경이면 저렇게 어여쁜 젊은 여편네가 술 먹고 **행길**에 나와서 주정한다 할 터이나, 그 부인은 술 먹었다 하는 말은 고사하고 미쳤다, 지랄한다 하더라도 그따위 소리는 귀에 들리지 아니할 만하더라.

　　무슨 소회가 그리 대단한지 그 부인더러 물을 지경이면 대답할 여가도 없이 옥련이를 부르면서 돌아다니더라.

　　"옥련아, 옥련아, 옥련아, 옥련아. 죽었느냐 살았느냐. 죽었거든 죽은 얼굴이라도 한번 다시 만나 보자. 옥련아 옥련아, 살았거든 어미 애를 그만 쓰

일청전쟁(日淸戰爭)　청일전쟁. 1894년에 조선의 동학 농민 운동에 출병하는 문제로 일어난 청나라와 일본과의 전쟁으로 두 나라가 조선의 지배권을 놓고 대립하였다.
일경(一境)　한 나라 또는 어떤 곳을 중심으로 한 일부 지역.
행길　'행로(行路)' 또는 '한길'의 잘못.

이고 어서 바삐 내 눈에 보이게 하여라. 옥련아, 총에 맞아 죽었느냐, 창에 찔려 죽었느냐, 사람에게 밟혀 죽었느냐. 어리고 고운 살에 가시가 박힌 것을 보아도 어미 된 이 내 마음에 내 살이 지겹게 아프던 내 마음이라. 오늘 아침에 집에서 떠나올 때에 옥련이가 내 앞에 서서 아장아장 걸어 다니면서, '어머니 어서 갑시다.' 하던 옥련이가 어디로 갔느냐."

하면서 옥련이를 찾으려고 골몰한 정신에, 옥련이보다 열 갑절 스무 갑절 더 소중하게 생각하는 사람을 잃고도 모르고 옥련만 부르며 다니다가 목이 쉬고 기운이 탈진하여 산비탈 잔디풀 위에 털썩 주저앉았다가 혼잣말로,

"옥련 아버지는 옥련이 찾으려고 저 건너 산 밑으로 가더니 어디까지 갔누."

하며 옥련이를 찾던 마음이 **홀지에** 변하여 옥련 아버지를 기다린다.

기다리는 사람은 아니 오고, 인간 사정은 조금도 모르는 석양은 제 빛 다 가지고 저 갈 데로 가니 산빛은 점점 **먹장**을 갈아 붓는 듯이 검어지고 대동강 물소리는 그윽한데, 전쟁에 죽은 더운 송장 새 귀신들이 어두운 빛을 타서 낱낱이 일어나는 듯 내 앞에 모여드는 듯하니, 규중에서 **생장한** 부인의 마음이라, 무서운 마음에 간이 녹는 듯하여 숨도 크게 쉬지 못하고 앉았는데, 홀연히 언덕 밑에서 사람의 소리가 들리거늘, 그 부인이 가만히 들은즉 길 잃고 사람 잃고 애쓰는 소리라.

"에그, 깜깜하여라. 이리 가도 길이 없고 저리 가도 길이 없으니 어디로 가면 길을 찾을까. 나는 사나이라 다리 힘도 좋고 겁도 없는 사람이언마는 이러한 산비탈에서 이 밤을 새고 사람을 찾아다니려 하면 이 고생이 이렇게 대단하거든, 겁도 많고 다녀 보지 못하던 여편네가 이 밤에 나를 찾아다니

홀지에(忽地−) 뜻하지 아니하게 갑작스럽게.
먹장 먹의 조각.
생장하다(生長−) 나서 자라다.

노라고 오죽 고생이 될까.”

하는 소리를 듣고 부인의 마음에 난리 중에 피란 가다가 부부가 서로 잃고 서로 종적을 모르니 살아생이별을 한 듯하더니 하늘이 도와서 다시 만나 본다 하여 반가운 마음에 소리를 질렀더라.

“여보, 나 여기 있소. 날 찾아다니느라고 얼마나 애를 쓰셨소.”

하면서 급한 걸음으로 언덕 밑으로 향하여 내려가다가 비탈에 넘어져 구르니, 언덕 밑에서 올라오던 남자가 달려들어서 그 부인을 붙들어 일으키니, 그 부인이 정신을 차려 본즉 **북두갈고리** 같은 농군의 험한 손이 내 손에 닿으니 별안간에 선뜩한 마음에 소름이 끼치면서 가슴이 덜컥 내려앉고 **겁결**에 목소리가 나오지 못한다.

그 남자도 또한 난리 중에 제 계집 찾아다니는 사람인데, 그 계집인즉 피란 갈 때에 팔 **승** 무명을 **강풀** 한 됫박이나 먹였던지 장작같이 풀 센 치마를 입고 나간 터이요, 또 그 계집은 호미자루, 절굿공이, 다듬잇방망이, 그러한 **세군** 일로 자라난 농군의 계집이라, 그 남자가 언덕에서 소리 하고 내려오는 계집이 제 계집으로 알고 붙들었는데, 그 언덕에서 부르던 부인의 손은 명주같이 부드럽고 옷은 십이 승 아랫질 세모시 치마가 이슬에 **눅었는데**, 그 농군은 제 평생에 그 옷 입은 그런 손길은 만져 보기는 고사하고 쳐다보지도 못하던 위인이더라.

부인은 자기 남편이 아닌 줄 깨닫고 사나이도 제 계집 아닌 줄 알았더라. 부인은 겁이 나서 간이 서늘하고 남자는 선녀를 만난 듯하여 흥김, 겁김에

북두갈고리 북두 끝에 달린 갈고리. 북두로 마소의 등에 짐을 얼러 맬 때 한끝을 얽어서 매게 된 것으로, 나뭇가지나 쇠뿔로 만들기도 하고 혹은 쇠고리로 사용하기도 한다.
겁결(怯−) 겁이 나서 어쩔 줄 몰라 당황한 기색.
승(升) 피륙의 날을 세는 단위.
강풀 물에 개지 않은 된풀.
세군다 세고 굳다.
눅다 굳거나 뻣뻣하던 것이 무르거나 부드러워지다.

가슴이 두근거리면서 숨소리는 크고 목소리는 아니 나온다. 그 부인의 마음에, 아까는 호랑이도 무섭고 귀신도 무섭더니, 지금은 호랑이나 와서 나를 잡아먹든지 귀신이나 와서 저놈을 잡아가든지 그런 뜻밖의 일을 기다리나, 호랑이도 아니 오고 귀신도 아니 오고, 눈에 보이는 것은 말 못 하는 하늘의 별뿐이요, 이 산중에는 죄 없고 힘없는 이내 몸과 저 몹쓸 놈과 단 두 사람뿐이라.

사람이 겁이 나다가 오래되면 악이 나는 법이라. 겁이 날 때는 숨도 크게 못 쉬다가 악이 나면 반벙어리 같은 사람도 말이 물 퍼붓듯 나오는 일도 있는지라.

(부인) "여보, 웬 사람이오. 여보, 대답 좀 하오. 여보, 남을 붙들고 떨기는 왜 그리 떠오. 여보, 벙어리요 도적놈이오? 도적놈이거든 내 몸의 옷이나 벗어 줄 터이니 다 가져가오."

그 남자가 못생긴 마음에 **어기뚱한** 생각이 나서, 말 한마디 엄두가 아니 나던 위인이 불같은 욕심에 말문이 함부로 열렸더라.

(남자) "여보, 웬 여편네가 이 밤중에 여기 와서 있소? 아마 시집살이 마다고 도망하는 여편네지. 도망꾼이라도 붙들어다가 데리고 살면 계집 없느니보다 날 터이니 데리고 갈 일이로구. 데리고 가기는 나중 일이어니와……내가 어젯밤 꿈에 이 산중에서 장가를 들었더니 꿈도 신통히 맞힌다."
하면서 무지막지한 놈의 행위라 **불측한** 소리가 점점 심하니, 그 부인이 죽어서 이 욕을 아니 보리라 하는 마음뿐이나, 어느 틈에 죽을 겨를도 없는지라.

사람이 생목숨을 버리는 것은 사람이 제일 서러워하는 일인데, 죽으려 하여도 죽지도 못하는 그 부인 생각은 어떻다 형용할 수 없는 터이라.

빌어 보면 좋을까 생각하여 이리 빌고 저리 빌고 각색으로 빌어 보니 그놈

어기뚱하다 말이나 행동 따위가 매우 교만하고 엉큼한 데가 있다.
불측하다(不測–) 생각이나 행동 따위가 괘씸하고 엉큼하다.

의 귀에 비는 소리가 쓸데없고 하릴없는 지경이라. 언덕 위에서 웬 사람이 소리를 지르는데 무슨 소린지는 모르나 부인은 그 소리를 듣고 죽었던 부모가 살아온 듯이 기쁜 마음에 마주 소리를 질렀더라.

　(부인) "사람 좀 살려 주오……."
하는 소리가 아무리 부인의 목소리라도 죽을힘을 다 들여서 지르는 밤소리라 산골이 울리니 언덕 위의 사람이 또 소리를 지른다. 언덕 위와 언덕 밑이 두 간 길이쯤 되나 **지척**을 불변하는 **칠야**에 서로 모양도 못 보고 또 서로 말도 못 알아듣는 터이라. 언덕 위의 사람이 총 한 방을 놓으니 밤중의 총소리라, 산이 울리면서 사람이 모여드는데 일본 보초병들이더라. 누구는 겁이 많고 누구는 겁이 없다 하는 말도 알 수 없는 말이라. 세상에 죄 있는 사람같이 겁 많은 사람은 없고, 죄 없는 사람같이 **다기** 있는 것은 없다. 부인은 총소리에도 겁이 없고 도리어 욕을 면한 것만 천행으로 여기는데, 그 남자는 제가 불측한 마음으로 불측한 일을 바라던 차이라, 총소리를 듣고 저를 죽이러 온 사람으로 알고 달아난다. 밝은 날 같으면 달아날 **생의**도 못 하였을 터이나, 깜깜한 밤이라 옆으로 비켜서기만 하여도 알 수 없는 고로 종적 없이 달아났더라. 보초병이 부인을 잡아서 앞세우고 가는데 서로 말은 못 하고 벙어리가 소를 몰고 가는 듯하다. **계엄중**(戒嚴中) 총소리라 평양성 근처에 있던 헌병이 낱낱이 모여들어서 총 놓은 군사와 부인을 데리고 헌병부로 향하여 가니, 그 부인은 어딘지 모르고 가나 성도 보이고 문도 보이는데, 정신을 차려 본즉 평양성 북문이라.

　밤은 깊어 사람의 자취도 없고 사면에서 닭은 홰를 치며 울고 개는 여염집

지척(咫尺)　아주 가까운 거리.
칠야(漆夜)　아주 캄캄한 밤.
다기(多氣)　웬만한 일에는 두려움이 없이 마음이 단단함.
생의(生意)　무슨 일 따위를 하려는 생각을 냄.
계엄중(戒嚴中)　일정한 곳을 병력으로 경계한 시기.

평대문 개구녁으로 주둥이만 내놓고 짖는다. 닭소리, 개소리에 부인의 발이 땅에 떨어지지 못하여 걸음을 멈추고 섰는데, **오장**이 녹는 듯하고 눈물이 앞을 가린다. 개는 영물이라 밤사람을 알아보고 반가워 뛰어나오다가 헌병이 칼을 빼어 개를 치려 하니 개가 쫓겨 들어가며 짖으나 사람도 말을 통치 못하거든 더구나 짐승이야…….

(부인) "개야, 너 혼자 집을 지키고 있구나. 우리가 피란 갈 때에 너를 부엌에 가두고 나왔더니 어디로 나왔느냐. 너와 같이 집에 있었다면 이러한 일이 생기지 아니하였을 것을 살 곳 찾아가느라고 죽을 길 고생길로 들어갔다. 나는 살아와서 너를 다시 본다마는 서방님도 아니 계시다. 너를 **귀애하던** 옥련이도 없다. 내가 너와 같이 다리 힘이 좋으면 방방곡곡을 찾아다닐 터이나, 다리 힘도 없고 세상에 만만하고 불쌍한 것은 여편네라 겁나는 것 많아서 못 다니겠다. 닭도 주인 없는 집에서 혼자 울고, 개도 주인 없는 집에서 혼자 짖는구나. 개야, 이리 나오거라. 나는 어디로 잡혀가는지 내 발로 걸어가나 내 마음으로 가는 것은 아니다."

헌병이 소리를 질러 가기를 재촉하니 부인이 하릴없이 헌병부로 잡혀가는데 개는 멍멍 짖으며 따라오니, 그 개 짖고 나오던 집은 부인의 집이더라.

그날은 평양성에서 싸움 결말나던 날이요, 성중의 사람이 진저리 내던 청인이 그림자도 없이 다 쫓겨 나가던 날이요, **철환**은 공중에서 우박 쏟아지듯 하고 총소리는 평양성 근처가 다 **두려빠지고** 사람 하나도 아니 남을 듯하던 날이요, 평양 사람이 일병 들어온다는 소문을 듣고 일병은 어떠한지, 임진난리에 평양 싸움 이야기하며 별 공론이 다 나고 별 염려 다 하던 그 일

평대문(平大門) 정문과 협문의 높이를 같게 한 대문.
개구녁 '개구멍'의 방언.
오장(五臟) 간장, 심장, 비장, 폐장, 신장의 다섯 가지 내장을 통틀어 이르는 말.
귀애하다(貴愛−) 소중하게 여기고 사랑하다.
철환(鐵丸) 엽총 등에 쓰는 잘게 만든 탄알.
두려빠지다 한 곳을 중심으로 그 부근이 뭉떵 빠져나가다.

병이 장마 통에 검은 구름 떠들어오듯 성내·성외에 빈틈없이 들어와 박히던 날이라.

　본래 평양성중 사는 사람들이 청인의 **작폐**에 견디지 못하여 산골로 피란 간 사람이 많더니, 산중에서는 청인 군사를 만나면 호랑이 본 것 같고 원수 만난 것 같다. 어찌하여 그렇게 감정이 사나우냐 할 지경이면, 청인의 군사가 산에 가서 젊은 부녀를 보면 겁탈하고, 돈이 있으면 뺏어 가고, 제게 쓸데없는 물건이라도 놀부의 심사같이 **작란하니**, 산에 피란 간 사람은 난리를 한층 더 겪는다. 그러므로 산에 피란 갔던 사람이 평양성으로 도로 피란 온 사람도 많이 있었더라.

　그 부인은 평양성 북문 안에 사는데 며칠 전에 산에 피란 갔다가 산에도 있을 수 없고, 촌에 사는 일갓집으로 피란 갔다가 단칸방에서 주인과 손과 여덟 식구가 이틀 밤을 앉아 새우고 하릴없이 평양성 내로 도로 온 지가 불과 수일 전이라. 그때 마음에 다시는 죽어도 피란 가지 아니한다 하였더니, 오늘 새벽부터 총소리는 천지를 뒤집어 놓고 사면 산꼭대기 들 가운데에 불비가 쏟아지니 밝기를 기다려서 피란길을 떠났는데, 아무것도 가진 것 없고 젊은 내외와 어린 딸 옥련이와 단 세 식구 피란이라.

　성중에는 울음 천지요, 성 밖에는 송장 천지요, 산에는 피란꾼 천지라. 어미가 자식 부르는 소리, 서방이 계집 부르는 소리, 계집이 서방 부르는 소리, 이렇게 사람 찾는 소리뿐이라. 어린아이를 내버리고 저 혼자 달아나는 사람도 있고, 두 내외 손을 맞붙들고 마주 찾는 사람도 있더니, **석양판**에는 그 사람이 다 어디로 가고 없던지 보이지 아니하고, 모란봉 아래서 옥련이 부르고 다니는 부인 하나만 남아 있더라.

작폐(作弊)　폐단을 일으킴.
작란하다(灼爛-)　타서 문드러지다.
석양판(夕陽-)　해질 무렵. 또는 석양빛이 비치는 곳.

그 부인의 남편 되는 사람은 나이 스물아홉 살인데, 평양서 돈 잘 쓰기로 이름 있던 김관일이라. 피란길 **인해** 중에 서로 잃고 서로 찾다가 김관일은 저의 집으로 혼자 돌아와서 그날 밤에 빈집에 혼자 있다가 밤중에 개가 하도 몹시 짖거늘 일어나서 대문을 열고 보려 하다가 겁이 나서 열지는 못하고 문틈으로 내다보기도 하였으나 벌써 헌병이 그 부인을 앞세우고 가니, 김관일은 그 부인이 헌병에게 붙들려 가는 줄은 생각 밖이요, 그 부인은 그 남편이 집에 있기는 또한 꿈도 아니 꾸었더라.

김씨는 혼자 빈집에 있어서 밤새도록 잠들지 못하고 별생각이 다 난다. 북문 밖 넓은 들에 철환 맞아 죽은 송장과 죽으려고 숨넘어가는 반송장들은 제각각 제 나라를 위하여 전장에 나와서 죽은 장수와 군사들이라. 죽어도 제 직분이어니와, 엎드러지고 **곱드러져서** 봄바람에 떨어진 꽃과 같이 간 곳마다 발에 밟히고 눈에 걸리는 피란꾼들은 나라의 운수런가, 제 팔자 **기박하여** 평양 백성 되었던가. 땅도 조선 땅이요, 사람도 조선 사람이라. 고래 싸움에 새우 등 터지듯이, 우리나라 사람들이 남의 나라 싸움에 이렇게 참혹한 일을 당하는가. 우리 마누라는 대문 밖에 한 걸음 나가 보지 못하던 사람이요, 내 딸은 일곱 살 된 어린아이라 어디서 밟혀 죽었는가. 슬프다. 저러한 송장들은 피가 시내 되어 대동강에 흘러들어 여울목 치는 소리 무심히 듣지 말지어다. 평양 백성의 원통하고 설운 소리가 아닌가. 무죄히 죄를 받는 것도 우리나라 사람이요, 무죄히 목숨을 지키지 못하는 것도 우리나라 사람이라. 이것은 하늘이 지으신 일이런가, 사람이 지은 일이런가. 아마도 사람의 일은 사람이 짓는 것이다. 우리나라 사람이 제 몸만 위하고 제 욕심만 채우려 하고, 남은 죽든지 살든지, 나라가 망하든지 흥하든지 제 벼슬만 잘하여 제 살만

인해(人海) 사람이 아주 많이 모인 상태.
곱드러지다 무엇에 부딪히거나 남에게 걸어차이거나 하여 고꾸라져 엎어지다.
기박하다(奇薄-) 팔자나 운수 따위가 사납고 복이 없다.

찌우면 제일로 아는 사람들이라.

평안도 백성은 염라대왕이 둘이라. 하나는 황천에 있고, 하나는 평양 **선화당**에 앉았는 감사이라. 황천에 있는 염라대왕은 나이 많고 병들어서 세상이 귀치 않게 된 사람을 잡아가거니와, 평양 선화당에 있는 감사는 몸 성하고 재물 있는 사람은 낱낱이 잡아가니, 인간 염라대왕으로 집집에 **터주**까지 겸한 **겸관**이 되었는지, 고사를 잘 지내면 탈이 없고 못 지내면 온 집안에 **동토**가 나서 다 죽을 지경이라. 제 손으로 벌어 놓은 제 재물을 마음 놓고 먹지 못하고 천생 타고난 제 목숨을 남에게 매어 놓고 있는 우리나라 백성들을 불쌍하다 하겠거든, 더구나 남의 나라 사람이 와서 싸움을 하느니 지랄을 하느니, 그러한 서슬에 우리는 패가하고 사람 죽는 것이 다 우리나라 강하지 못한 탓이라.

오냐, 죽은 사람은 하릴없다. 살아 있는 사람들이나 이후에 이러한 일을 또 당하지 아니하게 하는 것이 제일이다. 제 정신 제가 차려서 우리나라도 남의 나라와 같이 밝은 세상 되고 강한 나라 되어 백성 된 우리들이 목숨도 보전하고 재물도 보전하고, 각도 선화당과 각도 **동헌** 위에 **아귀** 귀신 같은 산 염라대왕과 산 터주도 못 오게 하고, 범 같고 곰 같은 타국 사람들이 우리나라에 와서 감히 싸움할 생각도 아니 하도록 한 후이라야 사람도 사람인 듯싶고 살아도 산 듯싶고, 재물 있어도 제 재물인 듯하리로다.

처량하다, 이 밤이여. 평양 백성은 어디 가서 사생 중에 들었으며, 아귀 같은 염라대왕은 어느 구석에 박혔으며, 우리 처자는 어떻게 되었는고. 우

선화당(宣化堂) 각 도의 관찰사가 사무를 보는 정당.
터주(-主) 집터를 지키는 지신(地神). 또는 그 자리.
겸관(兼官) 자기 본디 직무 외에 다른 직무를 겸함.
동토(動土) 땅, 돌, 나무 따위를 잘못 건드려 지신을 화나게 하여 재앙을 받는 일. 동티.
동헌(東軒) 감사, 병사, 수사 등 고을의 수령이 공사를 처리하는 대청이나 집.
아귀(餓鬼) 계율을 어기거나 탐욕을 부려 아귀도에 떨어진 귀신. 몸이 앙상하게 마르고 배가 엄청나게 큰데, 목구멍이 바늘구멍 같아서 음식을 먹을 수 없어 늘 굶주림을 괴로워한다고 한다.

리 내외 금실이 유명히 좋던 사람이요, 옥련이를 남다르게 귀애하던 **자정**이라. 그러나 세상에 뜻이 있는 남자 되어 처자만 **구구히** 생각하면 나라의 큰일을 못 하는지라. 나는 이 길로 천하 각국을 다니면서 남의 나라 구경도 하고 내 공부 잘한 후에 내 나라 사업을 하리라 하고 밝기를 기다려서 평양을 떠나가니, 그 발길 가는 데는 만리타국이라.

그 부인은 일본군 헌병부로 잡혀갔으나, 규중에서 생장한 부인이 그러한 난리 중에 그러한 풍파를 겪었다 하는 말을 듣는 자 누가 불쌍타 하지 아니하리오. **통변**이 말을 전하는 대로 헌병장이 고개를 기울이고 불쌍하다 가엾다 하더니, 그 밤에는 군중에서 보호하고 그 이튿날 제 집으로 돌려보내니, 부인은 하룻밤 동안에 세상 풍파를 다 지내고 본집으로 돌아왔더라.

아침 날 서늘한 기운에 빈집같이 쓸쓸한 것은 없는데 그 부인이 그 집에 들어와 보더니 **처창한** 마음이 새로이 나서 이 집구석에서 나 혼자 살아 무엇 하리 하면서 마루 끝에 털썩 **걸어앉더니** 정신없이 모로 쓰러졌다.

어젯날 피란 갈 때에 급하고 겁나는 마음에 밥도 먹지 아니하고 나섰다가 하룻날 하룻밤에 고생한 일은 인간에 나 하나뿐인가 싶은 마음에 배가 고픈지 다리가 아픈지 모르고 지냈더니, 내 집으로 돌아오니 남편도 소식 없고 옥련이도 간곳없고, 엉성한 네 기둥과 적적한 마루 위에 덧문 척척 닫힌 방을 보고, 이 몸이 앉은 채로 쓰러져 없었으면 좋으련마는, 그렇지 아니하면 무슨 경황에 내 손으로 저 방문을 열고 내 발로 저 방으로 들어갈까 하는 혼잣말을 다 마치지 못하고 정신을 잃었더라.

평시절 같으면 이웃 사람도 오락가락하고 **방물장수**, 떡장수도 들락날락할

자정(慈情) 어머니의 정. 부모의 정을 이르기도 한다.
구구히(區區—) 변변하지 못하게.
통변(通辯) 통역(通譯).
처창하다(悽愴—) 몹시 구슬프고 애달프다.
걸어앉다 높은 곳에 궁둥이를 붙이고 두 다리를 늘어뜨리고 앉다.
방물장수 여자에게 쓰이는 화장품, 바느질 기구, 패물 따위의 물건을 파는 장수.

터인데, 그때는 평양성중에 살던 사람들이 이번 불 소리에 다 달아나고 있는 것은 일본 군사뿐이라. 그 군사들이 까마귀 떼 다니듯이 하며 이집 저집 함부로 들어간다.

본래 **전시국제공법**(戰時國際公法)에, 전장에서 피란 가고 사람 없는 집은 집도 점령하고 물건도 점령하는 법이라. 그런고로 군사들이 빈집을 보면 일삼아 들어간다.

김씨 집에 들어와서 보는 군사들은 마루 끝에 부인이 누웠는 것을 보고 도로 나갈 뿐이라. 아마도 부인을 구하여 줄 사람은 없었더라. 만일 엄동설한에 하루 동안을 마루에 누웠으면 얼어 죽었을 터이나, 다행히 일기가 더운 때라, 종일 정신없이 마루에 누웠으나 관계치 아니하였더라.

밤이 되매 비로소 정신이 나기 시작하는데, 꿈 깨고 잠 깨이듯 별안간에 정신이 난 것이 아니라 모란봉에 안개 걷히듯 차차 정신이 난다. 처음에 눈을 떠서 보니 하늘에는 별이 총총하고, 다시 눈을 둘러보니 우중충한 집에 나 혼자 누웠으니 이곳은 어디며 이 집은 뉘 집인지, 나는 어찌하여 여기 와서 누웠는지 곡절을 모른다.

차차 본즉 내 집이요, 차차 생각한즉 여기 와서 걸터앉았던 생각도 나고, 어젯밤에 일본 헌병부로 가던 생각도 나고, 총소리에 사람 모여들던 생각도 나고, 도적놈에게 욕을 볼 뻔하던 생각이 나면서 새로이 소름이 끼친다.

정신이 번쩍 나고 없던 기운이 번쩍 나서 벌떡 일어앉았으니, 새로 남편 생각과 옥련이 생각만 난다.

안방에는 옥련이가 자는 듯하고, 사랑방에는 남편이 있는 듯하다. 옥련이를 부르면 나올 듯하고, 남편을 부르면 대답을 할 것 같다. 어젯날 지낸 일은 정녕 꿈이라, 내가 악몽을 꾸었지, 지금은 깨었으니 옥련이를 불러 보리

전시국제공법(戰時國際公法) 전시에 필요한 국제간의 법규 관계를 규정한 법률.

라 하고 안방으로 고개를 두르고 옥련아, 옥련아, 옥련아, 부르다가 소름이 죽죽 끼치고 소리가 점점 움츠러진다. 일어서서 안방 문 앞으로 가니, 다리가 덜덜 떨리고 가슴이 두근두근한다. 방문을 왈칵 잡아당기니 방 속에서 벼락 치는 소리가 나며 부인은 외마디 소리를 지르고 주저앉았더라.

어제 아침에 이 방에서 피란 갈 때에는 방 가운데 아무것도 늘어놓은 것 없었더니, 오늘 아침에 김관일이가 외국에 가려고 결심하고 나갈 때에 무엇을 찾느라고 다락 속 벽장 속에 있는 **세간**을 낱낱이 내놓고 궤 문도 열어 놓고, 농문도 열어 놓고, 궤짝 위에 농짝도 놓고 농짝 위에 궤짝도 얹었는데, 단정히 놓인 것도 있지마는 곧 내려질 듯한 것도 있었더라. 방문은 무슨 정신에 닫고 갔던지, 방 안의 벽장문, 다락문은 열린 채로 두었더라.

강아지만 한 큰 쥐가 다락에서 나와서 방 안에서 제 세상같이 있다가, 방문 여는 소리를 듣고 궤 위에서 방바닥으로 내려 뛰는데, 그 궤가 **안동하여** 떨어지니, 그 궤는 옥련의 궤라 조개껍질도 들고, **서양철** 조각도 들고 방울도 들고 유리병도 들었으니, 그 궤가 떨어질 때는 소리가 조용치는 못하겠으나 부인이 겁결에 들은즉 벼락 치는 소리같이 들렸더라.

부인이 정신을 차려서 **당성냥**을 찾으려고 방 안으로 들어가니, 발에 걸리고 몸에 부딪히는 것이 무엇인지 무서운 마음에 도로 나와서 마루 끝에 앉았더라. 이 밤이 초저녁인지 밤중인지 **샐녘**인지 모르고 날 새기만 기다리는데, 부인의 마음에는 이 밤이 샐 때가 되었거니 하고 동편 하늘만 쳐다보고 있더라.

두 날개 탁탁 치며 '꼬끼요' 우는 소리는 첫닭이 분명한데 이 밤 새우기는

세간 집안 살림에 쓰는 온갖 물건.
안동하다(眼同-) 사람을 데리고 함께 가거나 물건을 지니고 가다.
서양철(西洋鐵) '생철'의 잘못. 안팎에 주석을 입힌 얇은 철판.
당성냥(唐-) 예전에 성냥을 이르던 말. 당나라에서 성냥을 많이 수입했기 때문에 앞에 '당'을 붙였다.
샐녘 날이 샐 무렵.

참 어렵도다. 그렇게 적적한 집에 그 부인이 혼자 있어서 하루, 이틀, 열흘, 보름을 지낼수록 경황없고 처량한 마음이 조금도 감하지 아니한다. 감하지 아니할 뿐 아니라 날이 갈수록 심란한 마음이 깊어 가더라. 그러면 무슨 까닭으로 세상에 살아 있는고. 한 가지 일을 기다리고 죽기를 참고 있었더라.

피란 갔던 이튿날 방 안에 세간이 늘어놓인 것을 보고 남편이 왔던 자취를 알고 부인의 마음에는 남편이 옥련이와 나를 찾아다니다가 찾지 못하고 집에 돌아와서 보고 또 찾으러 간 줄로 알고, 그 남편이 방향 없이 나서서 오죽 고생을 할까 싶은 마음에 가엾으면서 위로는 되더니, 그날 해가 지고 저무니 남편이 돌아올까 기다리는 마음에 대문을 닫지 아니하고 앉아 밤을 새웠더라. 그 이튿날 또 다음날을, 날마다 밤마다 때마다 기다리는데 사람의 소리가 들리면 뛰어나가 보고, 개가 짖으면 쫓아가서 본다.

고대하던 마음은 진하고 **단망하는** 마음이 생긴다. 어느 곳에서 사람이 많이 죽었다 하는 소문이 있으면 남편이 거기서 죽은 듯하고, 어느 곳에서는 어린아이 죽었다는 말이 들리면 내 딸 옥련이가 거기서 죽은 듯하다.

남편이 살아오거니 하고 고대할 때는 마음을 붙일 곳이 있어서 살아 있었거니와, 죽어서 못 오거니 하고 단망하니 잠시도 이 세상에 있기가 싫다.

부인이 죽기로 결심하고 대동강 물에 빠져 죽을 차로 밤 되기를 기다려 강가로 향하여 가나, 그때는 구월 보름이라 하늘은 씻은 듯하고 달은 초롱 같다. 은가루를 뿌린 듯한 백사장에 인적은 끊어지고 **백구**는 잠들었다. 부인이 탄식하여 가로되,

"달아 물어보자, 너는 널리 보리로다.

낭군이 소식 없고 옥련은 간곳없다.

이 세상에 있으면 집 찾아왔으련만

단망하다(斷望-) 희망이 끊어지다. 또는 희망을 끊어 버리다.
백구(白鷗) 갈매기.

일거 무소식하니 **북망객** 됨이로다.

이 몸이 혼자 살면 일평생 근심이요,

이 몸이 죽었으면 이 근심 모르리라.

십오 년 부부 정과 일곱 해 모녀 정이

어느 때 있었던지 지금은 꿈같도다.

꿈같은 이내 평생 오늘날뿐이로다.

푸르고 깊은 물은 갈 길이 저기로다.”

이러한 탄식을 마치매 치마를 걷어잡고 이를 악물고 두 눈을 딱 감으면서 물에 뛰어내리니, 그 물은 대동강이요 그 사람은 김관일의 부인이라. 물 아래 **뱃나들이**에 한 거룻배가 비꼈는데, 그 배 속에서 사공 하나와 평양성 내에 사는 고장팔이라 하는 사람과 단둘이 달밤에 **밤윷**을 노는데, 그 사공과 고가는 각 어미 자식이나 성정은 어찌 그리 똑같던지, 사공이 고가를 닮았는지, 고가가 사공을 닮았는지, 벌어먹는 길만 다르나 일만 없으면 두 놈이 함께 붙어 지낸다.

무엇을 하느라고 같이 붙어 지내는고. 둘 중에 하나만 돈이 있으면 서로 꾸어 주며 투전을 하고, 둘이 다 돈이 없으면 담배 내기 밤윷이라도 아니 놀고는 못 견딘다. 하루 밥을 굶어라 하면 어렵게 여기지 아니하나 하루 노름을 하지 말라 하면 병이 날 듯한 놈들이라. 그 밤에도 고가가 그 사공을 찾아가서 단둘이 밤윷을 놀다가 물 위에서 이상한 소리가 들리나 윷에 미쳐서 정신을 모르다가, 물 위에서 웬 사람이 떠내려오다가 배에 걸려서 허덕거리는 것을 보고 급히 뛰어내려서 건진즉 한 부인이라. 본래 부인이 높은 언덕에서 뛰어내렸다면 물이 깊고 얕고 간에 살기가 어려웠을 터이나, 모래톱에

북망객(北邙客) 죽은 사람을 비유적으로 이르는 말.
뱃나들이 ‘나루’의 방언.
밤윷 밤을 쪼갠 조각처럼 잘고 뭉툭하게 만든 윷짝..

서 물로 뛰어 들어가니 그 물이 한두 자 깊이가 될락 말락 한 물이라, 물이 낮아 죽지 아니하였으나 부인은 죽을 마음으로 빠진 고로 얕은 물이라도 죽을 작정만 하고 드러누우니 얼른 죽지는 아니하고 물에 떠서 내려가다가 배에 있던 사람에게 구원한 것이 되었더라.

화약 연기는 **구름에 비 묻어 다니듯이** 평양의 총소리가 의주로 올라가더니 백마산에는 철환 비가 오고 압록강에는 송장으로 다리를 놓는다.

평양은 난리 평정이 되고 의주는 새로 난리를 만났으니, 가령 화재 만난 집에서 안방에는 불을 잡았으나 건넌방에는 불이 붙는 격이라. 안방이나 건넌방이나 집은 한집이언마는 안방 식구는 제 방에만 불 꺼지면 다행으로 안다. 의주서는 피비 오는데 평양성중에는 차차 웃음소리가 난다. 피란 가서 어느 구석에 숨어 있던 사람들이 차차 모여들어서 성중에는 옛 모양이 돌아온다.

집집의 걸어 닫혔던 대문도 열리고, 골목골목에 사람의 자취가 없던 곳도 사람이 오락가락하고, 개 짖고 연기 나는 모양이 세상은 평화 된 듯하나, 북문 안의 김관일의 집에는 대문이 닫힌 대로 있고 그 집 문간엔 사람이 와서 찾는 자도 없었더라. 하루는 어떠한 노인이 **부담말** 타고 오다가 김씨 집 앞에서 말에서 내리더니, 김씨 집 대문을 흔들어 본즉 문이 걸리지 아니하였거늘 안으로 들어가더니 나와서 이웃집에 말을 묻는다.

(노인) "여보, 말 좀 물어봅시다. 저 집이 김관일 김초시 집이오?"

(이웃 사람) "네, 그 집이오, 그 집에 아무도 없나 보오."

(노인) "나는 김관일의 장인 되는 사람인데, 내 사위는 만나 보았으나 내 딸과 외손녀는 피란 갔다가 집 찾아왔는지 아니 왔는지 몰라서 내가 여기까지 온 길이러니, 지금 그 집에 들어가서 본즉 아무도 없기로 궁금하여 묻는 말이오."

구름에 비 묻어 다니듯이 둘이 으레 같이 붙어 다녀 서로 떠나지 않음을 비유적으로 이르는 말.
부담말(負擔−) 물건을 담은 작은 농짝을 싣고, 사람도 함께 타도록 꾸민 말. 부담마(負擔馬).

(이웃 사람) "우리도 피란 갔다가 돌아온 지가 며칠 되지 아니 하였으니 이웃집 일이라도 자세히 모르겠소."

노인이 하릴없이 다시 김씨 집에 들어가서 자세히 살펴보니 사람은 난리를 만나 도망하고 세간은 도적을 맞아서 빈 농짝만 남았는데, 벽에 언문 글씨가 있으니, 그 글씨는 김관일 부인의 필적인데, 대동강 물에 빠져 죽으려고 나가던 날의 세상 **영결하는** 말이라.

노인이 그 필적을 보고 놀랍고 슬픈 마음을 진정치 못하였더라.

그 노인은 본래 평양성 내에서 살던 최주사라 하는 사람인데 이름은 항래라. 십 년 전에 부산으로 이사하여 크게 장사하는데, 그때 나이 오십이라. 재산은 **유여하나** 아들이 없어서 양자하였더니 양자는 합의치 못하고, 소생은 딸 하나 있으나 그 딸은 편애할 뿐 아니라 그 딸을 기를 때에 최주사는 애쓰고 마음 상하면서 길러 낸 딸이요 눈살 맞고 자라난 딸인데, 그 딸인즉 김관일의 부인이라.

최씨가 그 딸 기를 때의 일을 말하자 하면 **소진의 혀**를 두셋씩 이어 놓고 삼사월 긴긴 해를 몇씩 포개 놓을지라도 다 말할 수 없는 일이더라. 그 부인의 이름은 춘애라. 일곱 살에 그 모친이 돌아가고 계모에게 길렸는데, 그 계모는 부인 범절에는 **사사**이 칭찬 듣는 사람이나 한 가지 결점이 있으니, 그 **흠절**은 전실 소생 춘애에게 몹시 구는 것이라. 세간 그릇 하나라도 전실 부인이 쓰던 것이면 무당 불러서 불살라 버리든지 깨뜨려 버리든지 하여야 속이 시원하여지는 성정이라. 그러한 계모의 성정에 사르지도 못하고 깨뜨리지도 못할 것은 전실 소생 춘애라. 최씨가 그 딸을 옥같이 사랑하고 금같이

영결하다(永訣─) 죽은 사람과 산 사람이 영원히 헤어지다.
유여하다(有餘─) 여유가 있다.
소진의 혀 소진이 말하는 재주라는 뜻으로, 매우 구변이 좋음을 이르는 말.
사사(事事) 이 일 저 일이라는 뜻으로, 모든 일을 이르는 말.
흠절(欠節) 부족하거나 잘못된 점.

귀애하나 그 후취 부인 보는 때는 조금도 귀애하는 모양을 보이면 춘애는 그 계모에게 음해를 받을 터이라. 그런고로 최주사가 그 딸을 칭찬하고 싶은 때도 그 계모 보는 데는 꾸짖고 미워하는 상을 보이는 일도 많다.

그러면 최주사가 그 후취 부인에게 쥐여지내느냐 할 지경이면 그렇지도 아니하다.

그 후취 부인은 죽어 백골 된 전실에게 투기하는 마음 한 가지만 아니면 아무 흠절이 없으니, 그러한 부인은 쇠사슬로 신을 삼아 신고 그 신이 날이 나도록 조선 팔도를 다 돌아다니더라도 그만한 아내는 얻기가 어렵다 하는 집안 공론이라. 최씨가 후취 부인과 금실도 좋고 전취 소생 춘애도 사랑하니, 춘애를 위하여 주려 하면 후실 부인의 뜻을 맞추어 주는 일이 상책이라. 춘애가 어려서부터 총명하고 눈치 빠르기로는 어린아이로 볼 수가 없다. 계모에게 따르기를 생모같이 따르면서 혼자 앉으면 눈물을 씻고 죽은 어머니를 생각하더라. 춘애가 그러한 고생을 하고 자라나서 김관일의 부인이 되었는데, 최씨는 그 딸을 출가한 딸로 여기지 아니하고 젖 먹이는 딸과 같이 안다.

평양의 난리 소문이 다른 사람 듣기에는 이웃집에 초상났다는 소문과 같이 **심상히** 들리나, 부산 사는 최항래 최주사의 귀에는 소름이 끼치도록 놀랍고 심려되더니, 하루는 그 사위 김관일이가 부산 최씨 집에 와서 난리 겪은 말도 하고, 외국으로 공부하러 가고자 하는 목적을 말하니, 최씨가 학비를 주어서 외국에 가게 하고, 최씨는 그 딸과 외손녀의 생사를 자세히 알고자 하여 평양에 왔더니, 그 딸이 대동강 물에 빠져 죽을 차로 벽상에 그 회포를 쓴 것을 보니, 그 딸 기를 때의 불쌍하던 마음이 새로이 나서, 일곱 살에 저의 어머니 죽을 때에 죽은 어미의 뺨을 대이고 울던 모양도 눈에 선하고, 계모의 눈살을 맞아서 **조접이 들던** 모양도 눈에 선하고, 내가 부산 갈 때에 부

심상히(尋常-) 대수롭지 않고 예사롭게.
조접들다 '조잡들다'의 잘못. 생물체가 탈이 많아서 제대로 자라지 못하거나 생기가 없어지다.

녀가 다시 만나 보지 못하는 듯이 **낙루하며** 작별하던 모양도 눈에 선한 중에 해는 점점 지고 빈집에 쓸쓸한 기운은 날이 저물수록 형용하기 어렵더라.

　　최씨가 데리고 온 하인을 부르는데 근력 없는 목소리로,

　　"이애 막동아, 부담 떼서 안마루에 갖다 놓아라."

　　(막동) "말은 어디 갖다 매오리까?"

　　(최씨) "**마방집**에 갖다 매어라."

　　(막동) "소인은 어디서 자오리까?"

　　(최씨) "마방집에 가서 밥이나 사서 먹고 이 집 **행랑방**에서 자거라."

　　(막동) "나리께서도 무엇을 좀 사다가 잡숫고 주무시면 좋겠습니다."

　　(최씨) "나는 술이나 먹겠다. 부담에 달았던 술 한 병 떼어 오고 찬합만 끌러 놓아라. 혼자 이 방에 앉아 술이나 먹다가 밤새거든 새벽길 떠나서 도로 부산으로 가자. 난리가 무엇인가 하였더니 당하여 보니 인간에 지독한 일은 난리로구나. 내 혈육은 딸 하나 외손녀 하나뿐이러니 와서 보니 이 모양이로구나. 막동아, 너같이 무식한 놈더러 쓸데없는 말 같지마는 이후에는 자손 보존하고 싶은 생각 있거든 나라를 위하여라. 우리나라가 강하였더면 이 난리가 아니 났을 것이다. 세상 고생 다 시키고 길러 낸 내 딸자식 나 젊고 무병하건마는 난리에 죽었구나. **역질** 홍역 다 시키고 **잔주접** 다 떨어 놓은 외손녀도 난리 중에 죽었구나."

　　(막동) "나라는 양반님네가 다 망하여 놓으셨지요. 상놈들은 양반이 죽이면 죽었고, 때리면 맞았고, 재물이 있으면 양반에게 **빼앗겼고**, 계집이 어여쁘면 양반에게 빼앗겼으니, 소인 같은 상놈들은 제 재물 제 계집 제 목숨 하

낙루하다(落淚−)　눈물을 흘리다.
마방집(馬房−)　말을 두고 삯짐 싣는 일을 업으로 삼는 집.
행랑방(行廊房)　대문간에 붙어 있는 방.
역질(疫疾)　천연두.
잔주접　어릴 때의 잦은 잔병치레로 잘 자라지 못하는 탈.

나를 위할 수가 없이 양반에게 매였으니, 나라 위할 힘이 있습니까. 입 한번을 잘못 벌려도 죽일 놈이니 살릴 놈이니, **오금**을 끊어라 귀양을 보내라 하는 양반님 서슬에 상놈이 무슨 사람값에 갔습니까? 난리가 나도 양반의 탓이올시다. 일청전쟁도 **민영춘**이란 양반이 청인을 불러왔답디다. 나리께서 난리 때문에 따님 아씨도 돌아가시고 손녀 아기도 죽었으니 그 원통한 귀신들이 민영춘이라는 양반을 잡아갈 것이올시다."

하면서 말이 이어 나오니, 본래 그 하인은 주제넘다고 최씨 마음에 불합하나, 이번 난리 중 험한 길에 사람이 똑똑하다고 데리고 나섰더니 이러한 심란 중에 주제넘고 버릇없는 소리를 함부로 하니 참 난리 난 세상이라. 난리 중에 꾸짖을 수도 없고 근심 중에 무슨 소리든지 듣기도 싫은 고로 돈을 내주며 하는 말이,

"막동아 너도 나가서 술이나 싫도록 먹어라."

홧김에 먹고 보자 하니 막동이는 밖으로 나가고, 최씨는 혼자 술병을 대하여 팔자 한탄하다가 술 한 잔 먹고, 세상 원망하다가 술 한 잔 먹고, 딸 생각이 나도 술 한 잔 먹고, 외손녀 생각이 나도 술 한 잔 먹고, 술이 얼근하게 취하더니 이 생각 저 생각 없이 술만 먹다가 갓 쓴 채로 목침 베고 드러누웠더니 잠이 들면서 꿈을 꾸었더라. 모란봉 아래서 딸과 외손녀를 데리고 피란을 가다가 노략질꾼 도적을 만나서 곤란을 무수히 겪다가 딸이 도적을 피하여 가느라고 높은 언덕에서 떨어져 죽는 것을 보고 최씨가 도적놈을 원망하여 도적놈을 때려죽이려고 지팡이를 들고 도적을 때리니, 도적놈이 달려들어 최씨를 마주 때리거늘, 최씨가 넘어져서 일어나려고 애를 쓰는데 도적놈이 최씨를 깔고 앉아서 멱살을 쥐고 칼을 **빼니** 최씨가 숨을 쉴 수가 없어

오금 무릎의 구부러지는 안쪽의 오목한 부분.
민영춘 '민영준(閔泳駿, 1852~1935)'의 오기. 본명은 민영휘이며, 1894년 청의 구원병으로 동학 농민 운동을 진정시키려다가 도리어 청일 양국의 동시 출병을 유치하여 청일전쟁을 유발하였다.

일어나려고 애를 쓰니 최씨가 분명 가위를 눌린 것이다.

곁에서 사람이 최씨를 흔들며 '아버지 여기를 어찌 오셨소, 아버지, 아버지.' 하는 소리에 깜짝 놀라 깨치니 **남가일몽**이라. 눈을 떠서 자세히 본즉 대동강 물에 빠져 죽으려고 벽상에 회포를 써서 붙였던 딸이 살아온지라, 기쁜 마음에 정신이 번쩍 나서 생각한즉 이것도 꿈이 아닌가 의심난다.

(최씨) "이애, 네가 죽으려고 벽상에 유언을 써서 놓은 것이 있더니 어찌 살아왔느냐. 아까 꿈을 꾸니 네가 언덕에서 떨어져 죽었더니 지금 너를 보니 이것이 꿈이냐, 그것이 꿈이냐? 이것이 꿈이어든 이 꿈을 이대로 깨지 말고 십 년 이십 년이라도 이대로 지냈으면 그 아니 좋겠느냐."

하는 말이 최씨 생각에는 그 딸 만나 보는 것이 정녕 꿈같고 그 딸이 참 살아온 **사기**는 자세히 모른다.

원래 최씨 부인이 물에 빠져 떠내려갈 때에 뱃사공과 고장팔에게 구한 바되었는데, 장팔의 모와 장팔의 처가 그 부인을 **교군**에 태워서 저희 집으로 뫼시고 가서 수일을 극진히 **구원하였다가**, 그 부인이 차차 **완인**이 되매 그날 밤들기를 기다려서 부인이 장팔의 모를 데리고 집에 돌아온 길이라. 장팔의 모는 길가에서 무엇을 사 가지고 들어온다 하고 뒤떨어졌는데, 그 부인은 **발씨 익은** 내 집이라 앞서서 들어온즉 안마루에 부담 상자도 있고 안방에는 불이 켜서 밝은지라. 이전 마음 같으면 부인이 그 방문을 감히 열지 못하였을 터이나 별 풍상 다 지내고 지금은 겁나는 것도 없고 무서운 것도 없는지라, 내 집 내 방에 누가 와서 들어앉았는가 생각하면서 서슴지 아니하고 방문을 열어 보니 웬 사람이 자다가 가위를 눌려서 애를 쓰는 모양인데, 자세

남가일몽(南柯一夢) 꿈과 같이 헛된 한때의 부귀영화를 이르는 말.
사기(事記) 사건의 기록.
교군(轎軍) 가마.
구원하다(救援-) 아픈 사람이나 해산하는 사람을 곁에서 시중을 들다.
완인(完人) 병이 완전히 나은 사람.
발씨 익다 여러 번 다닌 길이라 익숙하다.

히 본즉 자기의 부친이라. 부인이 그때에 부친을 만나니 반가운 마음에 아무 말도 아니 하고 나오느니 울음뿐이라.

뒤떨어졌던 고장팔의 모가 들이달아 오면서 덩달아 운다.

"에그, 나리 마님이 이 난리 중 여기 오셨네. 알 수 없는 것은 세상일이올시다. 나리께서 부산으로 이사 가실 때에 할미는 늙은것이라 살아서 다시 나리께 뵙지 못하겠다 하였더니 늙은것은 살았다가 또 뵈옵는데 어린 옥련 애기와 젊으신 서방님은 어디 가서 돌아가셨는지 나리 오신 것을 못 만나 뵈네."

하는 말은 속에서 솟아 나오는 인정이라. 그 노파가 그 인정이 있을 만도 한 사람이라.

고장팔의 모가 본래 최씨 집 종인데 삼십 전부터 **드난**은 아니 하나 최씨의 덕으로 살다가, 최씨가 이사 갈 때에 장팔의 모는 상전을 따라가고자 하나 장팔이가 노름꾼으로 최씨의 눈 밖에 난 놈이라 최씨를 따라가지 못하고 **끈 떨어진 뒤웅박**같이 평양에 있었더니, 이번에는 노름 덕으로 대동강 배 속에서 밤잠 아니 자고 있다가 최씨 부인을 구하여 살렸으니, 장팔이 지금은 노름하는 칭찬도 들을 만하게 되었더라.

최씨 부인이 그 부친에게 남편 김씨가 외국으로 유학하러 갔다는 말을 듣고 만 리의 이별은 섭섭하나 난리 중에 목숨을 보전한 것만 천행으로 여겨서, 부친의 말하는 입을 쳐다보면서 눈에는 눈물이 가득하나 얼굴에는 기쁜 빛을 띠었더라.

(최주사) "이애 김**집**아, 네 집은 **외무주장하니** 여기서 고단하여 살 수 없

드난 임시로 남의 집 행랑에 붙어 지내며 그 집의 부엌일을 도와줌. 또는 그런 사람.
끈 떨어진 뒤웅박 의지할 데가 없어져 외롭고 불안하게 된 처지를 비유적으로 이르는 말. '뒤웅박'은 박을 쪼개지 않고 꼭지 근처에 구멍만 뚫어 속을 파낸 바가지를 뜻한다.
집 자기 집안에서 출가한 손아래 여자가 시집 사람임을 이를 때 쓰는 접미사.
외무주장하다(外無主張-) 집안에 살림을 맡아 할 만큼 장성한 남자가 없다.

을 것이니 나를 따라 부산으로 내려가서 내 집에 같이 있으면 좋지 아니하겠느냐."

(딸) "내가 물에 빠져 죽으려 하기는 가장이 죽은 줄로 생각하고 나 혼자 세상에 살아 있기가 싫은 고로 대동강에 빠졌더니, 사람에게 건진 바 되어 살아 있다가 가장이 살아서 외국에 유학하러 갔다는 소식을 들었으니 나는 이 집을 지키고 있다가 몇 해 후가 되든지 이 집에서 다시 가장의 얼굴을 만나 보겠으니, 아버지께서는 딸 생각 말으시고 딸 대신 사위의 공부나 잘하도록 학비나 잘 대어 주시기를 바랍나이다. 나는 이 집에서 장팔의 어미를 데리고 박토 마지기에서 **도지** 섬 받는 것 가지고 먹고 있겠소. 그러나 옥련이나 있었더면 위로가 되었을걸, 허구한 세월을 어찌 기다리나."

하는 소리에 최주사가 **흉격**이 막히나 다사한 사람이 오래 있을 수 없는 고로 수일 후에 부산으로 내려가고 최씨 부인은 장팔의 어미를 데리고 있으니, 행랑에는 늙은 과부요 안방에는 젊은 생과부가 있어서 김씨를 오기만 기다리고 세월 가기만 기다린다. 밤에는 밤이 길고 낮에는 낮이 긴데 그 밤과 그 낮을 모아 달 되고 해 되니, 천하에 어려운 것은 사람 기다리는 것이라. 부인의 생각에는 인간의 고생이 나 하나뿐인 줄로 알고 있건마는, 그보다 더 고생하는 사람이 또 있으니, 그것은 부인의 딸 옥련이라.

당초에 옥련이가 피란 갈 때에 모란봉 아래서 부모의 간 곳 모르고 어머니를 부르면서 발을 동동 구르다가 난데없는 철환 한 개가 넘어오더니 옥련의 왼편 다리에 박혀 넘어져서 그날 밤을 그 산에서 목숨이 붙어 있었더니, 그 이튿날 일본 적십자 간호수가 보고 야전병원(野戰病院)으로 실어 보내니 군의(軍醫)가 본즉 중상은 아니라. 철환이 다리를 뚫고 나갔는데 군의 말이, '만일

도지(賭地) 일정한 대가를 주고 빌려 쓰는 논밭이나 집터. 또는 남의 논밭을 빌려서 부치고 논밭을 빌린 값으로 해마다 내는 벼.
흉격(胸膈) 마음속.

청인의 철환을 맞았으면 철환에 독한 약이 섞인지라 맞은 후에 하룻밤을 지냈으면 독기가 몸에 많이 퍼졌을 터이나, 옥련이 맞은 철환은 일인의 철환이라 치료하기 대단히 쉽다.' 하더니, 과연 삼 주일이 못 되어서 완연히 평일과 같은지라. 그러나 옥련이는 갈 곳이 없는 아이라, 병원에서 옥련의 집을 물은즉 평양 북문 안이라 하니 병원에서 옥련이가 나이 어리고 또한 **정경**을 불쌍케 여겨서 **통사**를 안동하여 옥련의 집에 가서 보라 한즉, 그때는 옥련의 모친이 대동강 물에 빠져 죽으려고 벽상에 그 사정 써서 붙이고 간 후이라, 통변이 그 글을 보고 옥련을 불쌍히 여겨서 도로 데리고 야전병원으로 가니, 군의 정상(井上) 소좌가 옥련의 정경을 불쌍히 여기고 옥련의 **자품**을 기이하게 여겨 통변을 세우고 옥련의 뜻을 묻는다.

(군의) "이애, 너의 아버지와 어머니가 어디로 간지 모르냐?"

(옥) "……."

(군의) "그러면 네가 내 집에 가서 있으면 내가 너를 학교에 보내어 공부하도록 하여 줄 것이니, 네가 공부를 잘하고 있으면 내가 아무쪼록 너의 나라에 탐지하여 너의 부모가 살았거든 너의 집으로 곧 보내 주마."

(옥) "우리 아버지 어머니가 살아 있는 줄을 알고 나를 도로 우리 집에 보내 줄 것 같으면 아무 데라도 가고 아무것을 시키더라도 하겠소."

(의) "그러면 오늘이라도 인천으로 보내서 **어용선**을 타고 일본으로 가게 할 것이니, 내 집은 일본 **대판**이라. 내 집에 가면 우리 마누라가 있는데, 아들도 없고 딸도 없으니 너를 보면 대단히 귀애할 것이니 너의 어머니로 알고 가서 있거라."

정경(情景) 사람이 처하여 있는 형편.
통사(通事) 통역(通譯).
자품(資稟) 사람의 타고난 바탕과 성품.
어용선(御用船) 임금이나 황실에서 쓰던 배.
대판(大阪) '오사카'를 우리 한자음으로 읽은 이름.

하면서 귀국하는 **병상병**(病傷兵)에게 부탁하여 일본 대판으로 보내니, 옥련이가 교군 **바탕**을 타고 인천까지 가서 인천서 **윤선**을 타니, 등 뒤에는 부모 소식이 묘연하고 눈앞에는 타국 산천이 생소하다.

만일 용렬한 아이가 일곱 살에 난리 피란을 가다가 부모를 잃었으면 어미 아비만 생각하고, 낯선 사람이 무슨 말을 물으면 눈물이 비죽비죽하고 주접이 덕적덕적하고 묻는 말을 대답도 시원히 못 할 터이나, 옥련이는 어디 그러한 영리하고 숙성한 아이가 있었던지 혼자 있을 때는 부모를 보고 싶은 마음에 죽을 듯하나 사람을 대할 때는 어찌 그리 천연하던지, 부모 생각하는 기색이 조금도 없더라. 옥련의 얼굴은 옥을 깎아서 연지분으로 단장한 것 같다.

옥련의 부모가 옥련 이름 지을 때에 옥련의 모양과 같이 아름다운 이름을 짓고자 하여 내외 공론이 무수하였더라. 옥같이 희다 하여 옥이라고 부르는 사람은 옥련이 모친이요, 연꽃같이 번화하다 하여 연화라고 부르는 사람은 옥련의 부친이라.

그 아이 이름 짓던 날은 의논이 부산하다가 **구화** 담판되듯 옥 자, 련 자를 합하여 옥련이라고 지은 이름이라. 부모 된 사람이 제 자식 귀애하는 마음에 혹 시꺼먼 괴석 같은 것도 옥같이 보는 일도 있고, 누렁퉁이나 호박꽃같이 생긴 것도 연꽃같이 보이는 일도 있기는 있지마는, 옥련이 같은 아이는 옥련의 부모의 눈에만 그렇게 아름다운 것이 아니라 어떠한 사람이든지 칭찬 아니 하는 사람이 없고, 또 자식 없는 사람이 보면 뺏어 갈 것같이 탐을 내서 하는 말에, 옥련이를 잡아가서 내 딸이 될 것 같으면 벌써 집어 갔겠다 하는 사람이 무수하였더라.

병상병(病傷兵) 싸움터에서 병들거나 다친 군인.
바탕 물체의 뼈대나 틀을 이루는 부분.
윤선(輪船) 화륜선(火輪船).
구화(媾和) 싸우던 두 나라가 싸움이 그치고 평화로운 상태가 됨.

그러하던 옥련이가 부모를 잃고 만리타국으로 혼자 가니, 배 안에 들어 있는 사람들은 소일 조로 옥련의 곁에 모여들어서 말 묻는 사람도 있고, 조선 말을 하지 못하는 사람들은 행중에서 과자를 내주니, 어린아이가 너무 괴롭고 성이 가실 만하련마는 옥련이는 천연할 뿐이라.

만리창해에 **살같이** 빠른 배가 인천서 떠난 지 나흘 만에 대판에 다다르니, 대판에서 내릴 선객들은 각기 제 행장을 수습하여 **삼판**에 내려가느라고 **분요하나** 옥련이는 행장도 없고 몸 하나뿐이라 혼자 가만히 앉았으니, 어린 소견에도 별생각이 다 난다.

'남은 제 집 찾아가건마는 나는 뉘 집으로 가는 길인고. 남들은 일이 있어서 대판에 오는 길이어니와 나 혼자 일없이 타국에 가는 사람이라. 편지 한 장을 품에 끼고 가는 집이 뉘 집인고. 이 편지 볼 사람은 어떠한 사람이며, 이내 몸 위하여 줄 사람은 어떠한 사람인가. 딸을 삼거든 딸 노릇 하고, 종을 삼거든 종노릇하고, 고생을 시키거든 고생도 참을 것이요, 공부를 시키거든 일시라도 놀지 않고 공부만 하여 볼까.'

이런 생각 저런 생각, 생각만 하느라고 시름없이 앉았더니, 평양서부터 동행하던 병정이 옥련이를 부르는데 말을 서로 알아듣지 못하는 고로 눈치로 알아듣고 따라 내려가니, 그 **병대**는 평양 싸움에 오른편 다리에 총을 맞고 옥련이와 같이 야전병원에서 치료하던 사람인데, 철환이 신경맥을 상한 고로 치료한 후에 그 다리가 **불인하여** 몽둥이에 의지하여 겨우 걸어 다니는지라. 그 병대는 앞에 서서 내려가는데, 옥련이가 뒤에 서서 보다가 하는 말이, 나도 다리에 총 맞았던 사람이라. 내가 만일 저 모양이 되었더라면 자결

만리창해(萬里滄海) 끝없이 넓은 바다.
살같이 쏜 화살과 같이 매우 빠르게.
삼판(三板) 항구 안에서 사람이나 짐을 실어 나르는 중국식의 작은 돛단배.
분요하다(紛擾-) 어수선하고 소란스럽다.
병대(兵隊) 병역에 복무하는 장정.
불인하다(不仁-) 몸의 어느 한 부분이 마비되어 움직이기가 거북하다.

하여 죽는 것이 편하지 살아서 쓸데 있나, 하는 소리를 옥련의 말 알아듣는 사람이 없으니, 그런 말은 못 듣는 것이 좋건마는, 좋은 마디는 그뿐이라. 옥련이가 제일 답답한 것은 서로 말 모르는 것이라. **벙어리 심부름하듯** 옥련이가 병정 손짓하는 대로만 따라간다.

옥련의 눈에는 모두 처음 보는 것이라. 항구에는 배 돛대가 **삼대 들어서듯** 하고, **저잣거리**에는 이층 삼층집이 구름 속에 들어간 듯하고, 지네같이 기어가는 기차는 입으로 연기를 확확 뿜으면서 배는 천동 지동하듯 구르며 풍우같이 달아난다. 넓고 곧은 길에 갔다 왔다 하는 인력거 바퀴 소리에 정신이 없는데, 병정이 인력거 둘을 불러서 저도 타고 옥련이도 태우니 그 인력거들이 살같이 가는지라. 옥련이가 길에서 아장아장 걸을 때에는 인해 중에 넘어질까 조심되어 아무 생각이 없더니, 인력거 위에 올라앉으매 새로이 생각만 난다.

'인력거야, 천천히 가고지고. 이 길만 다 가면 남의 집에 들어가서 밥도 얻어먹고 옷도 얻어 입고, 마음도 불안하고 몸도 불편할 터이로구나. 인력거야, 어서 바삐 가고지고. 궁금하고 알고자 하는 일은 어서 바삐 눈으로 보아야 시원하다. 가품 좋고 인정 있는 사람인지, 집안에서 찬 기운 나고 사람에게서 독기가 똑똑 떨어지는 집이나 아닌지. 내 운수가 좋으려면 그 집 인심이 좋으련마는 조실부모하고 만리타국에 **유리하는** 내 운수에······.'

그러한 생각에 눈물이 비 오듯 하며 흑흑 느끼며 우는데 인력거는 벌써 정상 군의 집 앞에 와서 내려놓는데, 옥련이가 인력거 그치는 것을 보고 이것이 정상 군의 집인가 짐작하고 조심되는 마음에 작은 몸이 더욱 작아진 듯하다.

슬픈 생각도 한가한 때를 타서 나는 것이라. 눈물이 뚝 그치고 아니 나온

벙어리 심부름하듯 말없이 남의 눈치만 살펴 가면서 행동하는 경우를 비유적으로 이르는 말.
삼대 들어서듯 곧고 긴 물건이 빽빽이 모여 선 모양을 비유적으로 이르는 말.
저잣거리 가게가 죽 늘어서 있는 거리.
유리하다(流離-) 정처 없이 떠돌다. 유리표박하다.

다. 옥련이가 눈을 이리 씻고 저리 씻고 부산히 씻는 중에 앞에 섰던 인력거꾼이 무슨 소리를 지르매 계집종이 나와서 문간방에 꿇어앉아서 공손히 말을 물으니 병정이 두어 말 하매 종이 안으로 들어가더니 다시 나와서 병정더러 들어오라 하니, 병정이 옥련이를 데리고 정상 군의 집 안으로 들어갔다.

　병정은 정상 부인을 대하여 군의 소식을 전하고 옥련의 사기를 말하고 전지(戰地)의 **소경력**을 이야기하는데, 옥련이는 정상 부인의 눈치만 본다.

　부인의 나이는 삼십이 될락 말락 하니 옥련의 모친과 **정동갑**이나 아닌지, **연기**는 옥련의 모친과 그렇게 같으나 생긴 모양은 옥련의 모친과 반대만 되었다. 옥련의 모친은 눈에 애교가 있더라. 정상 부인은 눈에 살기만 들었더라. 옥련의 모친은 얼굴이 희고 **도화색**을 띠었더니 정상 부인의 얼굴이 희기는 희나 청기가 돈다. 얌전도 하고 쌀쌀도 한데, 군의의 편지를 받아 보면서 옥련이를 흘끔흘끔 보다가 병정더러 무슨 말도 하는 것은 옥련의 마음에는 모두 내 말 하거니 하고 단정히 앉았는데 병정은 할 말 다 하였는지 작별하고 나가고, 옥련이만 정상 군의의 집에 혼자 떨어져 있으니 옥련이가 새로이 생소하고 **비편한** 마음뿐이라.

　(정상 부인) "이애 설자야, 나는 딸 하나 났다."

　(설자) "아씨께서 자녀 간에 없이 **고적하게** 지내시더니 따님이 생겼으니 얼마나 좋으십니까. 그러나 오늘 낳으신 아기가 대단히 숙성하오이다."

　(정) "설자야, 네가 옥련이를 말도 가르치고 언문[假名]도 잘 가르쳐 주어라. 말을 알아듣거든 하루바삐 학교에 보내겠다."

　(설자) "내가 작은아씨를 가르칠 자격이 되면 이 댁에 와서 종노릇을 하고

소경력(所經歷)　겪어 지내 온 일.
정동갑(正同甲)　나이가 꼭 같음.
연기(年紀)　대강의 나이.
도화색(桃花色)　복숭아꽃의 빛깔과 같이 붉은색.
비편하다(非便−)　순조롭지 아니하거나 편하지 아니하다.
고적하다(孤寂−)　외롭고 적적하다.

있겠습니까."

(정) "너더러 어려운 것을 가르쳐 주라 하는 것이 아니다. **심상소학교** 일년 급 독본이나 가르쳐 주라는 말이다. 네 동생같이 알고 잘 가르쳐 다오. 말을 능통히 알기 전에는 집에서 네가 교사 노릇 하여라. 선생 겸 종 겸 어렵겠 다. 월급이나 많이 받으려무나."

(설자) "월급은 더 바라지 아니하거니와 **연희장**(演戱場) 구경이나 자주 시켜 주시면 좋겠습니다."

(정) "설자야, 우리 옥련이 데리고 잡점에 가서 옥련에게 맞는 부인 양복 이나 사서 가지고 목욕집에 가서 목욕이나 시키고 조선 **복색**을 벗기고 양복 이나 입혀 보자."

정상 부인은 옥련이를 그렇게 귀애하나 말 못 알아듣는 옥련이는 정상 부 인의 쓸쓸한 모양에 **축기**가 되어 고역 치르듯 따라다닌다.

말 못 하는 개도 사람이 귀애하는 것을 알거든, 하물며 사람이야. 아무리 어린아이기로 저를 사랑하는 눈치를 모를 리가 없는 고로 수일이 못 되어 옥련이가 옹그리고 자던 잠이 다리를 쭉 뻗고 잔다.

정상 부인이 갈수록 옥련이를 귀애하고 옥련이는 날이 갈수록 정상 부인 에게 따른다.

옥련의 총명 재질은 조선 역사에는 그러한 여자가 있다고 전한 일은 없으 니, 조선 여편네는 안방구석에 가두고 아무것도 가르치지 아니하였은즉, 옥 련이 같은 총명이 있더라도 세상에서 몰랐든지, 이렇든지 저렇든지 옥련이 는 조선 여편네에게는 비할 곳 없더라.

옥련의 재질은 누가 듣든지 거짓말이라 하고 참말로는 듣지 아니한다. 일

심상소학교(尋常小學校)　일제 강점기에, 초등 교육을 행하던 학교.
연희장(演戱場)　일제 강점기에 공연장을 부르던 말.
복색(服色)　예전에, 신분이나 직업에 따라서 다르게 맞추어서 차려입던 옷의 꾸밈새와 빛깔.
축기(縮氣)　무섭거나 두려워 기운이 움츠러짐.

본 간 지 반년이 못 되어 일본말을 어찌 그렇게 잘하던지, 정상 군의 집에 와서 보는 사람들이 옥련이를 일본 아이로 보고 조선 아이로는 보지를 아니한다. 정상 부인이 옥련이를 가르치며 저 아이가 조선 아이인데 조선서 온 지가 반년밖에 아니 된다 하는 말은 옥련이를 자랑코자 하여 하는 말이나, 듣는 사람은 정상 부인의 농담으로 듣다가 설자에게 자세한 말을 듣고 혀를 홰홰 내두르면서 칭찬하는 소리에 옥련이도 흥이 날 만하겠더라.

호외(號外), 호외, 호외라고 소리를 지르며 대판 저자 큰길로 달음박질하여 돌아다니는 사람들이 둘씩 셋씩 지나가니 옥련이가 학교에 갔다 오는 길에 문을 열고 들어오면서,

"여보, 어머니 저것이 무슨 소리요?"

(부인) "네가 온갖 것을 다 알아듣더니 호외는 모르는구나. 그러나 무슨 큰일이 있는지 한 장 사 보자. 이애 설자야, 호외 한 장 사 오너라."

(설자) "네, 지금 가서 사 오겠습니다."

하면서 급히 나가니 옥련이가 달음박질하여 따라 나가면서, 이애 설자야, 그 호외를 내가 사 오겠으니 돈을 이리 달라 하니, 설자가 웃으면서 하는 말이 누구든지 먼저 가는 사람이 호외를 산다 하고 달아나니 설자는 다리가 길고 옥련이는 다리가 짧은지라, 설자가 먼저 가서 호외 한 장을 사 가지고 오는 것을 옥련이가 붙들고 호외를 달라 하여 기어코 **빼앗아** 가지고 와서 하는 말이,

"어머니 이 호외를 보고 나 좀 가르쳐 주오."

정상 부인이 웃으며 받아 보니 〈대판매일신문〉 호외라. 한 줄쯤 보고 깜짝 놀라더니 서너 줄쯤 보고 에그 소리를 하면서 호외를 던지고 아무 소리 없이 눈물이 비 오듯 한다.

호외(號外) 특별한 일이 있을 때에 임시로 발행하는 신문이나 잡지.

(옥련) "어머니, 어찌하여 호외를 보고 울으시오. 어머니 어머니……."

부인은 대답 없이 눈물만 흘리니, 옥련이가 설자를 부르면서 눈에 눈물이 가랑가랑하니, 설자는 방문 밖에 앉았다가 부인의 낙루하는 것은 못 보고 옥련의 눈만 보고 하는 말이,

"작은아씨가 울기는 왜 울어. 갓 낳은 어린아이와 같이."

(옥) "설자야, 사람 조롱 말고 들어와서 호외 좀 보고 가르쳐다고. 어머니께서 호외를 보고 울으시니 호외에 무슨 말이 있는지 왜 울으시는지 자세히 보아라. 어서 어서."

(설) "아씨. 호외에 무슨 일이 있습니까. 아씨께서만 보셨으면 좀 보겠습니다."

설자가 호외를 들고 보다가 쌍긋 웃더니 그 아래는 자세히 보지 아니하고 하는 말이,

"아씨, 이것 좀 보십시오. 요동반도가 함락이 되었습니다. 아씨, 우리 일본은 싸움할 적마다 이기니 좋지 아니하옵니까. 에그, 우리나라 군사가 이렇게 많이 죽었나. 아씨, 이를 어찌하나. 우리 댁 영감께서 돌아가셨네. **만국공법**(萬國公法)에, 전시에서 **적십자기**(赤十字旗) 세운 데는 위태치 아니하다더니 영감께서는 군의시언마는 돌아가셨으니 웬일이오니까."

(옥) "무엇, 아버지가 돌아가셨어……."

옥련이는 소리쳐 울고 부인은 소리 없이 눈물만 떨어지고 설자는 부인을 쳐다보며 비죽비죽 우니 온 집안이 울음 빛이라.

호외 한 장이 온 집안의 화기를 끊어 버렸더라. 정상 군의는 인간의 다시 오지 못하는 길을 가고, 정상 부인은 찬 베개 빈방에서 적적히 세월을 보내더라.

만국공법(萬國公法) '국제법'의 전 용어.
적십자기(赤十字旗) 흰 바탕에 붉게 '十'을 그린 적십자사의 기.

조선 풍속 같으면 **청상과부**가 시집가지 아니하는 것을 가장 잘난 일로 알고 일평생을 근심 중으로 지내나, 그러한 도덕상의 죄가 되는 악한 풍속은 문명한 나라에는 없는 고로, 젊어서 과부가 되면 시집가는 것은 천하만국에 부끄러운 일이 아니라. 정상 부인이 어진 남편을 얻어 시집을 간다.

(부인) "이애 옥련아, 내가 젊은 터에 평생을 혼자 살 수 없고 시집을 가려 하는데 너를 거두어 줄 사람이 없으니 그것이 불쌍한 일이로구나……."

옥련의 마음에는 정상 부인이 시집가는 곳에 부인을 따라가고 싶으나 부인이 데리고 가지 아니할 말을 하니, 옥련이는 새로이 평양성 밖 모란봉 아래서 부모를 잃고 발을 구르며 울던 때 마음이 별안간에 다시 난다. 옥련이가 부인의 무릎 위에 푹 엎디며 목이 메어 하는 말이,

"어머니, 어머니가 가시면 나는 누구를 믿고 사나."

(부인) "오냐, 나는 죽은 셈만 치려무나."

(옥련) "어머니 죽으면 나도 같이 죽지."

그 소리 한마디에 부인 가슴이 답답하여 무슨 생각을 하고 있더라. 그때 부인이 중매더러 말하기를, 내 한 몸뿐이라 하였는데, 남편 될 사람도 그리 알고 있으니 이제 새로이 딸 하나 있다 하기도 어렵고, 옥련이가 따르는 모양을 보니 차마 떼치기도 어려운 마음이 생긴다.

(부인) "이애 옥련아, 울지 말아라. 내가 시집가지 아니하면 그만이로구나. 내가 이 집에서, 네 공부나 시키고 있다가 십 년 후에는 내가 네게 의지하겠으니 공부나 잘하여라."

(옥) "어머니가 참 시집 아니 가고 집에 있어서 날 공부시켜 주시겠소?"

(부인) "오냐, 염려 말아라. 어린아이더러 거짓말하겠느냐."

옥련이가 그 말을 듣고 기쁜 마음을 이기지 못하여 부인의 무릎 위에 앉아

청상과부(靑孀寡婦) 젊어서 남편을 잃고 홀로된 여자.

서 **뺨**을 대고 어리광을 하더라.

그 후로부터 옥련이가 부인에게 따르는 마음이 더욱 간절하여 학교에 가면 집에 돌아오고 싶은 마음만 있다가 하학 시간이 되면 달음박질하여 집에 와서 부인에게 안겨서 어리광만 한다. 그 어리광이 며칠 못 되어 **눈치꾸러기**가 된다.

부인이 처음에는 옥련이의 어리광을 잘 받더니, 무슨 까닭인지 옥련이가 어리광을 피우면 핀잔만 주고 찬 기운이 돈다. 날이 갈수록 옥련이가 고생길로 들고 근심 중으로 지낸다.

본래 부인이 시집가려 할 때에 옥련의 사정이 불쌍하여 중지하였으나 젊은 부인이 **공방**에서 고적한 마음이 있을 때마다 옥련이가 미운 마음이 생긴다. 어디서 얻어 온 자식 말고 제 속으로 낳은 자식일지라도 귀치 아니한 생각이 날로 더하는 모양이다.

옥련이가 부인에게 귀염받을 때에는 문밖에 나가기를 싫어하더니, 부인에게 미움받기 시작하더니 문밖에 나가면 들어오기를 싫어하더라.

부인이 옥련이를 귀애할 때에는 옥련이가 어디 가서 늦게 오면 문에 의지하여 기다리더니, 옥련이를 미워하는 마음이 생기더니 옥련이가 오는 것을 보면,

"에그, 저 원수의 것이 무슨 연분이 있어서 내 집에 왔나!"
하면서 눈살을 아드득 찌푸리더라.

옥련이가 앉아도 그 눈살 밑, 서도 그 눈살 밑, 밥을 먹어도 그 눈살 밑, 잠을 자도 그 눈살 밑, 눈살 밑에서 자라나는 옥련이가 눈치만 늘고 눈물만 흔하더라. 하루가 **삼추** 같은 그 세월이 삼 년이 되었는데, 옥련이는 심상소

눈치꾸러기 지나치게 남의 눈치를 보는 사람.
공방(空房) 오랫동안 남편 없이 아내 혼자서 거처하는 방.
삼추(三秋) 긴 세월을 비유적으로 이르는 말.

학교 입학한 지 사 년이라. 옥련의 졸업식을 당하여 학교에서 옥련이가 우등생이 된 고로 사람마다 칭찬하는 소리가 옥련의 귀에는 조금도 기뻐 들리지 아니한다. 기뻐 들리지 아니할 뿐 아니라 귀가 아프고 듣기 싫더라.

듣기 싫은 중에 더구나 듣기 싫은 소리가 있으니 무슨 소리런가.

"저 아이는 정상 군의의 양녀지. 군의는 요동반도 함락될 때에 죽었다지. 그 부인은 그 양녀 옥련이를 불쌍히 여겨서 시집도 아니 가고 있다지. 에그, 갸륵한 부인일세. 저 철없는 옥련이가 그 은혜를 다 알는지. 알기는 무엇을 알아. 남의 자식이라는 것이 쓸데없나니 참 갸륵한 일일세. 정상 부인이 남의 자식을 길러 공부를 시키려고 젊은 터에 시집을 아니 가고 있으니 드문 일이지."

졸업식에 모인 사람들이 옥련이 재조 있는 것을 **추다가** 옥련의 **의모** 되는 부인의 칭찬을 시작하더니, **받고차기**로 말이 끊어지지 아니하니, 옥련이는 그 소리를 들을 적마다 남모르는 설움이 생기더라.

옥련이가 집에 돌아와서 문 열고 들어오면서,

"어머니, 나는 졸업장 맡았소."

(부인) "이제는 공부 다 하였으니 어미를 먹여 살려라. 공부를 네가 한 듯하나 내가 시키지 아니하였으면 공부가 다 무엇이냐. 네가 조선서 자랐으면 곧 공부하는 구경도 못 하였을 것이다. 네 운수 좋으려고 일청전쟁이 난 것이다. 네 운수는 좋았으나 내 운수만 글렀다. 너 하나 공부시키려고 허구한 세월에 이 고생을 하고 있다."

부인이 **덕색**의 말이 퍼부어 나오니 옥련이가 고개를 숙이고 가만히 생각한즉, 겨우 소학교 졸업한 계집아이가 제 힘으로는 정상 부인을 공양할 수

추다 어떤 사람을 정도 이상으로 크게 칭찬하여 말하다.
의모(義母) 자기를 낳지는 않았으나 길러 준 어머니.
받고차기 서로 말을 빨리 주고받는 일.
덕색(德色) 남에게 은혜를 베푼 것을 자랑하는 말이나 태도.

도 없고, 정상 부인의 힘을 또 입으면서 공부하기도 싫고 한 가지 생각만 난다. 이 세상을 얼른 버려 정상 부인의 눈에 보이지 말고 하루바삐 황천에 가서 난리 중에 죽은 부모를 만나리라 결심하고 천연한 모양으로 부인에게 좋은 말로 대답하고, 그날 밤에 물에 빠져 죽을 차로 대판 항구에로 나가다가 항구에 사람이 많은 고로 사람 없는 곳을 찾아간다.

으스름달밤은 가깝게 있는 사람을 알아볼 만한데, 이리 가도 사람이 있고 저리로 가도 사람이라. 옥련이가 동으로 가다가 **돌쳐서서** 서으로 향하다가 도로 돌쳐서서 머뭇머뭇하는 모양이 대단히 수상한지라.

등 뒤에서 웬 사람이 '이애 이애' 부르는데, 돌아다본즉 순검이라. 옥련이가 소스라쳐 놀라 얼른 대답을 못 하니 순검이 더욱 의심이 나서 앞에 와 서서 말을 묻는다. 옥련이가 대답할 말이 없어서 억지로 꾸며 대답하되, **권공장**(勸工場)에 무엇을 사러 나왔다가 집을 잃고 찾아다닌다 하니, 순검이 다시 의심 없이 옥련의 집 통수를 묻더니 옥련이를 데리고 옥련이 집에 와서 정상 부인에게 옥련이가 집 잃었던 사기를 말하니, 부인이 순검에게 사례하여 작별하고 옥련이를 방으로 불러 앉히고 말을 묻는다.

(부인) "이애, 네가 무슨 일이 있어서 이 밤중에 항구에 나갔더냐. 미친 사람이 아니거든 동으로 가려다 서으로 가다 남으로 북으로 온 대판을 헤매더라 하니 무엇 하러 나갔더냐. 너 같은 딸 두었다가 망신하기 쉽겠다. 신문거리만 되겠다."

그러한 꾸지람을 눈이 빠지도록 듣고 있으나 옥련이는 한번 정한 마음이 있는 고로 설움이 더할 것도 없고 내일 밤 되기만 기다린다.

그날 밤에 부인은 과부 설움으로 잠이 들지 못하여 누웠다가 일어나서 껐던 불을 다시 켜고 소설 한 권을 보다가 그 책을 놓고 우두커니 앉아서 무슨

돌쳐서다 '돌아서다'의 잘못.
권공장(勸工場) 1890~1900년대에 번창했던 잡화점의 일종으로, 화장품부터 문구까지 다양한 상품을 팔았다.

생각을 하는 모양이라.

윗목에서 **상직잠** 자던 노파가 벌떡 일어나더니 하는 말이,

"아씨, 왜 주무시다가 일어나셨습니까?"

(부인) "팔자 사납고 근심 많은 사람이 잠이 잘 오나."

(노파) "아씨께서 팔자 한탄하실 것이 무엇 있습니까. 지금도 좋은 도리를 하시면 좋아질 것이올시다. 이때까지 혼자 고생하신 것도 작은아씨 하나를 위하여 그리하신 것이 아니오니까?"

(부인) "글쎄 말일세. 남의 자식을 위하여 이 고생을 하고 있는 것이 내가 병신이지."

(노) "그러하거든 작은아씨가 아씨를 고마운 줄이나 알면 좋지마는, 고마워하기는 고사하고 아씨 보면 곁눈질만 살살 하고 아씨를 진저리를 내는 모양이올시다."

(부) "글쎄 말일세. 내가 저 하나를 위하여 가려 하던 시집도 아니 가고 삼년, 사 년을 이 고생을 하고 있으니 아무리 어린것일지라도 나를 고마운 줄알 터인데 고것 그리 발칙하게 구네그려. 오늘 밤 일로 말하더라도 이상한일이 아닌가. 어린것이 이 밤중에 무엇 하러 항구에를 나갔단 말인가. 물에나 빠져 죽으려고 갔던지 모르겠지마는, 내가 제게 무엇을 그리 몹시 굴어서 제가 설운 마음이 있어 죽으려 하였단 말인가. 아무리 생각하여도 모를일일세. 만일 죽고 보면 세상 사람들은 내가 구박이나 한 줄로 알겠지. 그런못된 것이 있나."

(노) "죽기는 무엇을 죽어요. 죽을 터이면 남 못 보는 곳에 가서 죽지. 이리 가다가 저리 가다가 대판 바닥을 다 다니다가 순검의 눈에 띄겠습니까. 아씨의 몹쓸 이름만 드러낼 마음으로 그리한 것이올시다. 아씨께서는 고생

상직잠(上直-) 집 안에 살며 시중을 드는 늙은 여자가 잠자리 시중을 들기 위해 주인 부녀(婦女)와 함께 자는 잠.

만 하시고 댁에 계셔도 쓸데없습니다. 아씨께서 가시려면 진작 가셔야지, 한 나이라도 젊으셨을 때에 가셔야 합니다. 할미는 나이 오십이 되고 머리가 희뜩희뜩하여 생각하면 어느 틈에 나이를 이렇게 먹었던지 세월같이 무정하고 덧없는 것은 없습니다."

(부) "남도 저렇게 늙었으니 낸들 아니 늙고 평생에 이 모양으로만 있겠나. 어디든지 내 몸 하나 가서 고생 아니 할 곳이 있으면 내일이라도 가고 모레라도 가겠다."

부인과 노파는 옥련이가 잠이 든 줄 알고 하는 말인지, 잠이 들었든지 아니 들었든지 말을 듣든지 말든지 관계없이 하는 말인지, 부인이 옥련이를 버리고 시집가기로 결심하고 하는 말이라.

옥련이는 그날 밤에 물에 빠져 죽으러 나갔다가 죽지도 못하고 순검에게 붙들려 들어와서 정상 부인 앞에서 잠을 자는데, 소리를 삼키고 눈물을 흘리다가 정신이 **혼혼하여** 잠이 잠깐 들었는데 일몽을 얻었더라.

옥련이가 죽으려고 평양 대동강으로 찾아 나가는데 걸음이 걸리지 아니하여 대동강이 보이면서 갈 수가 없어서 애를 무수히 쓰는데 홀연히 등 뒤에서 '옥련아 옥련아' 부르는 소리가 들리거늘 돌아다보니 옥련의 어머니라. 별로 반가운 줄도 모르고 하는 말이, '어머니는 어디로 가시오. 나는 오늘 물에 빠져 죽으러 나왔소.' 하니, 옥련의 모친이 하는 말이 '이애 죽지 말아라, 너의 아버지께서 너 보고 싶다 하는 편지를 하셨더라.' 하는 말끝을 마치지 못하여, 정상 부인의 앞에서 노파가 자다가 일어나면서,

"아씨 왜 주무시다가 일어났습니까?"

하는 소리에 옥련이가 잠이 깨었는데, 그 잠이 다시 들어서 그 꿈을 이어 꾸었으면 좋겠다 하는 생각을 하나 정상 부인과 노파가 받고차기로 옥련이 말

혼혼하다(昏昏-) 정신이 가물가물하고 희미하다.

만 하니, 정신이 번쩍 나고 잠이 다 달아나서 그 꿈을 이어 보지 못할지라.

불빛을 등지고 드러누웠는데, 귀에 들리나니 가슴 아픈 소리라. 노파는 부인의 마음 좋도록만 말하니, 부인은 하룻밤 내에 노파와 어찌 그리 정이 들었던지, 노파더러 하는 말이,

"여보게, 내가 어디로 가든지 자네는 데리고 갈 터이니 그리 알고 있으라."
하니 노파의 대답이,

"아씨께서 가실 것은 무엇 있습니까. 서방님이 이 댁에로 오시지요. 아씨는 시댁 간다 하시지 말고 서방님이 장가오신다 합시오. 아씨께서 재물도 있고 이러한 좋은 집도 있으니, 서방님 되시는 이가 재물은 있든지 없든지 마음만 착하시면 좋겠습니다. 작은아씨는 어디로 쫓아 보내시면 그만이지요. 할미는 죽기 전에 아씨만 모시고 있겠으니 구박이나 맙시오."

부인이 할미더러 포도주 한 병을 가져오라 하면서 하는 말이,

"자네 말을 들으니 내 속이 시원하고 내 근심이 다 어디로 가는지 모르겠네. 내가 아무리 무정한들 자네 구박이야 하겠나. 술이나 먹고 잠이나 자세."
하더니 포도주 한 병을 둘이 다 따라 먹고 드러눕더니 부인과 노파가 잠이 깊이 드는 모양이더라. 자명종은 새로 세 시를 땅땅 치는데 노파의 코 고는 소리는 **반자**를 울린다. 옥련이가 일어나서 한참을 가만히 앉아서 노파의 드러누운 것을 흘겨보며 하는 말이,

"이 몹쓸 늙은 여우야, 사람을 몇이나 잡아먹고 이때까지 살았느냐. 나는 너 보기 싫어 급히 죽겠다. 너는 저 모양으로 백 년만 더 살아라."
하더니 다시 머리 들어 정상 부인을 보며 하는 말이,

"내 몸을 낳은 사람은 평양 아버지 평양 어머니요, 내 몸을 살려서 기른 사람은 정상 아버지와 대판 어머니라. 내 팔자 기박하여 난리 중에 부모 잃

반자 지붕 밑이나 위층 바닥 밑을 편평하게 치장한 각 방의 윗면.

고, 내 운수 불길하여 전쟁 중에 정상 아버지가 돌아가니, 어리고 약한 이내 몸이 만리타국에서 대판 어머니만 믿고 살았소. 내 몸이 어머니의 그러한 은혜를 입었는데, 내 몸을 인연하여 어머니 근심되고 어머니 고생되면 그것은 옥련의 죄올시다. 옥련이가 살아서는 어머니 은혜를 갚을 수가 없소. 하루바삐, 한시바삐, 바삐 바삐 죽었으면 어머니에게 걱정되지 아니하고 내 근심도 잊어 모르겠소. 어머니, 나는 가오. 부디 근심 말고 지내시오."

하면서 눈물이 비 오듯 하다가 한참 진정하여 일어나더니 문을 열고 나가니 가려는 길은 황천이라.

항구에 다다르니 넓고 깊은 바닷물은 하늘에 닿은 듯한데, 옥련이 가는 곳은 저 길이라. 옥련이가 그 물을 바라보고 하는 말이,

"오냐, 반갑다. 오던 길로 도로 가는구나. 일청전쟁 일어났을 때에 그 전쟁은 우리 집에서 혼자 당한 듯이 내 부모는 죽은 곳도 모르고, 내 몸에는 총을 맞아 죽게 된 것을 정상 군의 손에 목숨이 도로 살아나서 어용선을 타고 저 바다로 건너왔구나. 오기는 물 위의 길로 왔거니와 가기는 물속 길로 가리로다. 내 몸이 저 물에 빠지거든 이 물에서 썩지 말고 물결, 바람결에 몸이 둥둥 떠서 **신호·마관** 지나가서 대마도 앞으로 조선 해협 바라보며 살같이 빨리 가서 진남포로 들어가서 대동강 하류에서 역류하여 올라가면 평양 북문 볼 것이니 이 몸이 썩더라도 대동강에서 썩고지고. 물아 부탁하자, 나는 너를 쫓아간다."

하는 소리에 바닷물은 대답하는 듯이 물소리가 솟아 쳐서 천하가 다 물소리 속에 있는 것 같은지라. 옥련이가 정신이 아뜩하여 푹 고꾸라졌다. 섧고 원통한 맺힌 마음에 **기색**을 하였다가 그 기운이 조금 돌면서 그대로 잠이 들어 또 꿈을 꾸었더라.

신호·마관(神戶·馬關) '고베, 시모노세키'를 우리 한자음으로 읽은 이름.
기색(氣塞) 어떠한 원인으로 기의 소통이 원활하지 못하고 막힘. 또는 그런 상태.

뒤에서 '옥련아 옥련아' 부르는 소리만 들리고 사람은 보이지 아니하는데 옥련의 마음에는 옥련의 어머니라. '이애 죽지 말고 다시 한번 만나 보자.' 하는 소리에 옥련이가 대답하려고 말을 **냅뜨려** 한즉, 소리가 나오지 아니하여 애를 쓰다가 소리를 버럭 지르면서 옥련이가 정신이 나서 눈을 떠 보니 하늘의 별은 총총하고 물소리는 그윽한지라. 기색을 하였던지 잠이 들었던지 정신이 황홀하다. 옥련이가 다시 생각하되, '내가 오늘 밤에 꿈을 두 번이나 꾸었는데, 우리 어머니가 나더러 죽지 말라 하였으니, 우리 어머니가 살아 있는가.' 의심이 나서 마음을 진정하여 고쳐 생각한다.

"어머니가 이 세상에 살아 있어서 평생에 내 얼굴 한번 보고자 하는 마음으로 하늘이 감동되고 귀신이 돌아보아 내 꿈에 **현몽하니** 내가 죽으면 부모에게 불효라. 고생이 되더라도 참는 것이 옳은 일이요, 근심이 있더라도 잊어버리는 것이 옳은 일이라. 오냐, 일곱 살부터 지금까지 고생으로 살았으니 죽지 말고 살았다가 부모의 얼굴이나 한번 다시 보고 죽으리라."
하고 돌쳐서서 대판으로 다시 들어가니, 그때는 날이 새려 하는 때라. 걸음을 바삐 걸어 정상 군의 집 앞에 가서 들어가지 아니하고 가만히 들은즉 노파의 목소리가 들리는지라.

(노파) "아씨 아씨, 작은아씨가 어디 갔습니까?"

(부인) "응 무엇이야, 나는 한잠에 내처 자고 이제야 깨었네. 옥련이가 어디로 가. **뒷간**에 갔는지 불러 보게."

(노) "내가 지금 뒷간에 다녀오는 길이올시다. 안으로 걸었던 대문이 열렸으니, 밖으로 나간 것이올시다."
하는 소리에 옥련이가 들어갈 수 없어서 도로 돌쳐서니 갈 곳이 없는지라.

냅뜨다 일에 기운차게 앞질러 나서다. 또는 관계도 없는 일에 불쑥 참견하여 나서다.
현몽하다(現夢−) 죽은 사람이나 신령이 꿈에 나타나다.
뒷간(−間) '변소(便所)'를 완곡하게 이르는 말.

정한 마음 없이 정거장으로 나가니, 그때 일번(一番) 기차에 떠나려 하는 행인들이 정거장으로 모여드는지라. 옥련의 마음에 동경이나 가고 싶으나 동경까지 갈 기차표 살 돈은 없고 다만 이십 전이 있는지라. 옥련이가 대판만 떠나서 어디든지 가면 남의 집에 봉공(奉公)하고 있으리라 결심하고 **자목** 정거장까지 가는 기차표를 사서 일번 기차를 타니, 삼등차에 사람이 너무 많이 들어서 옥련이가 앉을 곳을 얻지 못하고 섰는데 등 뒤에서 웬 서생이 조선말로 혼자 중얼중얼하는 말이,

"웬 계집아이가 남의 앞에 와 섰다."

하는 소리에 옥련이가 돌아다보니 나이 열칠팔 세 되고 얼굴은 볕에 **걸어서** 익은 복숭아 같고 코는 우뚝 서고 눈은 만판 **정신기** 있는데, 입기는 양복을 입었으나 양복은 처음 입은 사람같이 서툴러 보이는지라. 옥련이가 돌아다보는 것을 보더니 또 조선말로 혼자 하는 말이,

"그 계집아이 똑똑하다. 재주 있겠다. 우리나라 계집아이 같으면 저러한 것들이 판판이 놀겠지. 여기서는 저런 것들도 모두 공부를 한다 하니 저것은 무엇 하는 계집아이인지."

그러한 소리를 곁의 사람이 아무도 못 알아들으나 옥련의 귀는 알아들을 뿐이 아니라, 대판 온 지 몇 해 만에 고국 말소리를 처음 듣는지라. 반갑기가 측량없으나, 계집아이 마음이라 먼저 말하기도 부끄러운 생각이 있어서 말을 못 하고, 옥련이도 혼잣말로 서생의 귀에 들리도록 하는 말이,

"어디 가 좀 앉을 곳이 있어야지, 서서 갈 수가 있나."

하는 소리에, 뒤에 있던 서생이 이상히 여겨서 하는 말이,

"그 아이가 조선 사람인가, 나는 일본 계집아이로 보았더니 조선말을

자목(茨木) '이바라키'를 우리 한자음으로 읽은 이름.
걸다 볕, 볕, 바람 따위에 거칠어지고 빛이 짙어지다.
정신기(精神氣) 사물을 느끼고 생각하며 판단할 수 있는 기운이나 기색.

하네."

하더니 서슴지 아니하고 말을 묻는다.

"이애, 네가 조선 사람이 아니냐?"

(옥련) "네, 조선 사람이오."

(서) "그러면 몇 살에 와서 몇 해가 되었느냐?"

(옥) "일곱 살에 와서 지금 열한 살 되었소."

(서) "와서 무엇 하였느냐?"

(옥) "심상소학교에서 공부하고 어제가 졸업식 하던 날이오."

(서) "너는 나보다 낫구나. 나는 이제 공부하러 미국으로 가려 하는데, 말도 다르고 글도 다른 미국을 가면 글자 한 자 모르고 말 한마디 모르는 사람이 어찌 고생을 할는지. 너는 일본에 온 지가 사오 년이 되었다 하니 이제는 고생을 다 면하였겠구나. 어린 아이가 공부하러 여기까지 왔으니 참 갸륵한 노릇이다."

(옥련) "당초에 여기 올 때에 공부할 마음으로 왔으면 칭찬을 들어도 부끄럽지 아니하겠으나, 운수불행하여 고생길로 여기까지 왔으니 칭찬을 들어도……."

하면서 목이 메는 소리로 눈에 눈물이 가랑가랑하여 고개를 살짝 수그린다.

서생이 물끄러미 보고 서로 아무 말이 없는데, 정거장 호각 한 소리에 기차 화통에서 흑운 같은 연기를 흑흑 내뿜으면서 기차가 달아난다.

옥련의 마음에 자목 정거장에 가면 내려야 할 터인데, 어떠한 집에 가서 어떠한 고생을 할지 앞의 날이 망연한지라.

옥련이가 가고자 하는 길을 갈 지경이면 자목 가는 동안이 대단히 더딘 듯하련마는, 기차표대로 자목 외에는 더 갈 수 없는 고로 싫어도 내릴 곳이라. 형세 좋게 달아나는 기차의 서슬은 오늘 해 전에 하늘 밑까지 갈 듯한데, 자목 정거장이 멀지 아니하다.

(서생) "이애, 네가 어디까지 가는지 서서 가면 다리가 아파 가겠느냐?"

(옥련) "자목까지 가서 내릴 터이오."

(서) "자목에 아는 사람이 있느냐."

(옥) "없어요."

(서) "그러면 자목은 왜 가느냐?"

옥련이가 수건으로 눈을 씻고 대답을 아니 하는데, 서생이 말을 더 묻고 싶으나 곁의 사람들이 옥련이와 서생을 유심히 보는지라, 서생이 새로이 시치미를 떼고 창밖으로 머리를 두르고 먼 산을 바라보나 정신은 옥련의 눈물나는 눈에만 있더라.

빠르던 기차가 차차 천천히 가다가 딱 멈추면서 반동되어 뒤로 물러나니 섰던 옥련이가 넘어지며 손으로 서생의 다리를 짚으니, 공교히 서생 다리의 신경맥을 짚은지라. 그때 서생은 창밖만 보고 앉았다가 입을 딱 벌리면서 깜짝 놀라 돌아다보니 옥련이가 무심중에 일본말로 실례라 하나, 그 서생은 일본말을 모르는 고로 알아듣지는 못하나 외양으로 가엾어하는 줄로 알고 그 대답은 없이 좋은 얼굴빛으로 딴말을 한다.

(서) "네 오는 곳이 이 정거장이냐?"

하던 차에 **장거수**가 돌아다니면서 '자목 자목, 자목 자목, 자목 자목'이라 소리를 지르며 문을 여니, 옥련이는 어린 몸에 일본 풍속에 젖은 아이라 서생에게 향하여 허리를 굽히며 또 일본말로 작별 인사하면서 기차에 내려가니, 구름같이 내려가는 행인 중에 나막신 소리뿐이라. 서생은 정신이 얼떨한데, 옥련이 가는 모양을 보고자 하여 창밖으로 내다보니 사람에 섞이어서 보이지 아니 하는지라. 서생이 가방을 들고 옥련이를 쫓아 나가다가 정거장 나가는 어귀에서 만난지라. 옥련이가 이상히 보면서 말없이 나가니 서생도 또

장거수(掌車手) 예전에, 전차 차장을 이르던 말.

한 아무 말 없이 따라 나가더라.

옥련이가 정거장 밖으로 나가더니 갈 바를 알지 못하여 우두커니 섰거늘, 벌어먹기에 **눈에 돈 동록이 앉은** 인력거꾼은 옥련의 뒤를 따라가며 인력거를 타라 하나 돈 없고 갈 곳 모르는 옥련이는 거들떠보지도 아니하고 섰다.

(서생) "이애, 내가 네게 청할 일이 있다. 나는 일본에 처음으로 오는 사람이라 네게 물어볼 일이 있으니, 주막으로 잠깐 들어갔으면 좋겠으니 네 생각에 어떠하냐."

(옥) "그러면 저기 여인숙(旅人宿)이 있으니 잠깐 들어가서 할 말을 하시오." 하면서 앞서 가니, 자목에 처음 오기는 서생이나 옥련이나 일반이언마는, 옥련이는 자목에 몇 번이나 와서 본 사람과 같이 **익달한** 모양으로 여인숙으로 들어가더라.

여인숙 하인이 삼층집 제일 높은 방으로 인도하고 내려가니, 서생은 모두 처음 보는 것이라. 정신이 황홀하여 옥련이 만난 것을 다행히 여긴다.

"이애, 내 여기만 와도 이렇듯 답답하니 미국에 가면 오죽하겠느냐. 너는 타국에 와서 오래 있었으니 별 물정 다 알겠구나. 우선 네게 좀 배울 것도 많거니와, 만리타국에서 뜻밖에 만났으니 서로 있는 곳이나 알고 헤지자. 나는 공부하고자 하는 마음으로 부모도 모르게 미국을 갈 차로 나섰더니, 불과 여기를 와서 이렇듯 답답한 생각만 나니 어찌하면 좋을지 모르겠다." 하는 소리에 옥련이는 심상한 고국 사람을 만난 것 같지 아니하고 친부모나 친형제나 만난 것 같다.

모란봉 아래서 발을 구르고 울던 일부터 대판 항구에서 물에 **빠져** 죽으려던 일까지 낱낱이 말한다.

(서생) "그러면 우리 둘이 미국으로 건너가서 공부나 하고 있다가 너의 부

눈에 돈 동록이 앉다 돈에 집착하는 모양을 이르는 말.
익달하다 여러 번 겪어 매우 능숙하거나 익숙하다.

모 소식을 듣거든 네 먼저 고국으로 가게 하여 주마."

(옥련) "……."

(서생) "오냐, 학비는 염려 말아라. 우리들이 나라의 백성 되었다가 공부도 못 하고 야만을 면치 못하면 살아서 쓸데 있느냐. 너는 일청전쟁을 너 혼자 당한 듯이 알고 있나 보다마는, 우리나라 사람이 누가 당하지 아니한 일이냐. 제 곳에 아니 나고 제 눈에 못 보았다고 **태평성세**로 아는 사람들은 밥벌레라. 사람이 밥벌레가 되어 세상을 모르고 지내면 몇 해 후에는 우리나라에서 일청전쟁 같은 난리를 또 당할 것이라. 하루바삐 공부하여 우리나라의 부인 교육은 네가 맡아 문명 길을 열어 주어라."

하는 소리에 옥련의 첩첩한 근심이 씻은 듯이 다 없어졌는지라.

그길로 **횡빈**까지 가서 배를 타니, 태평양 넓은 물에 **마름**같이 떠서 화살같이 밤낮없이 달아나는 화륜선이 삼 주일 만에 **상항**에 이르러 닻을 주니 이곳부터 미국이라. 조선서 낮이 되면 미국에는 밤이 되고 미국에서 밤이 되면 조선서는 낮이 되어 주야가 상반되는 **별천지**라. 산도 설고 물도 설고 사람도 처음 보는 인물이라. 키 크고 코 높고 노랑머리 흰 살빛에, 그 사람들이 도덕심이 배가 툭 처지도록 들었더라도 옥련의 눈에는 무섭게만 보인다.

서생과 옥련이가 육지에 내려서 갈 바를 알지 못하여 공론이 부산하다.

(서) "이애 옥련아, 네가 영어를 할 줄 아느냐. 조금도 모르느냐. 한마디도……. 그러면 참 딱한 일이로구나. 어디가 어디인지 물어볼 수가 없구나."

사오 층 되는 높은 집은 구름 속 하늘 밑에 닿은 듯한데, 물 끓듯 하는 사람들이 돌아들고 돌아나는 모양은 주막집 같은 곳도 많이 보이나 언어를 통

태평성세(太平聖歲) 어진 임금이 잘 다스리어 태평한 세상이나 시대.
횡빈(橫濱) '요코하마'를 우리 한자음으로 읽은 이름.
마름 마름과의 한해살이 풀.
상항(桑港) '샌프란시스코'를 우리 한자음으로 읽은 이름.
별천지(別天地) 특별히 경치가 좋거나 분위기가 좋은 곳.

치 못하는 고로 어린 서생들이 어찌하면 좋을지 알지 못하여 옥련이가 지향 없이 사람을 대하여 일어로 무슨 말을 물으니 서생의 마음에는 옥련이가 영어를 조금 알면서 **겸사**로 모른다 한 줄로 알고 알아듣지도 못하는 소리를 바싹 들어서서 듣는다. 옥련의 키로 둘을 포개 세워도 치어다볼 듯한 키 큰 부인이 얼굴에는 새그물 같은 것을 쓰고 무 밑동같이 깨끗한 어린아이를 앞세우고 지나가다가 옥련의 말하는 소리 듣고 무엇이라 대답하는지, 서생과 옥련의 귀에는 '바바……' 하는 소리 같고 말하는 소리 같지는 아니한지라. 그 부인이 뒤의 프록코트 입은 남자를 돌아보면서 또 '바바바……' 하니, 그 남자는 청국말을 하는 양인이라. 청국말로 무슨 말을 하는데, 서생과 옥련의 귀에는 또 '바' 하는 소리 같고 말소리 같지 아니하다.

서생은 옥련이가 그 말을 알아들은 줄로 알고,

(서생) "이애, 그것이 무슨 말이냐?"

(옥) "……."

(서) "그 남자의 말도 못 알아들었느냐……."

그렇듯 곤란하던 차에 청인 노동자 한 패가 지나거늘 서생이 쫓아가서 **필담하기**를 청하니, 그 노동자 중에는 한문자 아는 사람이 없는지 손으로 눈을 가리더니 그 손을 다시 들어 홰홰 내젓는 모양이 무식하여 글자를 못 알아본다 하는 눈치라.

그때 마침 어떠한 청인이 햇빛에 윤이 질 흐르고 흐르는 비단옷을 입고 마차를 타고 풍우같이 달려가는데, 서생이 그 청인을 가리키며 옥련이더러 하는 말이, '저러한 청인은 무식할 리가 만무하다.' 하면서 소리를 버럭 지르니, 마차 탄 사람은 그 소리를 들었으나 차 매고 달아나는 말은 그 소리를 듣고 아니 듣고 간에 네 굽을 모아 달아나는데 서생의 소리가 다시 마차에

겸사(謙辭) 겸손의 말.
필담하다(筆談-) 서로 말이 통하지 않거나 입으로 말을 할 수 없을 때에, 글을 써서 묻고 대답하다.

들릴 수 없는지라. 마차 탄 청인이 **차부**더러 마차를 멈추라 하더니 선뜻 뛰어내려서 서생의 앞으로 향하여 오니 서생이 연필을 가지고 무엇을 쓰려 하는데, 청인이 옥련이 옷을 본즉 일복이라, 일본 사람으로 알고 옥련에게 향하여 일어로 말을 물으니, 옥련이가 기쁜 마음을 이기지 못하여 청인 앞으로 와서 말대답을 하는데 서생은 연필을 멈추고 섰더라.

원래 그 청인은 일본에 잠시 유람한 사람이라, 일본말을 한두 마디 알아듣으나 장황한 수작은 못 하는지라. 옥련이가 첩첩한 말이 나올수록 그 청인의 귀에는 점점 알아들을 수 없고 다만 조선 사람이라 하는 소리만 알아들은지라.

청인이 다시 서생을 향하여 필담으로 대강 사정을 듣고 명함 한 장을 내더니 어떠한 청인에게 부탁하는 말 몇 마디를 써서 주는데, 그 명함을 본즉 청국 개혁당의 유명한 **강유위**라. 그 명함을 전할 곳은 일어도 잘하는 청인인데, 다년 상항에 있던 사람이라. 그 사람의 주선으로 서생과 옥련이가 미국 **화성돈**에 가서 청인 학도들과 같이 학교에 들어가서 공부를 하고 있더라.

옥련이가 미국 화성돈에 다섯 해를 있어서 하루도 학교에 아니 가는 날이 없이 다니며 공부를 하는데, 재주 있고 부지런한 사람으로, 그 학교 여학생 중에는 제일 칭찬을 듣는지라.

그때 옥련이가 고등소학교에서 졸업 우등생으로 옥련의 이름과 옥련의 사적이 화성돈 신문에 났는데, 그 신문을 보고 이상히 기뻐하는 사람 하나가 있는데, 어찌 그렇게 기쁘던지 부지중 눈물이 쏟아진다. 기쁜 마음을 이기지 못하여 도리어 의심을 낸다. 의심 중에 혼잣말로 중얼중얼한다.

"조선 사람의 일을 **영서**로 번역한 것이라 혹 번역이 잘못되었나. 내가 미

차부(車夫) 마차나 우차 따위를 부리는 사람.
강유위(康有爲) 중국 청나라 말기의 개혁운동 지도자 캉유웨이(1858~1927).
화성돈(華盛頓) '워싱턴'의 음역어.
영서(英書) 영어로 쓴 글씨나 책.

국에 온 지가 십 년이나 되었으나 영문에 서툴러서 보기를 잘못 보았나."

그렇게 **다심하게** 생각하는 사람의 성명은 김관일인데, 그 딸의 이름이 옥련이라. 일청전쟁 났을 때에 그 딸의 사생을 모르고 미국에 왔는데, 그때 화성돈 신문에 난 말은, 옥련의 학교 성적과, 평양 사람으로 일곱 살에 일본 대판 가서 심상소학교 졸업하고 그길로 미국 화성돈에 와서 고등소학교에서 졸업하였다 한 간단한 말이라. 김씨가 분명히 자기의 딸이라고는 **질언할** 수 없으나, 옥련이라 하는 이름과 평양 사람이라는 말과 일곱 살에 집 떠났다 하는 말은 김관일의 마음에 정녕 내 딸이라고 생각 아니 할 수도 없는지라. 김씨가 그 학교에 찾아가니, 그때는 그 학교에서 학도 졸업식 후의 **서중휴학**이라, 학교에 아무도 없는 고로 물을 곳이 없는지라. 김씨가 옥련을 만나지 못하고 돌아왔더라.

옥련이가 졸업하던 날에 학교 졸업장을 가지고 호텔로 돌아가니, 주인은 치하하면서 옥련의 얼굴빛을 이상히 보더라.

옥련이가 수심이 첩첩한 모양으로 저녁 요리도 먹지 아니하고 서산에 떨어지는 해를 쳐어다보며 탄식하더라.

그때 마침 밖에 손이 와서 찾는다 하는데, 명함을 받아 보더니 옥련이가 얼굴빛을 천연히 고치고 손을 들어오라 하니, 그 손이 보이를 따라 들어오거늘 옥련이가 선뜻 일어나며 그 사람의 손을 잡아 인사하고 테이블 앞에서 마주 향하여 의자에 걸어앉으니, 그 손은 옥련이와 일본 대판서 동행하던 서생인데 그 이름은 구완서라.

(구) "네 졸업은 감축한다. 허허, 계집의 재조가 사나이보다 나은 것이로구나. 너는 미국 온 지 일 년 만에 영어를 대강 알아듣고 학교에까지 들어가

다심하다(多心-) 조그만 일에도 마음이 안 놓여 여러 가지로 생각하거나 걱정하는 게 많다.
질언하다(質言-) 사실을 있는 그대로 딱 잘라서 말하다.
서중휴학(暑中休學) 여름 방학.

서 금년에 졸업을 하였는데, 나는 미국 온 지 두 해 만에 중학교에 들어가서 내년이 졸업이라. 네게는 백기를 들고 항복 아니 할 수가 없다."

옥련이가 대답을 하는데, 어려서 일본에서 자라난 사람이라 말을 하여도 일본 말투가 많더라.

"내가 그대의 은혜를 받아서 오늘 이렇게 공부를 하였으니 심히 고맙소." 하니 일본 풍속에 젖은 옥련이는 제 습관으로 말하거니와, 구씨는 조선서 자란 사람이라 조선 풍속으로 옥련이가 아이인 고로 해라를 하다가 생각한즉 저도 또한 아이이라.

(구) "허허허, 우리들이 조선 사람인즉 조선 풍속대로만 수작하자. 우리 처음 볼 때에 네가 나이 어린 고로 내가 해라를 하였더니 지금은 나이 열여섯 살이 되어 저렇게 **체대하니** 해라 하기가 서먹서먹하구나."

(옥) "조선 풍속대로 말하자 하시면서 아이를 보고 해라 하시기가 서먹서 먹하셔요?"

(구) "허허허, 요절할 일도 많다. 나도 지금까지 장가를 아니 든 아이라, 아이는 일반이니 너도 나더러 해라 하는 것이 좋은 일이니 **숫접게** 너도 나더러 해라 하여라. 그리하면 내가 너더러 해라 하더라도 불안한 마음이 없겠다."

(옥) "그대는 부인이 계신 줄로 알았더니…… 미국에 오실 때 십칠 세라 하셨으니, 조선같이 혼인을 일찍 하는 나라에서 어찌하여 그때까지 장가를 아니 들으셨소."

(구) "너는 나더러 종시 해라 소리를 아니 하니 나도 마주 하오를 할 일이로구, 허허, 허허. 그러나 말대답은 아니 하고 딴소리만 하여서 대단히 실례하였다. 내가 우리나라에 있을 때에 우리 부모가 내 나이 열두서너 살부

체대하다(體大-) 몸집이 크다.
숫접다 순박하고 진실하다.

터 장가를 들이려 하는 것을 내가 마다하였다. 우리나라 사람들이 조혼하는 것이 옳은 일이 아니라. 나는 언제든지 공부하여 학문 지식이 넉넉한 후에 아내도 학문 있는 사람을 구하여 장가들겠다. 학문도 없고 지식도 없고 입에서 젖내가 모랑모랑 나는 것을 장가들이면 짐승의 **자웅**같이 아무것도 모르고 **음양배합**의 낙만 알 것이라. 그런고로 우리나라 사람들이 짐승같이 제 몸이나 알고 제 계집 제 새끼나 알고 나라를 위하기는 고사하고 나라 재물을 도적질하여 먹으려고 눈이 벌겋게 뒤집혀서 돌아다니는 것이 다 어려서 학문을 배우지 못한 연고라. 우리가 이 같은 문명한 세상에 나서 나라에 유익하고 사회에 명예 있는 큰 사업을 하자 하는 목적으로 만리타국에 와서 **쇠공이**를 갈아 바늘 만드는 **성력**을 가지고 공부하여 남과 같은 학문과 남과 같은 지식이 나날이 달라 가는 이때에 장가를 들어서 **색계상**에 정신을 허비하면 **유지한** 대장부가 아니라. 이애 옥련아, 그렇지 아니하냐."

구씨의 활발한 말 한마디에 옥련의 근심하던 마음이 풀어져서 웃으며,

(옥) "저러한 의논을 들으면 내 속이 시원하오. 혼자 있을 때는 참……."

말을 멈추고 구씨를 쳐어다보는데, 구씨가 옥련의 근심 있는 기색을 언뜻 짐작하였으나 구씨는 본래 활발한 사람이라. 시계를 내어 보더니 선뜻 일어나며 작별 인사하고 저벅저벅 내려가는데, 옥련이는 **의구히** 의자에 걸어앉아서 먼 산을 보며 잊었던 근심을 다시 한다. 한숨을 쉬고 혼자 신세타령을 하며 옛일도 생각하고 앞일도 걱정하는데 뜻을 정치 못한다.

"어, 세월도 쉽구나. 일본서 미국으로 건너오던 날이 어제 같구나. 내가

자웅(雌雄) 암컷과 수컷을 아울러 이르는 말.
음양배합(陰陽配合) 남녀가 서로 뜻이 잘 맞음.
쇠공이 쇠로 만든 공이. 주로 쇠 절구에 쓰며 나무공이보다 작다.
성력(誠力) 정성과 힘.
색계상(色界上) 여색(女色)의 세계.
유지하다(有志-) 어떤 일에 뜻이 있거나 관심이 있다.
의구히(依舊-) 옛날 그대로 변함이 없이.

일본 대판 있을 때에 심상소학교 졸업하던 날은 하룻밤에 두 번을 죽으려고 하였더니 오늘 또 어떠한 팔자 사나운 일이나 없는지. 내가 죽기가 싫어서 죽지 아니한 것도 아니요, 공부하고자 하여 이곳에 온 것도 아니라. 대판 항에서 죽기로 결심하고 물에 떨어지려 할 때에 한 되는 마음으로 꿈이 되어 그랬던지, 우리 어머니가 나더러 죽지 말라 하시던 소리가 아무리 꿈일지라도 역력하기가 생시 같은 고로 슬픈 마음을 진정하고 이 목숨이 다시 살아나서 넓은 천지에 붙일 곳이 없는지라. 지향 없이 동경 가는 기차를 타고 가다가 **천우신조하여** 고국 사람을 만나서 **일동일정**을 남에게 신세를 지고 오늘까지 있었으니 허구한 세월을 남의 덕만 바랄 수는 없고, 만일 그 신세를 아니 지을 지경이면 하루 한시라도 여비를 어찌 써서 있을 수도 없으니 어찌하여야 좋을는지…… 우리 부모는 세상에 살아 있는지, 부모의 사생도 모르니 **혈혈한** 이 한 몸이 살아 있은들 무엇 하리오. 차라리 대판서 죽었더면 이 근심을 몰랐을 것인데 어찌하여 살았던가. 사람의 일평생이 이렇듯 근심만 할진대 죽어 모르는 것이 제일이라. 그러나 지금 여기서는 죽으려도 죽을 수도 없구나. 내가 죽으면 구씨는 나를 대단히 그르게 여길 터이라. 구씨의 태산 같은 은혜를 입고 그 은혜를 갚지 못하고 죽으면 남의 은혜를 저버리는 것이라. 어찌하면 좋을꼬."

그렇듯 탄식하고 그 밤을 의자에 앉은 채로 새우다가 정신이 혼혼하여 잠이 들며 꿈을 꾸었더라.

꿈에는 팔월 추석인데, 평양성중에서 일 년 제일가는 명절이라고 와글와글하는 중이라. 아이들은 추석빔으로 새 옷을 입고 떡조각 실과 개를 배가 톡 터지도록 먹고 **어깨로 숨을 쉬는** 것들이 가로도 뛰고 세로도 뛴다.

천우신조하다(天佑神助−) 하늘이 돕고 신령이 돕다.
일동일정(一動一靜) 하나하나의 동정. 또는 모든 동작.
혈혈하다(子子−) 의지할 곳이 없이 외롭다.
어깨로 숨을 쉬다 어깨를 들먹이며 괴로운 듯이 숨을 쉬다.

어른들은 이 세상이 웬 세상이냐 하도록 술 먹고 주정을 하면서 행길을 쓸어 지나가고, 거문고 줄 **양금채**는 꾀꼬리 소리 같은 **여창시조**를 어울려서 이 골목 저 골목, 이 사랑 저 사랑에서 어디든지 그 소리 없는 곳이 없다. 성중이 그렇게 흥치로 지내는데, 옥련이는 꿈에도 흥치가 없고 비창한 마음으로 부모 산소에 다니러 간다.

북문 밖에 나가서 모란봉에 올라가니 **고려장**같이 큰 **쌍분**이 있는데, 옥련이가 묘 앞으로 가서 앉으며 허리춤에서 능금 두 개를 집어내며 하는 말이,

"여보 어머니, 이렇게 큰 능금 구경하셨소? 내가 미국서 나올 때에 사 가지고 왔소. 한 개는 아버지 드리고 한 개는 어머니 잡수시오."

하면서 묘 앞에 하나씩 놓으니, 홀연히 쌍분은 간곳없고 송장 둘이 일어앉아서 그 능금을 먹는데, 본래 살은 다 썩고 **뼈**만 앙상한 송장이라, 능금을 먹다가 위아랫니가 **모짝** 빠져서 앞에 떨어지는데, 박씨 말려 늘어놓은 것 같은지라. 옥련이가 무서운 생각이 더럭 나서 소리를 지르다가 가위를 눌렀더라.

그때 날이 새어서 다 밝은 후이라. 이웃 방에 있는 여학생이 일어나서 뒷간으로 내려가는 길에 옥련의 방 앞으로 지나다가 옥련의 가위눌리는 소리를 들었으나 남의 방으로 함부로 들어갈 수는 없고 **망단한** 마음에 급히 전기초인종(電氣超人鐘)을 누르니 보이가 오는지라. 여학생이 보이를 보고 옥련의 방을 가리키며, 이 방에서 괴상한 소리가 난다 하니 보이가 옥련의 방문을 여는데, 문소리에 옥련이가 잠을 깨어 본즉 남가일몽이라.

무서운 꿈을 깰 때는 시원한 생각이 있더니, 다시 생각하니 비창한 마음을

양금채(洋琴-) 양금을 치는, 대나무로 만든 가늘고 연한 채.
여창시조(女唱時調) 여자가 부르는 시조.
고려장(高麗葬) '고분(古墳)'을 속되게 이르는 말.
쌍분(雙墳) 같은 묏자리에 합장하지 아니하고 나란히 쓴 부부의 두 무덤.
모짝 한 번에 모조리 몰아서.
망단하다(望斷-) 이러지도 못하고 저러지도 못하여 처지가 딱하다.

이기지 못하여 탄식하는 소리가 무심중에 나온다.

"꿈이란 것은 무엇인고. 꿈을 믿어야 옳은가. 믿을 지경이면 어젯밤 꿈은 우리 부모가 다 이 세상에는 아니 계신 꿈이로구나. 꿈을 아니 믿어야 옳은가. 아니 믿을진대 대판서 꿈을 꾸고 부모가 생존하신 줄로 알고 있던 일이 허사로구나. 꿈이 맞아도 내게는 불행한 일이요, 꿈이 맞히지 아니하여도 내게는 불행한 일이라. 그러나 다시 생각하여 보니 꿈은 정녕 **허사**라. 우리 아버지는 난리 중에 돌아가셨으니, 가령 친척이 있더라도 송장 찾을 수가 없는 터이라. 더구나 **사고무친한** 우리 집에 목숨이 붙어 살아 있는 것은 그때 일곱 살 먹은 불효의 딸 옥련이뿐이라. 우리 아버지 송장 찾을 사람이 누가 있으리오. 모란봉 저녁볕에 훌훌 날아드는 까마귀가 긴 창자를 물어다가 고목나무 높은 가지에 척척 걸어 놓은 것은 전장에 죽은 송장의 창자이라. 세상에 어떠한 고마운 사람이 있어서 우리 아버지 송장을 찾아다가 고려장 같이 **기구** 있게 장사를 지낼 수가 있으리오. 우리 어머니는 대동강 물에 빠져 죽으려고 벽상에 영결서를 써서 붙인 것을 평양 야전병원의 통변이 낙루를 하며 그 글을 읽어서 내 귀에 들려주던 일이 어제같이 생각이 나면서, 대판 항에서 꿈을 꾸고 우리 어머니가 혹 살아서 이 세상에 있을까 하는 생각이 다 쓸데없는 생각이라. 우리 어머니는 정녕히 물에 빠져 돌아가신 것이라. 대동강 흐르는 물에 고기밥이 되었을 것이니, 어찌 모란봉에 그처럼 기구 있게 장사를 지냈으리오."

옥련이가 부모 생각은 아주 단념하기로 작정하고 제 신세는 운수 되어 가는 대로 두고 보리라 하고 정신을 가다듬어서 공부하던 책을 내어놓고 마음을 붙이니, 이삼일 지낸 후에는 다시 서책에 **착미**가 되었더라.

허사(虛事) 헛일. 보람을 얻지 못하고 쓸데없이 한 노력.
사고무친하다(四顧無親-) 의지할 만한 사람이 전혀 없다.
기구(器具) 예법에 필요한 것이 골고루 갖추어져 있는 형세.
착미(着味) 맛을 붙이는 것. 또는 취미를 붙이는 것.

하루는 보이가 신문지 한 장을 가지고 옥련의 방으로 오더니 그 신문을 옥련의 앞에 펼쳐 놓고 보이의 손가락이 신문지 광고를 가리킨다.

옥련이가 그 광고를 보다가 깜짝 놀라서 눈물이 펑펑 쏟아지면서 얼굴은 발개지고 웃음 반 눈물 반이라.

옥련이가 좋은 마음에 띄어서 광고를 끝까지 다 보지 못하고 우두커니 앉았다가 또 광고를 본다. 옥련의 마음에 다시 의심이 난다. 일전 꿈에 모란봉에 가서 우리 부모 산소에 갔던 일이 그것이 꿈인가. 오늘 신문지의 광고를 보는 것이 꿈인가. 한 번은 영어로 보고 한 번은 조선말로 보다가 필경은 한문과 조선 언문을 섞어 번역하여 놓고 보더라.

〈광고〉

지나간 열사흘날 황색신문 잡보에 한국 여학생 김옥련이가 아무 학교 졸업 우등생이라는 기사가 있기로 그 유하는 호텔을 알고자 하여 이에 광고하오니, 누구시든지 옥련의 유하는 호텔을 이 고백인에게 알려 주시면 상당한 금으로 십유(十留, 미국 돈 십 원)를 **앙정할사**.

한국 평안도 평양인 김관일 고백

현수……

의심 없는 옥련의 부친이 한 광고라.

(옥) "여보 보이, 이 신문을 가지고 날 따라가면 우리 부친이 십유(十留)의 상금을 줄 것이니 지금으로 갑시다."

(보이) "내가 상금 탈 공은 없으니 상금은 원치 아니하나 귀양(貴孃)을 **배행하여** 가서 부녀 서로 만나 기뻐하시는 모양 보았으면 나도 이 호텔에서 몇

잡보(雜報) 그리 중요하지 않은 잡다한 사건에 관한 보도.
앙정하다(仰呈−) 우러러 드리다.
배행하다(陪行−) 윗사람을 모시고 따라가다.

해간 귀양을 뫼시고 있던 정분에 귀양을 따라 기뻐하고자 합니다."

옥련이가 그 말을 듣고 더욱 기뻐하여 보이를 데리고 그 부친 있는 처소를 찾아가니 십 년 **풍상**에서 서로 **환형**이 된지라, 서로 보고 서로 알아보지 못할 지경이라. 옥련이가 신문 광고와 명함 한 장을 가지고 그 부친 앞으로 가서 남에게 처음 인사하듯 대단히 **서어한** 인사를 하다가 서로 분명한 말을 듣더니, 옥련이가 일곱 살에 응석하던 마음이 새로이 나서 부친의 무릎 위에 얼굴을 폭 숙이고 소리 없이 우는데, 김관일의 눈물은 옥련의 머리 뒤에 떨어지고, 옥련의 눈물은 그 부친의 무릎이 젖는다.

(부) "이애 옥련아, 그만 일어나서 너의 어머니 편지나 보아라."

(옥) "응, 어머니 편지라니, 어머니가 살았소."

무슨 변이나 난 듯이 깜짝 놀라는 모양으로 고개를 번쩍 드는데, 그 부친은 제 눈물 씻을 생각은 아니 하고 수건을 가지고 옥련의 눈물을 씻으니, 옥련이가 그리 어려졌던지 부친이 눈물 씻어 주는 데 고개를 디밀고 있더라. 김관일이가 가방을 열더니 **수지** 뭉치를 내어놓고 뒤적뒤적하다가 편지 한 장을 집어 주며 하는 말이,

"이애, 이 편지를 자세히 보아라. 이 편지가 제일 먼저 온 편지다."

옥련이가 그 편지를 받아 보니, 옥련이가 그 모친의 글씨를 모르는지라. 가령 옥련이가 정신이 좋으면 그 모친의 얼굴은 생각하는지 모르거니와, 옥련이 일곱 살에 언문도 모를 때에 모친을 떠난지라. 지금 그 편지를 보며 하는 말이,

"나는 우리 어머니 글씨도 모르지. 어머니 글씨가 이렇던가."

하면서 부친의 앞에 펼쳐 놓고 본다.

풍상(風霜) 바람과 서리라는 뜻으로, 많이 겪은 세상의 어려움과 고생을 비유적으로 이르는 말이다.
환형(換形) 모양이 이전과 아주 달라짐.
서어하다(齟齬─) 익숙하지 않아 서름서름하다.
수지(─紙) '휴지'의 잘못.

〈상장〉

떠나신 지 삼 삭이 못 되었으나 평양에 계시던 일은 전생 일 같삽. 만리타국에서 **수토불복**이나 되시지 아니하고 기운 평안하오신지 궁금하옵기 측량없삽나이다. 이곳의 지낸 풍상은 말씀하기 **신신치** 아니하오나 대강 소식이나 알으시도록 말씀하옵나이다. 옥련이는 어디 가서 죽었는지 다시 소식이 묘연하고, 이곳은 죽기로 결심하여 대동강 물에 **빠졌더니** 뱃사공과 고장팔에게 건진 바 되어 살았다가 부산서 이곳 친정아버님이 평양에 오셔서 사랑에서 미국 가셨다는 말씀을 전하여 주시니, 그 후로부터 마음을 붙여 살아 있삽. 세월이 어서 가서 고국에 돌아오시기만 기다리옵나이다.

그러나 사랑에서는 몇십 년을 아니 오시더라도 이 세상에 계신 줄을 알고 있사오니 위로가 되오나, 옥련이는 만나 보려 하면 황천에 가기 전에는 못 볼 터이오니 그것이 한 되는 일이 압. 말씀 무궁하오나 이만 그치옵나이다.

옥련이가 그 편지를 보고 **뼈가 녹는** 듯하고 몸이 **스러지는** 듯하여 가만히 앉았다가,

(옥) "아버지, 나는 내일이라도 우리 집으로 보내 주시오. 날개가 돋쳤으면 지금이라도 날아가서 우리 어머니 얼굴을 보고 우리 어머니 한을 풀어 드리고 싶소."

(부) "네가 고국에 가기가 그리 바쁠 것이 아니라 우선 네가 고생하던 이야기나 어서 좀 하여라. 네가 어떻게 살아났으며 어찌 여기를 왔느냐?"

옥련이가 얼굴빛을 천연히 하고 고쳐 앉더니, 모란봉에서 총 맞고 야전병원으로 가던 일과, 정상 군의의 집에 가던 일과, 대판서 학교에서 졸업하던 일과, 불행한 사기로 대판을 떠나던 일과, 동경 가는 기차를 타고 구완서를

상장(上狀) 공경하는 뜻이나 조상(弔喪)하는 뜻을 나타내어 보내는 편지.
삭(朔) 개월(個月).
수토불복(水土不服) 물과 흙이 몸에 맞지 않아 위장이 나빠짐.
신신하다(新新−) 마음에 들게 시원스럽다.
스러지다 형체나 현상 따위가 차차 희미해지면서 사라지다.

만나서 **절처봉생** 하던 일을 낱낱이 말하고, 그 말을 마치더니 다시 얼굴빛이 변하며 눈물이 도니, 그 눈물은 부모의 정에 관계한 눈물도 아니요, 제 신세 생각하는 눈물도 아니요, 구완서의 은혜를 생각하는 눈물이라.

(옥) "아버지, 아버지께서 나 같은 불효의 딸을 만나 보시고 기쁘신 마음이 있거든 구씨를 찾아보시고 치사의 말씀을 하여 주시면 좋겠습니다."

김관일이가 그 말을 듣더니, 그길로 옥련이를 데리고 구씨의 유하는 처소로 찾아가니, 구씨는 김관일을 만나 보매 옥련의 부친을 본 것 같지 아니하고 제 부친이나 만난 듯이 반가운 마음이 있으니, 그 마음은 옥련의 기뻐하는 마음이 내 마음 기쁜 것이나 다름없는 데서 나오는 마음이요, 김씨는 구씨를 보고 내 딸 옥련을 만나 본 것이나 다름없이 반가우니, 그 두 사람의 마음이 그러할 일이라. 김씨가 구씨를 대하여 하는 말이 간단한 두 마디뿐이라.

한 마디는 옥련이가 신세 지은 치사요, 한 마디는 구씨가 고국에 돌아간 뒤에 옥련으로 하여금 구씨의 **기취를 받들고** 백년가약 맺기를 원하는지라.

구씨는 본래 활발하고 거칠 것 없이 수작하는 사람이라 옥련이를 물끄러미 보더니,

(구) "이애 옥련아, 어, **실체하였구**. 남의 집 처녀더러 또 해라 하였구나. 우리가 입으로 조선말은 하더라도 마음에는 서양 문명한 풍속이 젖었으니, 우리는 혼인을 하여도 서양 사람과 같이 부모의 명령을 좇을 것이 아니라, 우리가 서로 부부 될 마음이 있으면 서로 직접 하여 말하는 것이 옳은 일이다. 그러나 우선 말부터 영어로 수작하자. 조선말로 하면 입에 익은 말로 외짝해라 하기 불안하다."

절처봉생(絕處逢生) 오지도 가지도 못할 막다른 판에 요행히 살길이 생김.
기취를 받들다 여자가 아내나 첩이 되다.
실체하다(失體−) 체면이나 면목을 잃다.

하면서 구씨가 영어로 말을 하는데, 구씨의 학문은 옥련이보다 대단히 높으나 영어는 옥련이가 구씨의 선생 노릇이라도 할 만한 터이라. 그러나 구씨는 서투른 영어로 수작을 하는데, 옥련이는 조선말로 단정히 대답하더라.

김관일은 딸의 혼인 언론을 하다가 구씨가 서양 풍속으로 직접 언론하자 하는 서슬에 옥련의 혼인 언약에 좌지우지할 권리가 없이 가만히 앉았더라.

옥련이는 아무리 조선 계집아이이나 학문도 있고 개명한 생각도 있고, 동서양으로 다니면서 문견이 높은지라. 서슴지 아니하고 혼인 언론 대답을 하는데, 구씨의 소청이 있으니, 그 소청인 즉 옥련이가 구씨와 같이 몇 해든지 공부를 더 힘써 하여 학문이 유여한 후에 고국에 돌아가서 결혼하고, 옥련이는 조선 부인 교육을 맡아 하기를 청하는 유지한 말이라. 옥련이가 구씨의 권하는 말을 듣고 조선 부인 교육할 마음이 간절하여 구씨와 혼인 언약을 맺으니, 구씨의 목적은 공부를 힘써 하여 귀국한 뒤에 우리나라를 독일국같이 연방도를 삼되, 일본과 만주를 한데 합하여 문명한 강국을 만들고자 하는 **비사맥** 같은 마음이요, 옥련이는 공부를 힘써 하여 귀국한 뒤에 우리나라 부인의 지식을 넓혀서 남자에게 압제받지 말고 남자와 동등 권리를 찾게 하며, 또 부인도 나라에 유익한 백성이 되고 사회상에 명예 있는 사람이 되도록 교육할 마음이라.

세상에 제 목적을 제 **자기하는** 것같이 즐거운 일은 다시없는지라. 구완서와 옥련이가 나이 어려서 외국에 간 사람들이라. 조선 사람이 이렇게 야만되고 이렇게 용렬한 줄을 모르고, 구씨든지 옥련이든지 조선에 돌아오는 날은 조선도 유지한 사람이 많이 있어서 학문 있고 지식 있는 사람의 말을 듣고 이를 찬성하여 구씨도 목적대로 되고 옥련이도 제 목적대로 조선 부인이 일제히 내 교육을 받아서 낱낱이 나와 같은 학문 있는 사람들이 많이 생

비사맥(比斯麥) 근세 독일의 정치가인 비스마르크(Bismarck, 1815~1898)를 이르는 말.
자기하다(自期-) 마음속에 스스로 기약하다.

기려니 생각하고, 일변으로 기쁜 마음을 이기지 못하는 것은 제 나라 형편 모르고 외국에 유학한 소년 학생 의기에서 나오는 마음이라.

구씨와 옥련이가 그 목적대로 되든지 못 되든지 그것은 후의 일이어니와, 그날은 두 사람의 마음에는 혼인 언약의 좋은 마음은 오히려 둘째가 되니, 옥련이 **낙지** 이후에는 이러한 즐거운 마음이 처음이라.

김관일은 옥련을 만나 보고 구완서를 사윗감으로 정하고, 구씨와 옥련의 목적이 그렇듯 기이한 말을 들으니, 김씨의 좋은 마음도 측량할 수 없는지라.

미국 화성돈의 어떠한 호텔에서는 옥련의 부녀와 구씨가 **솥발**같이 늘어 앉아서 그렇듯 희희낙락한데, 세상이 고르지 못하여 조선 평양성 북문 안에 게딱지같이 낮은 집에서 삼십 전부터 남편 없고 자녀 간에 혈육 없고 재물 없이 지내는 부인이 있으되, 십 년 풍상에 남보다 많은 것 한 가지가 있으 니, 그 많은 것은 근심이라.

그 부인이 남편이 죽고 없느냐 할 지경이면 죽지도 아니한 터이라. 죽고 없는 터이면 단념하고 생각이나 아니 하련마는, 육만 리를 이별하여 망부석 이 될 듯한 정경이요, 자녀 간에 혈육이 없는 것은 생산을 못 하였느냐 물을 진대 딸 하나를 두고 아들 겸 딸 겸하여 금옥같이 귀애하다가 일곱 살 되던 해에 잃었더라.

눈앞에 **참척**을 보았느냐 물을진대 그 부인은 말없이 눈물만 흘리더라. 눈 앞에 보이는 데서나 죽었으면 한이나 없으련마는, 어디서 죽었는지 알지도 못하니 그것이 한이러라.

마침 까마귀 한 마리가 지붕 위에 내려앉더니 까막까막 깍깍 짖는 소리가 흉측하게 들리거늘, 부인이 감았던 눈을 떠서 장팔 어미를 보며 하는 말이,

---

낙지(落地) 땅에 떨어진다는 뜻으로, 사람이 세상에 태어남을 이르는 말.
솥발 솥 밑에 달린 세 개의 발. 셋이 사이좋게 나란히 있는 모양을 비유할 때 쓴다.
참척(慘慽) 자손이 부모나 조부모보다 먼저 죽는 일.

"여보게, 저 까마귀 소리 좀 들어 보게. 또 무슨 흉한 일이 생기려나베. 까마귀는 영물이라는데 무슨 일이 또 있을는지 모르겠네. 팔자 기박한 여편네가 오래 살았다가 험한 일을 더 보지 말고 오늘이라도 죽었으면 좋겠네. 요사이는 미국서 편지도 아니 오고 웬일인고."

기운 없는 목소리로 설움 없이 탄식하는 모양은 아무가 보든지 좋은 마음은 아니 날 터인데, 늙고 청승스러운 장팔 어미가 부인의 그 모양을 보고 부인이 죽으면 따라 죽을 듯한 마음도 있고 까마귀를 쳐 죽이고 싶은 마음도 생겨서 마당으로 펄펄 뛰어 내려가서 지붕 위를 쳐다보면서 까마귀에게 헛팔매질을 하며 욕을 한다.

"수여, 이 **경칠** 놈의 까마귀, 포수들은 다 어디로 갔누. 소금 장사. 네 어미."

조선 풍속에 까마귀 보고 하는 욕은 장팔 어미가 모르는 것 없이 주워섬기며 소리를 버럭버럭 지르니, 그 까마귀가 펄쩍 날아 공중에 높이 뜨더니 깍깍 짖으며 모란봉으로 향하거늘, 부인의 눈은 까마귀를 따라서 모란봉으로 가고, 노파의 욕하는 소리는 까마귀 소리를 따라간다.

'우'자 쓴 벙거지 쓰고 감장 **홀태바지** 저고리 입고 가죽 주머니 메고 문밖에 와서 **안중문**을 기웃기웃하며 '편지 받아 들여가오, 편지 받아 들여가오.' 두세 번 소리하는 것은 우편 군사라. 장팔의 어미가 까마귀에게 열이 잔뜩 났던 차에 어떠한 사람인지 자세히 듣지도 아니하고 **질부등가리** 깨어지는 소리 같은 목소리로 우편 군사에게 까닭 없는 화풀이를 한다.

"웬 사람이 남의 집 안마당을 함부로 들여다보아? 이 댁에는 사랑양반도 아니 계신 댁인데, 웬 젊은 녀석이 양반의 댁 안마당을 들여다보아?"

경치다(黥-) 호된 꾸지람을 듣거나 벌을 받다.
홀태바지 통이 매우 좁은 바지.
안중문(-中門) 안뜰로 들어가는 문.
질부등가리 '부등가리'의 잘못. 아궁이의 불을 담아내어 옮길 때 부삽 대신 쓰는 도구.

(우편 군사) "여보, 누구더러 이 녀석 저 녀석 하오. **체전부**는 그리 만만한 줄로 아오. 어디 말 좀 하여 봅시다. 이리 좀 나오시오. 나는 편지 전하러 온 것 외에는 아무것도 잘못한 것 없소."

(부) "여보게 할멈, 자네가 누구와 그렇게 싸우나. **우체사령**이 편지를 가지고 왔다 하니 미국서 서방님이 편지를 부치셨나베. 어서 받아 들여오게."

(노파) "옳지, 우체사령이로구. 늙은 사람이 눈 어두워서……. 어서 편지나 이리 주오. 아씨께 갖다 드리게."

우체사령이 처음에 노파가 소리를 지를 때는 늙은 사람 망령으로 알고 말을 예사로 하더니, 노파가 잘못한 줄을 깨닫고 말하는 눈치를 보더니 그때는 우체사령이 산 목을 쓰고 대든다.

(우) "이런 제어미……. 내가 체전부 다니다가 이런 꼴은 처음 보았네. 남더러 무슨 턱으로 욕을 하오. 내가 아무리 바빠도 말 좀 물어보고 갈 터이오."

하면서 소리를 버럭버럭 지르고 대들며, 편지 달라 하는 말은 대답도 아니하니, 평양 사람의 싸움하러 대드는 서슬은 금방 죽어도 몸을 아끼지 아니하는 성정이라. 노파가 까마귀에게 화풀이할 때 같으면 우체사령에게 몸부림을 하고 죽어도 그 화가 풀어지지 아니할 터이나, 미국서 편지 왔다 하는 소리에 그 화가 다 풀어졌더라. 그 화만 풀어질 뿐이 아니라, 우체사령의 **떼거리**까지 받고 있는데, 부인은 어서 바삐 편지 볼 마음이 있어서 내외하기도 잊었던지 중문간에로 뛰어나가서 노파를 꾸짖고 우체사령을 달래고, 옥련의 묘에 가지고 가려 하던 술과 실과를 내어다 먹인다.

우체사령이 금방 살인할 듯하던 위인이 노파더러 '할머니 할머니' 하며 풀어지는데, 그 집에서 부리던 하인과 같이 친숙하더라.

체전부(遞傳夫) '우편집배원'의 전 용어.
우체사령(郵遞使令) 우체국, 우체사에 속하여 우편물을 배달하던 사령.
떼거리 '떼'를 속되게 이르는 말.

노파가 편지를 받아서 부인에게 드리니, 부인이 그 편지를 들고 겉봉 쓴 것을 보더니 깜짝 놀라서 의심을 한다.

(노파) "아씨, 무엇을 그리하십니까?"

(부) "응, 가만히 있게."

(노파) "서방님께서 부치신 편지오니까?"

(부) "아닐세."

(노) "그러면 부산서 주사 나리께서 하신 편지오니까?"

(부) "아니."

(노) "에그, 어서 말씀 좀 시원히 하여 주십시오."

(부) "글씨는 처음 보는 글씨일세."

본래 옥련이가 일곱 살에 부모를 떠났는데, 그때는 언문 한 자 모를 때라. 그 후에 일본 가서 심상소학교 졸업까지 하였으나 조선 언문은 구경도 못 하였더니, 그 후에 구완서와 같이 미국 갈 때에 태평양을 건너가는 동안에 구완서가 가르친 언문이라, 옥련의 모친이 어찌 옥련의 글씨를 알아보리오. 부인이 편지를 받아 보니 겉면에는,

한국 평안남도 평양부 북문내 김관일 **실내 친전**

한편에는,

미국 화성돈 ○○○호텔

옥련 상사리

진서 글자는 부인이 한 자도 알아보지 못하고 다만 '옥련 상사리'라 한 글자만 알아보았으나, 글씨도 모르는 글씨요, 옥련이라 한 것은 볼수록 의심만 난다.

실내(室內) 남의 아내를 젊잖게 이르는 말.
친전(親展) 편지를 받을 사람이 직접 펴보라고, 편지 겉봉에 적는 말.
상사리(上-) 사뢰어 올린다는 뜻으로, 윗사람에게 드리는 편지의 첫머리나 끝에 쓰는 말.
진서(眞書) 예전에 우리글을 언문이라고 낮춘 데에 상대하여 진짜 글이라는 뜻으로 한문을 높여 이르던 말.

(부인) "여보게 할멈, 이 편지 가지고 왔던 우체사령이 벌써 갔나. 이 편지가 정녕 우리 집에 오는 것인지 자세히 물어보았더면 좋을 뻔하였네."

(노파) "왜 거기 쓰이지 아니하였습니까?"

(부인) "한편은 진서요, 한편에는 진서도 있고 언문도 있는데, 진서는 무엇인지 모르겠고, 언문에는 옥련 상사리라 썼으니, 이상한 일도 있네. 세상에 옥련이라 하는 이름이 또 있는지, 옥련이라 하는 이름이 또 있더라도 내게 편지할 만한 사람도 없는데……."

(노파) "그러면 작은아씨의 편지인가 보이다."

(부인) "에그, 꿈같은 소리도 하네. 죽은 옥련이가 내게 편지를 어찌하여……."

하면서 또 한숨을 쉬더니 얼굴에 처량한 빛이 다시 난다.

(노파) "아씨 아씨, 두 말씀 말고 그 편지를 뜯어 보십시오."

부인이 홧김에 편지를 박박 뜯어 보니 옥련의 편지라.

모란봉에서 지낸 일부터 미국 화성돈 호텔에서 옥련의 부녀가 상봉하여 그 모친의 편지 보던 모양까지 그린 듯이 자세히 한 편지라.

그 편지 부쳤던 날은 **광무 육년**(음력) 칠월 십일일인데, 부인이 그 편지 받아 보던 날은 **임인년** 음력 팔월 십오일이러라.

아랫권은 그 여학생이 고국에 돌아온 후를 기다리오.

상편종(上篇終)

*1907년 3월 '광학서포'에서 출간.

광무(光武) 조선 고종 때 사용한 연호(1897~1907).
임인년(壬寅年) 1902년.

하편(下篇)

부산 절영도 밖에 하늘 밑까지 툭 터진 듯한 망망대해에 시커먼 연기를 무럭무럭 일으키며 부산 항을 향하고 살같이 들이닫는 것은 화륜선이다.

오륙도, 절영도 두 틈으로 두 좁은 어구로 들어오는데 반속력 배질을 하며 화통에는 소리가 하늘 당나귀가 내려와 우는지, 웅장한 그 소리 한마디에 부산 초량이 들썩들썩한다. 물건을 들이고 내는 운수회사도 그 화통 소리에 귀를 기울이고 사람을 보내고 맞아들이는 여인숙에서도 그 화통 소리에 귀를 기울이는데, 화륜선 닻이 뚝 떨어져서 삼판 배가 벌떼같이 드러난다. 부산 객주에 첫째나 둘째 집에는 최주사 집 서기 보는 소년이 큰사랑 미닫이를 열며,

"여보시오, 주 사장. 진남포에서 배 들어왔습니다. 우리 짐도 이 배편에 왔을 터이니 사람을 보내 보아야 하겠습니다."

최주사는 낮잠을 자다가 화륜선 화통 소리에 잠이 깨어 일어나 앉아서 무슨 생각을 하고 있던 터라. 서기의 말을 들은 체 만 체하고 앉았다가 긴치 않은 말대답하듯,

"날 더러 물을 것 무엇 있나. 자네가 알아서 할 일이지."

소년은 서기 방으로 가고 최주사는 큰사랑에 혼자 앉았더라.

최주사는 몇 해 동안에 재물이 불 일어나는 듯 느끼는데 그 재물이 늘수록 최주사의 심회가 산란하다. 재물을 모을 때는 욕심에 취하여 두 눈이 빨개서 날뛰더니 재물을 많이 모아 놓고 보니 재물이 그리 귀할 것이 없는 줄로 생각이라. 빈 담뱃대 딱딱 떨어 물고 물부리를 두어 번 확확 내불어 보더니 지네발 같은 평양 엽초 한 대를 담아 붙여 물고 담배연기를 훅훅 내불면서 무슨 생각을 하다가 혼자말로 탄식이라.

"재물. 재물. 재물이 좋기는 좋지만은 제 생전에 먹고 입고 지낼 만하면 그만이지. 그것은 그리 많아 쓸데 있나. 몸 괴로운 줄 모르고 마음 괴로운

줄 모르고 재물만 모으려고 기를 버럭 쓰는 것은 어리석은 일이었다. 흥, 어리석은 것도 아니야. 환장한 사람이지. 풀 끝의 이슬 같은 이 몸이 죽은 후에 그 재물이 어찌 될지 누가 알 바 있나. 적막한 북망산에 돈이 와서 일곱이나 하고 갈까. 흥, 가소로운 일이로고. 내 나이 육십여 세라. 인생칠십고래희라 하였으니 내가 칠십을 살더라도 이 앞에 칠팔 년 동안뿐이로구나. 아들은 양자, 딸은 저 모양. 어, 내 팔자도 기박하고. 옥련이나 살았다면 짐짓이 마음을 붙였을 터인데, 그런 불쌍한 일이 있나. 오냐, 그만두어라. 집안일은 잘되나 못되나 서기에게 맡겨 두고 평양 가서 딸도 만나 보고 미국 가서 사위나 만나 보고 오겠다."

마침 문간이 들썩들썩하더니 무슨 별일이나 있는 듯이 계집종들이 참새떼 재잘거리듯 지껄이며 사랑 마당으로 올라 들어오는데 최주사는 혼자 중얼거리고 앉아서 귀에 다른 소리는 아니 들어오던지 내다보지도 아니한다.

마루 위에서 신 벗는 소리가 나더니 사랑 지게문을 펄쩍 열며,

"아버지, 나 왔소."

하며 들어오는데 최주사가 정신이 번쩍 나서 쳐다보니 딸이라.

"이애, 이것이 꿈이냐. 네가 어찌 여기를 왔느냐."

"내가 날개 돋쳐 내려왔소."

하며 어린아이 응석하듯 웃으며 나오는 모습이 얼굴에 화기가 돈다.

최주사는 꿈에라도 그 딸을 만나 보면 근심하는 얼굴만 보이더니 상시에 저러한 얼굴빛을 보고 최주사 얼굴에도 화기가 돈다.

"이애, 참 별일이다. 네가 오기는 뜻밖이로구나. 여편네가 십 리 길이 어려운 처지인데 일천오백 리 길에 네가 어찌 혼자 왔단 말이냐."

"옥련이 같은 어린 계집아이도 육만 리나 되는 미국을 갔는데 내가 이까짓 데를 못 와요? 진남포로 내려와서 화륜선 타고 왔소. 아버지, 나는 개화하였소. 이 길로 미국에나 들어가서 옥련이나 만나 보고 옥련의 남편 될 사람도

내 눈으로 좀 자세히 보고 오겠소. 아버지, 나를 돈이나 좀 많이 주시오. 옥련이가 좋아하는 것이 있거든 사서 주겠소."

최주사가 옥련이 살았단 말을 듣더니 딸을 만나 보고 반가운 마음은 잊었던지 몇 해 만에 보는 딸에게 그동안 잘 있었느냐 못 있었느냐, 말은 한마디 없고 옥련의 말만 묻고 앉았다가, 그날 저녁에는 흥김에 밥을 아니 먹고 술만 먹으며 횡설수설하다가 주정이 나서, 그 후 최부인더러 짐짓 자랄 때에 잘 굴었느니 못 굴었느니 하며 삼십 년 전 일을 말하고 앉았다가, 내외간 싸움이 일어나서 마누라는 자식도 없는 늙은 년이 서러워서 죽고 싶으니 살고 싶으니 하며 울고 청승을 떨고 있고, 딸은 내가 아니 왔다면 이런 일이 없었을 터인데, 하면서 이 밤으로 도로 가느니 마느니 하는 서슬에 온 집안이 붙들고 만류하여 야단났네.

최주사가 그 딸이 가느니 마느니 하는 것을 보고 취중에 화가 나서 혀 꼬부라진 소리로 마누라에게 화풀이를 한다.

"응, 마누라가 낳은 딸 같으면 저럴 리가 만무하지. 모처럼 온 계집을 들어앉기도 전에 도로 쫓으려 드니."

마누라는 애매한 책망을 듣고 청승을 점점 더 떨고, 딸은 점점 불리한 마음이 더 나서 친정에 왔던 후회만 하고, 최주사의 주정은 점점 더하는데, 온 집안이 잠을 못 자고 안마루 안마당에 그득 모였으나 최주사의 주정을 감히 말릴 사람은 없는지라.

최주사는 아들이 섣부른 소리로 최주사더러 좀 참으시면 좋겠습니다, 하였더니 최주사가 취중에 진정 말이 나오던지,

"이애, 주제넘게 네가 내 집 일에 참견이 무엇이야."
하며 핀잔을 탁 주더니, 최주사의 아들은 양자 들어온 사람의 마음이라 야속한 생각이 들어서 캄캄한 바깥마당에 나가서 혼자 우두커니 섰다가 담배 한 대를 붙여 물고 나올 작정으로 서기 방으로 들어간다.

서기 방에서는 문서를 닦느라고 두 사람이 마주 앉아서 부르고 놓고 하다가 최주사의 아들이 담뱃대 찾는 수선에 주 한 개를 달깍 더 놓았더라. 주 놓던 사람이 아차 하며 쳐다보더니 젊은 주인이라. 다른 사람이 서기 방에 들어가서 수선을 그렇게 피웠으면 생핀잔을 보았을 터인데, 주인의 아들인 고로 핀잔은 고사하고 담배 한 대 더 꺼내 주노라고 쌈지끈 끄르는 사람이 둘이나 된다. 문서책 한 권이 보기에는 대단치 아니한 백지 몇 장이로되 그 속에 있는 것만 하여도 어디를 가든지 부자 득명할 재물 덩어리라.

　　최주사의 아들이 최주사를 야속하게 여기던 마음이 쑥 들어가고 조심하는 마음이 생겨서 다시 안으로 들어가더니 웃는 낯으로 어머니, 그리 마시오. 누님 그리 마시오 하며 애를 쓰고 돌아다니는데 최주사가 곤드레만드레하며,

　　"그만 내버려 두어라. 그것들 방정 실컷 떨게……."

하더니 사랑으로 비틀비틀 나가서 쓰러지더니 콧구멍에서 맷돌질하는 소리가 나도록 코를 곤다.

　　그 이튿날 아침에 최주사가 일어나 안으로 들어가더니 마누라와 딸과 아들까지 불러 앉히고 재미있는 모양으로 말을 떠드는데, 마누라는 어젯밤에 있던 성이 조금도 아니 풀린 모양으로 아무 소리 없이 돌아앉았더라.

　　"아버지, 어젯밤에 웬 술을 그렇게 많이 잡수셨습니까?"

　　최주사는 그 전날 밤에 사랑으로 나가던 생각은 일어나나, 처음에 주정하던 일은 멀쩡하게 생각하면서 생시치미를 뗀다.

　　"응, 과히 취하였더냐? 주정이나 아니하더냐? 오냐, 살아생전에 일배주라니 내가 주정을 하면 몇 하겠느냐, 허허허."

　　웃음 한마디에 온 집안이 화기가 돈다. 최주사가 그날은 술 한 잔 아니 먹고 아들과 서기에게 집안일 분별하더니 딸을 데리고 미국 들어갈 **치행**을 차

치행(治行)　길 떠날 여장을 준비함.

리더라.

물 속에 산이 솟고 산 아래는 물만 있는 해협을 끼고 달아나는 화륜선은 어찌 그리 빠르던지. 눈앞에 보이던 산이어늘 하면 뒤에 가 있다. 부산 항에서 떠나서 일본 대마도, 마관, 신호, 대판을 지나 놓고 횡빈으로 들어가는데 옥련 어머니 마음에는 그만하면 미국 산천이 거의 보이거니 생각하고 하루에도 몇 번인지 화륜선 갑판 위에 올라서서 배 가는 곳만 바라보고 섰다.

이 배같이 크고 빠른 것은 다시없으려니 하였더니, 그 배는 횡빈에서 닻을 주고 태평양 내왕하는 배를 갈아타니 그 배는 먼저 탔던 배보다 더 크고 빠른 배라. 그러한 배를 타고 더디 간다 한탄하는 사람은 옥련의 부녀를 만나 보러 가는 최주사의 부녀뿐이더라. 앉았으나 섰으나, 잠이 들었으나 깨었으나, 타고 앉은 배는 밤낮 쉴 새 없이 달아나는데, 지낸 곳에 보이던 일본 산천은 자라목 움츠러드는 듯 점점 작아지더니 태평양을 들어서면서 산 명색이라고는 오뚝이만한 것 하나도 보이지 않고 보이는 것은 물과 하늘뿐이라.

푸르고 푸른 하늘을 턱턱 치는 듯한 바닷물은 하늘을 씻어서 물이 푸르러졌는지, 푸른 물결이 하늘에 들이쳐서 하늘에 물이 들었는지, 물빛이나 하늘빛이나 그 빛이 그 빛이라. 배는 가는지 아니 가는지, 밤낮 가도 그 자리에 그대로 선 것 같은데, 그 크던 배가 만리창해에 마름 하나 떠다니는 것 같다.

최주사 부녀가 갑판 위로 돌아다니며 구경을 하다가 최주사의 딸이 응석을 한다.

"아버지, 아버지께서는 딸의 덕에 이런 좋은 구경을 하시는구려. 내가 없었더면 아버지께서 여기 오실 까닭이 있소?"

"허허허, 효성은 딸이 하나 보다. 나도 딸의 덕에 이 구경을 하고 너도 옥련의 덕에 이 구경을 하는구나. 네가 네 남편이 미국 있다는 말을 들은 지가 팔구 년이 되었으나 미국 간다는 말도 없더니, 옥련이가 미국 있다는 말을

듣고 대문 밖에도 못 나가던 위인이 미국을 가니 자식에게 향하는 마음이
그러한 것이로구나."

하면서 딸을 물끄러미 보는데, 최주사의 딸이 그 부친의 말을 듣다가 무슨
마음인지 눈물이 돌며 눈자위에 붉은빛을 띠었더라.

　최주사가 그 딸의 눈물 나는 모양을 보더니 또한 무슨 마음인지 눈에 눈물
이 돈다. 딸의 눈물은 아버지가 양자한 아들을 데리고 뜻에 맞지 못하여 아
비는 아들의 눈치를 보고 아들은 아비의 눈치를 보던 그 모양이 생각이 나
서 딸자식 된 마음에 그 아버지 신세를 생각하고 나오는 눈물이요, 최주사
의 눈물은 그 딸이 일청전쟁 난리 겪은 후에 내외간에 이별하고 모녀간에
소식을 모르고 장팔 어미만 데리고 근심하고 고생하던 일이 불쌍한 생각이
나서 나오는 눈물이라. 서로 눈물을 감추고 서로 위로하다가 다시 옥련의
이야기가 시작되며 웃음소리가 난다.

　"아버지, 우리 오던 곳이 어디며, 우리가 향하여 가는 곳은 어디오? 해를
쳐다보아도 동서남북을 모르겠소그려. 이편을 바라보아도 물뿐이요, 저편
을 바라보아도 물뿐인데 물 밖에는 하늘 외에 또 무엇이 있소. 아버지 아버
지, 우리가 일본 횡빈에서 떠난 후에 이 물이 넘쳐서 세상 사람 사는 곳은
다 덮여 싸여서 물속으로 들어갔나 보오. 처음부터 아니 보이던 산은 어찌
하여 많이 보이는지 모르겠소마는 우리 눈으로 보던 산까지 아니 보이니 그
산이 어디로 갔단 말이오."

　"글쎄, 나도 모르겠다. 완고로 자라서 완고로 늙은 사람이 무엇을 알겠느
냐. 부산 소학교 아이들이 모여 앉으면 별 소리가 다 많더라마는, 무심히 들
었더니 지금 생각하니 좀 자세히 들었으면 좋을 뻔하였다. 어, 그 무엇이라
던가, 수박같이 둥그런 땅덩이에서 사람이 산다 하니 수박같이 둥글 지경이
면 이편에서 저편이 보이겠느냐? 그런 것을 물으려거든 아무것도 모르는 완
고의 애비더러 묻지 말고 신학문 배운 네 딸 옥련이더러 물어보아라."

하며 최주사의 얼굴에 즐거운 빛이 띠었는데, 옥련이 같은 딸 둔 최주사의 딸도 얼굴에 웃음빛을 띠고 그 부친을 쳐다본다.

최주사의 부녀가 구경을 하다가도 옥련의 이야기요, 음식을 먹다가도 옥련의 이야기가 시작되는데, 천지간에 자식 사랑하는 정은 옥련의 모친 같은 사람은 다시없을 것 같다.

태평양에서 미국 화성돈이 멀기는 한량없이 멀건마는 지구상 공기는 한 공기라. 태평양에서 불던 바람이 북아메리카로 들이치면서 화성돈 어느 공원에서 단풍 구경을 하던 한국 여학생 옥련이가 재채기를 한다.

"누가 내 말을 하나 보다. 웬 재채기가 이렇게 나누. 에그 내 말 할 사람이야 우리 어머니밖에 누가 있나."

하면서 호텔(주막)로 들어간다. 만리타국에서 부녀가 각각 헤어져 있기는 서로 섭섭한 일이나, 김관일이 다니는 학교와 옥련이가 다니는 학교가 다른 고로 학교 가까운 곳을 취하여 옥련이가 있는 호텔과 김관일이 있는 호텔이 각각이라.

옥련이가 저 있는 호텔로 가다가 돌아서서 그 부친 김관일의 호텔로 가더라. 호텔 문 안으로 들어서는데 우편 군사가 김관일에게 오는 전보를 들이밀더니 보이가 손에는 전보를 받아 들고 한편으로 옥련이를 인도하여 김관일의 방으로 들어간다.

옥련이가 그 부친에게 인사하기를 잊었던지, 들어서며 하는 말이,

"아버지, 전보가 어디서 왔습니까?"

김관일도 옥련이더러 말할 새도 없던지,

"글쎄, 보아야 알겠다."

하면서 전보를 뚝 떼어 보더니 발신소는 미국 상항 우편국이요, 발신인은 최항래라. 전문에 하였으되,

'딸을 데리고 간다. 상항에서 배 내렸다. 내일 오전 첫차를 타고 가겠다.'

기쁜 마음에 들뜨면 분명한 사람도 병신 같은 일이 혹 있는지, 김관일이가 전보를 들고,

"응, 무엇이냐, 최항래. 최항래, 최항래가 네 외조부의 이름인데. 이애, 옥련아, 이 전보 좀 보아라."

옥련이가 선뜻 받아 들고 자세히 보니 그 어머니가 온다는 전보라. 부녀가 돌려 가며 전보를 보는데 옥련의 기뻐하는 모양은 죽었던 어머니가 살아와도 그 외에 더 기뻐할 수는 없겠더라.

그날 그때부터 옥련이는 그 어머니가 타고 오는 기차를 기다리는데 일각이 여삼추라. 생각으로 해를 보내고 생각으로 밤을 보내다가 잠이 들어 꿈을 꾸었더라. 옥련이가 혼자 기차를 타고 그 어머니 마중을 나간다. 상항에서 화성돈으로 오는 기차는 옥련의 모친이 타고 오는 기차요, 화성돈에서 상항으로 가는 기차는 옥련이가 타고 가는 기차이라.

원래 그 기차가 쌍선이 아니던지, 단선의 철도에서 오고 가는 기차가 시간을 어기었던지, 두 기차가 서로 충돌이 되었더라. 기차가 상하고 사람이 무수히 상하였는데 그중에 조선 복색한 여편네 송장이 있는 것을 보고 옥련이가 그 어머니 죽은 송장이라고 붙들고 운다. 흑흑 느껴 울다가 제풀에 잠을 깨니 남가일몽이라.

전기등은 눈이 부시도록 밝고, 자명종은 열두 시를 땅땅 친다. 옥련이가 그 어머니를 과히 생각하는 중에서 그런 꿈이 된 줄 알고 마음을 진정하였더라. 옥련이의 모친이 옥련이를 생각하는 마음과, 옥련이가 그 어머니를 생각하는 마음을 비교할 지경이면 누가 우등생이 되는지. 인간에 그런 사정은 하느님이나 자세히 알으실까.

그렇게 서로 간절하던 옥련의 모녀가 화성돈에서 만나 보는데 그 모녀가 좋아하는 모양을 볼진대 옥련이가 미칠지 옥련의 어머니가 미칠지, 둘이 다 미칠지 염려할 만도 하더라.

최주사의 부녀가 화성돈에서 삼 주일을 묵고 고국으로 돌아온다. 떠나던 전날은 일요일이라. 최주사와 김관일과 구완서와 옥련의 모녀까지 다섯 사람이 모여 앉았는데, 그날은 다른 말은 별로 없고 옥련의 혼인 공론이 부산하다.

최주사 부녀는 조선 풍속이 골수에 꼭 박힌 사람이라 내 사정만 주장하고, 옥련이와 구완서를 데리고 조선으로 가서 혼인을 지낸 후에 즉시 미국으로 돌려보내겠다 하고, 김관일이는 싱긋싱긋 웃으면서 구완서만 힐끔힐끔 보고 앉았고, 옥련이는 아무 말 없이 술병을 들고 외조부 앞에 술을 따르며 앉았고, 구완서는 최주사 부녀의 말 끝나기를 기다리고 앉았는데, 최주사의 부녀는 말대답하는 사람이 다 될 것같이 옥련이와 구완서를 데리고 갈 생각으로 말한다.

구완서가 옥련의 얼굴을 물끄러미 보다가 다시 옥련의 모친을 보며 자기의 **질정하였던** 마음을 설명한다.

"옥련같이 학문 자질이 있는 따님을 두시고 나같이 **용렬한** 사람으로 사위를 삼으려 하시는 것은 감사하기 측량없습니다. 그렇게 감사한 일을 생각하면 오늘이라도 말씀하시는 대로 좇을 일이오나, 아직 어린 서생들이 혼인이 무엇이오니까."

하면서 다시 옥련이를 돌아다보며 허허 웃더니,

"여보게 옥련, 지금은 우리가 동무이지, 귀국하면 내외가 될 터이지. 우리가 자유로 결혼하자 언약을 맺은 사람이라. 언약을 맺어도 자유, 언약을 파하여도 자유, 어느 때로 행례할 기약을 정하는 것도 자유로 할 일이라. 나도 부모 **구존한** 사람이요, 그대도 부모 구존한 터라. 부모가 미성년한 자식에

질정하다(質定-) 갈피를 잡아서 분명하게 정하다.
용렬하다(庸劣-) 사람이 변변하지 못하고 졸렬하다.
구존하다(俱存-) 부모가 모두 살아 계시다.

게 명령할 일은 공부 잘하여라, 나라를 위하여라 하는 것이 부모 된 이들의 도리요 직분이라. 지금 우리가 고국에 돌아가면 공부에 방해도 적지 아니할 터요, 혈기 **미성한** 사람들이 일찍 시집가고 장가드는 것은 제 신상에 그렇게 해로운 것은 없는지라. 그러나 우리가 제 일신의 이해를 **교계하는** 것은 오히려 둘째로다. 여보게 옥련, 우리가 공부를 하여도 나라를 위하여 하고 살아도 나라를 위하여 살고 죽어도 나라를 위하여 죽는 것이 옳은 일이라. 여보게 옥련, 자네 마음 어떠한가. 어서 시집이나 가서 세간살이나 재미있게 하면 그것이 소원인가? 자네 소원이 만일 그러할진대 우리 기왕 언약이 아무리 중하더라도 나는 그 언약보다도 더 중요한 국가를 위한다는 생각이 있으니, 자네는 바삐 귀국하여 어진 남편을 구하여 하루바삐 시집가서 자네 부모의 소원대로 하게."

그 말 한마디에 옥련의 모친은 눈이 휘둥그레졌다.

"에그, 천만의 말도 하네. 내 말끝에 옥련이더러 그렇게 말할 것 무엇 있나. 말은 내가 하였지, 옥련이가 무슨 입이나 떼었나. 나는 지금부터 구완서를 내 사위로 알고 있어. 에그, 사위라 하면서 이름을 불렀네. 아무러면 허물 있나. 여보게 이 사람, 자네 옥련이더러 너의 부모 소원대로 하라 하니 우리 소원이야 하루바삐 구완서를 내 사위 삼고픈 소원 외에 또 무슨 소원이 있나. 지금 혼인을 하면 공부에 해로울 터이면 두었다가 아무 때나 하지." 하며 횡설수설하는 것은 옥련의 모친이 구완서가 혼인 언약을 깨뜨릴까 염려하는 말이더라.

최주사는 완고의 늙은이라. 구완서의 하는 말을 들은즉 버릇없는 후레자식도 같고, 너무 주제넘은 것도 같은지라. 최주사의 마음에는 옥련이 같은 외손녀를 두고 어디를 가기로 구완서만한 외손잣감을 못 고르랴 싶은 생각

미성하다(未成-) 아직 이루지 못하다.
교계하다(較計-) 서로 견주어 살펴보다.

뿐이라. 또 최주사가 일평생에 돈 많고 기 펴고 지내던 사람이라. 자기 마음대로 하면 옥련이를 곧 데리고 나가서 극진한 신랑감을 골라서 기구 있게 혼인을 잘 지내고 싶으나 한 치 건너 두 치라, 외손의 혼인부터는 내 마음대로 하기가 어려운 생각이 있어서 딸의 눈치도 보다가 사위의 눈치도 보며 헛기침만 하고 앉았다.

김관일은 본디 구완서의 기개를 아는 사람이라. 말없이 앉았다가 그 부인더러 간단한 말로 옥련의 혼인은 아는 체 말자 하면서 옥련의 얼굴을 거들떠보니 옥련이는 머리 위에 꽃을 꽂고, 눈썹은 나비를 그린 듯한데 눈은 내리깔고 앉았으니 무슨 생각이 있는지 없는지, 옥련이를 낳은 옥련의 부모라도 뜻은 알 수 없겠더라.

옥련이와 구완서는 몇 해 동안이든지 공부 성취하도록 고국에 돌아가지 않기로 작정하였고, 혼인은 본래 작정대로 귀국하는 이후에 성례하기로 옥련의 모친까지 그 작정을 좇아 허락하고 그 이튿날 부산으로 떠나간다.

사람이 구름같이 모여드는 정거장에서 오후 기차 시간을 기다려서 상항 가는 기차표 사는 사람은 최주사 부녀요, 입장권 사서 들고 최주사의 부녀더러 이리 가오, 저리 가오, 시간이 되었소, 기차가 떠나겠소, 하며 가르치는 사람은 최주사의 부녀를 석별하러 온 김관일의 부녀요, 정거장에 잠깐 나왔다가 학교에 동창회가 있다 하면서 기차 떠나는 것을 못 보고 먼저 들어가는 사람은 구완서요, 철도 회사 복색을 입고 이리저리 다니면서 기차를 살펴보는 사람은 장거수라. 시계를 내어 보더니 손을 번쩍 들며 호각을 부는데 호르륵 소리 한마디에 기차가 꿈쩍거린다.

기차 속에서 눈물을 머금고,

"옥련아, 아버지 모시고 잘 있거라."

하는 사람은 옥련의 모친. 기차 밖에서 목멘 소리로,

"어머니, 할아버지 모시고 안녕히 가시오."

하며 눈물을 씻는 사람은 옥련. 삿보를 벗어 들고 손을 높다랗게 쳐들고 기차 속에 있는 최주사를 바라보며,

"만리고국에 태평히 가시오. 대한민국 만세."

소리를 지르는 사람은 김관일. 싱긋 웃으며 턱만 끄덕하고 김관일의 부녀 선 것을 바라보는 사람은 최주사라.

기차의 연기 뿜는 고동 소리가 점점 잦으며 기차는 구루마같이 달아난다. 기차는 점점 멀어지고 연기만이 남아서 공중에 서렸는데 눈물이 가득한 옥련의 눈이 기차 연기만 바라보고 섰다.

"이애 옥련아, 울지 말고 들어가자. 오래 섰으면 철도회사 사람에게 핀잔 보고 쫓겨난다. 몇 해만 지내면 나도 귀국하고 너도 귀국할 터인데 그렇게 섭섭하게 여길 게 무엇이냐. 네가 일본과 미국으로 유리표박(流離漂泊)하여 부모의 사생을 모르고 있을 때를 생각하여 보아라. 지금은 부모를 만나 보았으니 좀 좋은 일이냐. 이애 옥련아, 우리 이 길로 공원에 나가서 바람이나 쏘이고 구경이나 하자."

하면서 옥련이를 데리고 공원으로 들어가니 석양은 만리요, 상황은 보이지 아니하더라.

옥련이가 어머니를 이별하고 섭섭하여 하는 모양이 실성을 할 것 같은지라, 그 부친이 중언부언하여 옥련이를 위로하고 각기 호텔에 돌아가더라.

옥련이가 난리 중에 그 부모를 잃고 타국으로 유리할 때에 그 부모가 다 죽은 줄로 알고 있던 터라. 일본 대판 정상 군의 집에 있을 때 지내던 일을 말할지라도, 학교에 가면 공부에만 정신이 쓰이고 집에 돌아오면 정상 부인에게 정도 들었고 조심도 극진히 하였고 동무를 대하면 재미있게 놀아도 보았는데 그럭저럭 부모 생각도 다 잊었으니, 미국에 온 지 사오 년 만에 천만 의외에 그 부친을 만나 보고 그 어머니 생존한 줄을 알았는데 하루바삐 그 어머니 얼굴을 보고 싶으나 일변으로 생각하면 그 어머니가 살아 있는 것만

기뻐하여 얼굴에 희색이 만면하던 옥련이가 그 어머니를 만나 보고 작별하더니 얼굴에 근심빛뿐이라.

귀에는 어머니 소리가 들리는 듯하고 눈에는 어머니 모양이 보이는 듯하다. 평양성 난리 후에 그 어머니가 고생한 이야기 하던 것과 화성돈 정거장에서 그 어머니 떠나던 일은 옥련의 마음속에 사진같이 다 박혀 있다. 옥련이가 지향 없이 혼자말로,

"우리 어머니는 어디쯤이나 가셨누. 아버지도 여기에 계시고 나도 여기 있는데 어머니 혼자 우리나라로 가시는구나. 내 몸 둘이 되었으면 하나는 아버지 뫼시고 있고 하나는 어머니 뫼시고 있고지고. 우리 어머니가 평양성 중에서 십 년 동안을 근심 중으로 지내시고 또 혼자 평양으로 가시는구나. 나를 생각하시느라고 병환이나 아니 날까."

옥련이가 그렇게 어머니를 생각하고 있는데 그 어머니 마음은 어떠할꼬. 옥련의 어머니는 남편도 이별하고 그 딸 옥련이도 이별하였으니 그 이별은 겹이별이라. 그 근심이 오직 대단할 것 아니언마는 옥련의 모친 마음이 그렇지 아니하고 도리어 기쁜 마음뿐이라.

*1907년 5월 17일부터 6월 1일까지 〈제국신문〉에 연재(미완 상태로 종결).

내용확인

1_ 〈혈의 누〉가 고전 소설과 구별되는 구성상 특징을 <u>모두</u> 골라 봅시다.

① 해설적 문체　　　　　　　② 배경의 현실성
③ 직접적 인물 제시　　　　　④ 외래 사상 수용
⑤ 사건 전개의 논리성　　　　⑥ 행복한 결말
⑦ 내용의 현실성　　　　　　⑧ 편집자적 논평
⑨ 갈등의 형성과 해소　　　　⑩ 문명 개화와 계몽적 이념

2_ 〈혈의 누〉에서 문장을 길게 늘여 써서 얻는 효과를 적어 봅시다.

"옥련아, 옥련아, 옥련아, 옥련아. 죽었느냐 살았느냐. 죽었거든 죽은 얼굴이라도 한번 다시 만나 보자. 옥련아 옥련아, 살았거든 어미 애를 그만 쓰이고 어서 바삐 내 눈에 보이게 하여라. (중략) '어머니 어서 갑시다.' 하던 옥련이가 어디로 갔느냐."
하면서 옥련이를 찾으려고 골몰한 정신에, 옥련이보다 열 갑절 스무 갑절 더 소중하게 생각하는 사람을 잃고도 모르고 옥련이만 부르며 다니다가 목이 쉬고 기운이 탈진하여 산비탈 잔디풀 위에 털썩 주저앉았다가 혼잣말로,
"옥련 아버지는 옥련이 찾으려고 저 건너 산 밑으로 가더니 어디까지 갔누."
하며 옥련이를 찾던 마음이 홀지에 변하여 옥련 아버지를 기다린다.

3_ 〈혈의 누〉의 등장인물들을 분석해 봅시다.

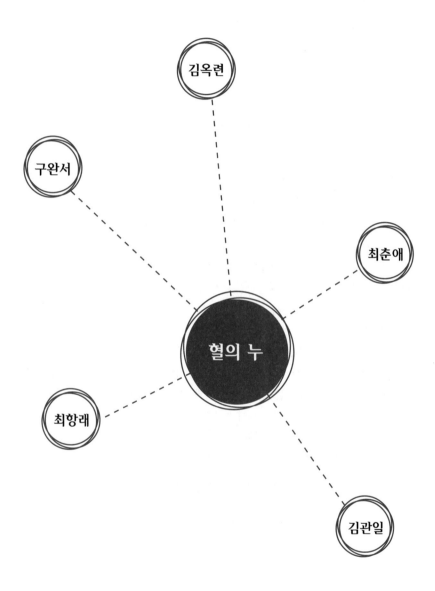

4_ 〈혈의 누〉에 대한 설명으로 옳지 <u>않은</u> 것을 골라 봅시다.

① 최초의 신소설 작품이다.
② 고전과 현대 소설을 잇는 과도기적 작품이다.
③ 완전한 언문 일치를 이루고 있다.
④ 문명 개화를 지향하는 의식을 뚜렷이 표현했다.
⑤ 우연한 사건이 연속되는 등 현대적이지 못하다.

[5~6번] 다음 글을 읽고 물음에 답해 봅시다.

<u>평안도 백성은 염라대왕이 둘이라.</u> 하나는 황천에 있고, 하나는 평양 선화당에 앉았는 감사이라. 황천에 있는 염라대왕은 나이 많고 병들어서 세상이 귀치 않게 된 사람을 잡아 가거니와, 평양 선화당에 있는 감사는 몸 성하고 재물 있는 사람은 낱낱이 잡아가니, 인간 염라대왕으로 집집에 터주까지 겸한 겸관이 되었는지, 고사를 잘 지내면 탈이 없고 못 지내면 온 집안에 동토가 나서 다 죽을 지경이라. 제 손으로 벌어 놓은 제 재물을 마음 놓고 먹지 못하고 천생 타고난 제 목숨을 남에게 매어 놓고 있는 우리나라 백성들을 불쌍하다 하겠거든, 더구나 남의 나라 사람이 와서 싸움을 하니 지랄을 하니, 그러한 서슬에 우리는 패가하고 사람 죽는 것이 다 우리나라 강하지 못한 탓이라.

오냐, 죽은 사람은 하릴없다. 살아 있는 사람들이나 이후에 이러한 일을 또 당하지 아니하게 하는 것이 제일이다. 제 정신 제가 차려서 우리나라도 남의 나라와 같이 밝은 세상 되고 강한 나라 되어 백성 된 우리들이 목숨도 보전하고 재물도 보전하고, 각도 선화당과 각도 동헌 위에 아귀 귀신 같은 산 염라대왕과 산 터주도 못 오게 하고, 범 같고 곰 같은 타국 사람들이 우리나라에 와서 감히 싸움할 생각도 아니 하도록 한 후이라야 사람도 사람인 듯싶고 살아도 산 듯싶고, 재물 있어도 제 재물인 듯하리로다.

5_ 서술자가 밑줄 친 부분처럼 말한 이유를 써 봅시다.

....

....

....

....

6_ ┤보기├를 참고하여 위 글에 나타난 작가의 의도를 써 봅시다.

> ┤보기├
>
> 소설에서 서술자는 본래 '전달'을 본연의 임무로 삼고 있다. 등장인물의 언행이나 심리, 사건의 전말이나 배경의 제시 등을 독자가 전해 들을 수 있도록 중간자 역할을 하는 것이다. 그런데 간혹 서술자가 단순한 전달이 아니라 자신의 주관을 드러낼 때가 있는데, 이를 서술자의 직접 개입이라 한다.

....

....

....

....

7_ 학문에 대한 구완서의 태도를 써 봅시다.

> "내가 우리나라에 있을 때에 우리 부모가 내 나이 열두서너 살부터 장가를 들이려 하는 것을 내가 마다하였다. (중략) 그런고로 우리나라 사람들이 짐승같이 제 몸이나 알고 제 계집 제 새끼나 알고 나라를 위하기는 고사하고 나라 재물을 도적질하여 먹으려고 눈이 벌겋게 뒤집혀서 돌아다니는 것이 다 어려서 학문을 배우지 못한 연고라. 우리가 이 같은 문명한 세상에 나서 나라에 유익하고 사회에 명예 있는 큰 사업을 하자 하는 목적으로 만리타국에 와서 쇠공이를 갈아 바늘 만드는 성력을 가지고 공부하여 남과 같은 학문과 남과 같은 지식이 나날이 달라 가는 이때에 장가를 들어서 색계상에 정신을 허비하면 유지한 대장부가 아니라. 이애 옥련아, 그렇지 아니하냐."

....

....

....

....

8_ 다음 신문 광고가 하는 역할을 써 봅시다.

> 〈광고〉
>
> 지나간 열사흗날 황색신문 잡보에 한국 여학생 김옥련이가 아무 학교 졸업 우등생이라는 기사가 있기로 그 유하는 호텔을 알고자 하여 이에 광고하오니, 누구시든지 옥련의 유하는 호텔을 이 고백인에게 알려 주시면 상당한 금으로 십유(十留, 미국 돈 십 원)를 양정할사.
>
> 한국 평안도 평양인 김관일 고백
>
> 현수…….

....

....

....

9_ 정상 부인이 옥련을 대하는 태도가 처음과 달라진 이유를 구체적으로 써 봅시다.

> 부인이 처음에는 옥련이의 어리광을 잘 받더니, 무슨 까닭인지 옥련이가 어리광을 피우면 핀잔만 주고 찬 기운이 돈다. 날이 갈수록 옥련이가 고생길로 들고 근심 중으로 지낸다.
>
> 본래 부인이 시집가려 할 때에 옥련의 사정이 불쌍하여 중지하였으나 젊은 부인이 공방에서 고적한 마음이 있을 때마다 옥련이가 미운 마음이 생긴다. 어디서 얻어 온 자식 말고 제 속으로 낳은 자식일지라도 귀치 아니한 생각이 날로 더하는 모양이다. (중략)
>
> "에그, 저 원수의 것이 무슨 연분이 있어서 내 집에 왔나!"
> 하면서 눈살을 아드득 찌푸리더라.

....

....

....

10_ 김관일이 외국에 나가 공부하겠다고 결심한 이유를 써 봅시다.

> 김씨는 혼자 빈집에 있어서 밤새도록 잠들지 못하고 별생각이 다 난다. 북문 밖 넓은 들에 철환 맞아 죽은 송장과 죽으려고 숨넘어가는 반송장들은 제각각 제 나라를 위하여 전장에 나와서 죽은 장수와 군사들이라. 죽어도 제 직분이어니와, 엎드러지고 곱드러져서 봄바람에 떨어진 꽃과 같이 간 곳마다 발에 밟히고 눈에 걸리는 피란꾼들은 나라의 운수런가, 제 팔자 기박하여 평양 백성 되었던가. 땅도 조선 땅이요, 사람도 조선 사람이라. 고래 싸움에 새우 등 터지듯이, 우리나라 사람들이 남의 나라 싸움에 이렇게 참혹한 일을 당하는가. 우리 마누라는 대문 밖에 한 걸음 나가 보지 못하던 사람이요, 내 딸은 일곱 살 된 어린아이라 어디서 밟혀 죽었는가. 슬프다. 저러한 송장들은 피가 시내 되어 대동강에 흘러들어 여울목 치는 소리 무심히 듣지 말지어다. 평양 백성의 원통하고 설운 소리가 아닌가. 무죄히 죄를 받는 것도 우리나라 사람이요, 무죄히 목숨을 지키지 못하는 것도 우리나라 사람이라. (중략)
>
> 오늘 아침에 김관일이가 외국에 가려고 결심하고 나갈 때에 무엇을 찾느라고 다락 속 벽장 속에 있는 세간을 낱낱이 내놓고 궤 문도 열어 놓고, 농문도 열어 놓고, 궤짝 위에 농짝도 놓고 농짝 위에 궤짝도 얹었는데, 단정히 놓인 것도 있지마는 곧 내려질 듯한 것도 있었더라. 방문은 무슨 정신에 닫고 갔던지, 방 안의 벽장문, 다락문은 열린 채로 두었더라.

11_ 〈혈의 누〉를 통해 작가가 말하고자 하는 바와 그 한계를 써 봅시다.

토의문제 ○------

Step_1 시대적 배경

청일전쟁이 작품 속 인물에게 미친 영향을 알아봅시다.

가 동학 농민군이 전주성을 함락하였다. 조선 정부는 이 소식에 놀라 청에 원병(援兵)을 요청하였다. 1894년 5월 7일, 청 군사 2,500명이 아산만에 상륙했다. 그런데 청군이 상륙한 지 이틀 뒤인 5월 9일 이번에는 일본군 7,000명이 인천에 상륙했다. 10년 전 갑신정변이 끝난 뒤 체결된 톈진 조약에서 어느 한쪽이 조선에 군대를 보내면 반드시 상대방에게 통보하도록 규정했었고, 청은 이에 따라 일본 측에 파병 사실을 통보했다. 조선에 개입할 기회를 호시탐탐 노리고 있던 일본은 청의 통보를 받자마자 기다렸다는 듯이 조선에 군대를 보낸 것이다.

사태가 이렇게 전개되자 청군의 파병을 요청한 조선 정부뿐 아니라 전주성을 점령한 농민군도 당황하지 않을 수 없었다. 우선 급한 일은 양국 군대를 철수시키는 것이었다. 이를 위해서 정부가 농민군의 요구를 적극적으로 받아들이는 조건으로 휴전하고, 조선 정부는 두 나라에 군대를 철수할 것을 요청했다. 하지만 사태는 마무리되지 않았다. 청은 이에 응하겠다는 의사를 표시했지만 일본은 응하지 않았기 때문이다.

청일전쟁은 일본의 승리로 끝났다. 일본은 시모노세키 조약으로 청에게 조선에 대한 주도권을 인정받고, 요동반도와 타이완을 획득하여 중국 진출의 터전까지 확보하였다. 그러자 중국과 조선 진출을 노리던 러시아가 프랑스와 독일을 끌어들여 요동반도를 청에게 되돌려 줄 것을 일본에서 요구하게 나섰다. 승리의 기쁨도 잠시, 일본은 삼국의 압력에 굴복하고 말았다.

나 (막동) "나리께서도 무엇을 좀 사다가 잡숫고 주무시면 좋겠습니다."

(최씨) "나는 술이나 먹겠다. 부담에 달았던 술 한 병 떼어 오고 찬합만 끌러 놓아라. 혼자 이 방에 앉아 술이나 먹다가 밤새거든 새벽길 떠나서 도로 부산으로 가자. 난리가 무엇인가 하였더니 당하여 보니 인간에 지독한 일은 난리로구나. 내 혈육은 딸 하나 외손녀 하나뿐이러니 와서 보니 이 모양이로구나. 막동아, 너같이 무식한 놈더러 쓸데없는 말 같지마는 이후에는 자손 보존하고 싶은 생각 있거든 나라를 위하여라. 우리나라가 강하였다면 이 난리가 아니 났을 것이다. 세상 고생 다 시키고 길러 낸 내 딸자식 나 젊고 무병하건마는 난리에 죽었구나. 역질 홍역 다 시키고 잔주접 다 떨어 놓은 외손녀도 난리 중에 죽었구나."

(막동) "나라는 양반님네가 다 망하여 놓으셨지요. 상놈들은 양반이 죽이면 죽었고, 때리면

맞았고, 재물이 있으면 양반에게 빼앗겼고, 계집이 어여쁘면 양반에게 빼앗겼으니, 소인 같은 상놈들은 제 재물 제 계집 제 목숨 하나를 위할 수가 없이 양반에게 매였으니, 나라 위할 힘이 있습니까. 입 한번을 잘못 벌려도 죽일 놈이니 살릴 놈이니, 오금을 끊어라 귀양을 보내라 하는 양반님 서슬에 상놈이 무슨 사람값에 갔습니까? 난리가 나도 양반의 탓이올시다. 일청전쟁도 민영춘이란 양반이 청인을 불러왔답디다. 나리께서 난리 때문에 따님 아씨도 돌아가시고 손녀 아기도 죽었으니 그 원통한 귀신들이 민영춘이라는 양반을 잡아갈 것이올시다."

하면서 말이 이어 나오니, 본래 그 하인은 주제넘다고 최씨 마음에 불합하나, 이번 난리 중 험한 길에 사람이 똑똑하다고 데리고 나섰더니 이러한 심란 중에 주제넘고 버릇없는 소리를 함부로 하니 참 난리 난 세상이라.

다 김씨는 혼자 빈집에 있어서 밤새도록 잠들지 못하고 별생각이 다 난다. 북문 밖 넓은 들에 철환 맞아 죽은 송장과 죽으려고 숨넘어가는 반송장들은 제각각 제 나라를 위하여 전장에 나와서 죽은 장수와 군사들이라. 죽어도 제 직분이어니와, 엎드러지고 곱드러져서 봄바람에 떨어진 꽃과 같이 간 곳마다 발에 밟히고 눈에 걸리는 피란꾼들은 나라의 운수런가, 제 팔자 기박하여 평양 백성 되었던가. 땅도 조선 땅이요, 사람도 조선 사람이라. 고래 싸움에 새우 등 터지듯이, 우리나라 사람들이 남의 나라 싸움에 이렇게 참혹한 일을 당하는가. 우리 마누라는 대문 밖에 한 걸음 나가 보지 못하던 사람이요, 내 딸은 일곱 살 된 어린아이라 어디서 밟혀 죽었는가. 슬프다. 저러한 송장들은 피가 시내 되어 대동강에 흘러들어 여울목 치는 소리 무심히 듣지 말지어다. 평양 백성의 원통하고 설운 소리가 아닌가. 무죄히 죄를 받는 것도 우리나라 사람이요, 무죄히 목숨을 지키지 못하는 것도 우리나라 사람이라. 이것은 하늘이 지으신 일이런가, 사람이 지은 일이런가. 아마도 사람의 일은 사람이 짓는 것이다. 우리나라 사람이 제 몸만 위하고 제 욕심만 채우려 하고, 남은 죽든지 살든지, 나라가 망하든지 흥하든지 제 벼슬만 잘하여 제 살만 찌우면 제일로 아는 사람들이라.

— 이인직, 〈혈의 누〉

1_ 제시문을 참고하여 〈혈의 누〉의 시대적 배경을 말해 봅시다.

2_ 제시문 **나**와 **다**를 참고하여 최주사와 막동이, 김관일이 전쟁이 일어난 원인을 각각 어디에서 찾고 있는지 말해 봅시다.

• 최주사 :

• 막동이 :

• 김관일 :

3_ 문제 2번에서 전쟁 원인에 대한 세 사람의 공통된 시각을 찾아보고, 이러한 시각이 갖는 문제점을 말해 봅시다.

Step_2 공간적 배경

조선과 그 주변국에 대한 작가의 인식을 알아보고, 작가가 조선, 일본, 미국이라는 공간을 설정한 의도를 생각해 봅시다.

가-1 본래 평양성중 사는 사람들이 청인의 작폐에 견디지 못하여 산골로 피란 간 사람이 많더니, 산중에서는 청인 군사를 만나면 호랑이 본 것 같고 원수 만난 것 같다. 어찌하여 그렇게 감정이 사나우냐 할 지경이면, 청인의 군사가 산에 가서 젊은 부녀를 보면 겁탈하고, 돈이 있으면 뺏어 가고, 제게 쓸데없는 물건이라도 놀부의 심사같이 작란하니, 산에 피란 간 사람은 난리를 한층 더 겪는다. 그러므로 산에 피란 갔던 사람이 평양성으로 도로 피란 온 사람도 많이 있었더라.

가-2 당초에 옥련이가 피란 갈 때에 모란봉 아래서 부모의 간 곳 모르고 어머니를 부르면서 발을 동동 구르다가 난데없는 철환 한 개가 넘어오더니 옥련의 왼편 다리에 박혀 넘어져서 그날 밤을 그 산에서 목숨이 붙어 있었더니, 그 이튿날 일본 적십자 간호수가 보고 야전병원(野戰病院)으로 실어 보내니 군의(軍醫)가 본즉 중상은 아니라. 철환이 다리를 뚫고 나갔는데 군의 말이, '만일 청인의 철환을 맞았으면 철환에 독한 약이 섞인지라 맞은 후에 하룻밤을 지냈으면 독기가 몸에 많이 퍼졌을 터이나, 옥련이 맞은 철환은 일인의 철환이라 치료하기 대단히 쉽다.' 하더니, 과연 삼 주일이 못 되어서 완히 평일과 같은지라. 그러나 옥련이는 갈 곳이 없는 아이라, 병원에서 옥련의 집을 물은즉 평양 북문 안이라 하니 병원에서 옥련이가 나이 어리고 또한 정경을 불쌍케 여겨서 통사를 안동하여 옥련의 집에 가서 보라 한즉, 그때는 옥련의 모친이 대동강 물에 빠져 죽으려고 벽상에 그 사정 써서 붙이고 간 후이라, 통변이 그 글을 보고 옥련을 불쌍히 여겨서 도로 데리고 야전병원으로 가니, 군의 정상(井上) 소좌가 옥련의 정경을 불쌍히 여기고 옥련의 자품을 기이하게 여겨 통변을 세우고 옥련의 뜻을 묻는다.

(군의) "이애, 너의 아버지와 어머니가 어디로 간지 모르냐?" (중략)

(의) "그러면 오늘이라도 인천으로 보내서 어용선을 타고 일본으로 가게 할 것이니, 내 집은 일본 대판이라. 내 집에 가면 우리 마누라가 있는데, 아들도 없고 딸도 없으니 너를 보면 대단히 귀애할 것이니 너의 어머니로 알고 가서 있거라."

나-1 성중에는 울음 천지요, 성 밖에는 송장 천지요, 산에는 피란꾼 천지라. 어미가 자식 부르는 소리, 서방이 계집 부르는 소리, 계집이 서방 부르는 소리, 이렇게 사람 찾는 소리뿐이라. 어린아이를 내버리고 저 혼자 달아나는 사람도 있고, 두 내외 손을 맞붙들고 마주 찾는 사람도 있더니, 석양판에는 그 사람이 다 어디로 가고 없던지 보이지 아니하고, 모란봉 아래서 옥련이 부르고 다니는 부인 하나만 남아 있더라.

나-2옥련의 눈에는 모두 처음 보는 것이라. 항구에는 배 돛대가 삼대 들어서듯 하고, 저잣거리에는 이층 삼층집이 구름 속에 들어간 듯하고, 지네같이 기어가는 기차는 입으로 연기를 확확 뿜으면서 배는 천동 지동하듯 구르며 풍우같이 달아난다. 넓고 곧은 길에 갔다 왔다 하는 인력거 바퀴 소리에 정신이 없는데, 병정이 인력거 둘을 불러서 저도 타고 옥련이도 태우니 그 인력거들이 살같이 가는지라. 옥련이가 길에서 아장아장 걸을 때에는 인해 중에 넘어질까 조심되어 아무 생각이 없더니, 인력거 위에 올라앉으매 새로이 생각만 난다.

나-3여인숙 하인이 삼층집 제일 높은 방으로 인도하고 내려가니, 서생은 모두 처음 보는 것이라. 정신이 황홀하여 옥련이 만난 것을 다행히 여긴다.

"이애, 내 여기만 와도 이렇듯 답답하니 미국에 가면 오죽하겠느냐. 너는 타국에 와서 오래 있었으니 별 물정 다 알겠구나. 우선 네게 좀 배울 것도 많거니와, 만리타국에서 뜻밖에 만났으니 서로 있는 곳이나 알고 헤지자. 나는 공부하고자 하는 마음으로 부모도 모르게 미국을 갈 차로 나섰더니, 불과 여기를 와서 이렇듯 답답한 생각만 나니 어찌하면 좋을지 모르겠다."
하는 소리에 옥련이는 심상한 고국 사람을 만난 것 같지 아니하고 친부모나 친형제나 만난 것 같다. (중략)

그길로 횡빈까지 가서 배를 타니, 태평양 넓은 물에 마름같이 떠서 화살같이 밤낮없이 달아나는 화륜선이 삼 주일 만에 상항에 이르러 닻을 주니 이곳부터 미국이라. 조선서 낮이 되면 미국에는 밤이 되고 미국에서 밤이 되면 조선서는 낮이 되어 주야가 상반되는 별천지라. 산도 설고 물도 설고 사람도 처음 보는 인물이라.

나-4미국 화성돈의 어떠한 호텔에서는 옥련의 부녀와 구씨가 솥발같이 늘어앉아서 그렇듯 희희낙락한데, 세상이 고르지 못하여 조선 평양성 북문 안에 게딱지같이 낮은 집에서 삼십 전부터 남편 없고 자녀 간에 혈육 없고 재물 없이 지내는 부인이 있으되, 십 년 풍상에 남보다 많은 것 한 가지가 있으니, 그 많은 것은 근심이라.　　　　　－ 이인직 〈혈의 누〉

1_ 작품 속에 나타난 청인과 일본인의 모습을 말해 봅시다.

2_ 조선과 일본, 미국에 대한 작가의 시각을 말해 보고, 작가가 그렇게 공간을 설정한 의도를 이야기해 봅시다.

• 조선 :

• 일본 :

• 미국 :

• 작가의 공간 설정 의도 :

잠깐!

〈혈의 누〉, 오리엔탈리즘 시각으로 조선을 보다

최초의 신소설 〈혈의 누〉는 이인직이 일본을 긍정적으로 생각했음을 단적으로 보여준다. 평양성 사람들이 그렇게도 '진저리 내던 청인이 그림자도 없이 다 쫓겨나던 날'이라는 표현에서 볼 수 있듯이 일본에 대한 태도는 청나라를 대하는 태도와 뚜렷이 구별된다.

〈혈의 누〉 곳곳에서 일본인은 위기에 처한 인물들을 구원하는 사람으로 등장한다. 옥련의 어머니인 최춘애가 겁탈당할 위기에 직면했을 때 그녀를 구한 사람이 일본 보초병이었고, 옥련이 부모를 잃고 떠돌다 총탄을 맞았을 때 구해 준 사람도 일본 군사였다. 〈혈의 누〉에서 일본인은 '착한 구원자'의 모습으로 그려진다. 일본 군의가 총탄을 맞은 옥련을 치료하면서 '만일 청인의 철환을 맞았으면 철환에 독한 약이 섞인지라 맞은 후에 하룻밤을 지냈으면 독기가 몸에 많이 퍼졌을 터이나, 옥련이 맞은 철환은 일인의 철환이라 치료하기 대단히 쉽다.'고 말한다. 여기서 일본군의 것은 총탄마저 선(善)하다는 인식이 극명하게 드러난다.

Step_3 개화기 소설에 나타난 여성의 근대성

〈혈의 누〉를 통해 개화기에 여성을 바라보는 관점을 파악하고, 당시의 남녀평등에 대해 생각해 봅시다.

가 조선 정부에서 제일 급하게 할 일이 사내아이들도 가르치려니와 계집아이들을 교육할 생각을 하여야 할 터인데 조선서는 계집아이들은 당초에 사람으로 치지를 아니 하여 교육들을 안 시키니 전국 인구 중에 반은 그만 내버렸는지라 어찌 아깝지 않으리요. 학부에서 사내아이들도 가르치려니와 불쌍한 조선 계집아이들을 위하여 여학교를 몇을 세워 계집아이들을 교육을 시킨다면 몇 해가 아니 되어 전국 인구 반이나 내버렸던 것이 쓸 사람들이 될 터이니 국가 경제학에 이런 이는 없고 또 천하게 여기고 박대하던 여인들을 사나이들이 자청하여 동등권을 주는 것이니 어찌 의리에 마땅치 않으며 장부의 하는 일이 아니리요. 우리는 천하고 가난하고 무식한 사람들의 친구라 조선 여인네들이 이렇게 사나이들에게 천대받는 것을 분하게 여겨 언제까지라도 여인네들을 위하여 사나이들과 싸움을 할 터이니 조선 유지각한 여인네들은 당당한 권리를 뺏기지 말고 아무쪼록 학문을 배워 사나이들과 동등이 되면 사나이들의 못 하는 사업을 할 도리를 하여 보기를 바라노라.
　　　　　　　　　　　　　　　　　　　　　　　　　　　　　　 – 〈독립신문〉, 1896. 6. 18.

나 "그 계집아이 똑똑하다. 재주 있겠다. 우리나라 계집아이 같으면 저러한 것들이 판판이 놀겠지. 여기서는 저런 것들도 모두 공부를 한다 하니 저것은 무엇 하는 계집아이인지." (중략)

(서생) "오냐, 학비는 염려 말아라. 우리들이 나라의 백성 되었다가 공부도 못 하고 야만을 면치 못하면 살아서 쓸데 있느냐. 너는 일청전쟁을 너 혼자 당한 듯이 알고 있나 보다마는, 우리나라 사람이 누가 당하지 아니한 일이냐. 제 곳에 아니 나고 제 눈에 못 보았다고 태평성세로 아는 사람들은 밥벌레라. 사람이 밥벌레가 되어 세상을 모르고 지내면 몇 해 후에는 우리나라에서 일청전쟁 같은 난리를 또 당할 것이라. 하루바삐 공부하여 우리나라의 부인 교육은 네가 맡아 문명 길을 열어 주어라." (중략)

(구) "네 졸업은 감축한다. 허허, 계집의 재조가 사나이보다 나은 것이로구나. 너는 미국 온 지 일 년 만에 영어를 대강 알아듣고 학교에까지 들어가서 금년에 졸업을 하였는데, 나는 미국 온 지 두 해 만에 중학교에 들어가서 내년이 졸업이라. 네게는 백기를 들고 항복 아니 할 수가 없다."

다 "내가 그대의 은혜를 받아서 오늘 이렇게 공부를 하였으니 심히 고맙소."
하니 일본 풍속에 젖은 옥련이는 제 습관으로 말하거니와, 구씨는 조선서 자란 사람이라 조선 풍속으로 옥련이가 아이인 고로 해라를 하다가 생각한즉 저도 또한 아이이라.

(구) "허허허, 우리들이 조선 사람인즉 조선 풍속대로만 수작하자. 우리 처음 볼 때에 네가 나이 어린 고로 내가 해라를 하였더니 지금은 나이 열여섯 살이 되어 저렇게 체대하니 해라 하기가 서먹서먹하구나."

(옥) "조선 풍속대로 말하자 하시면서 아이를 보고 해라 하시기가 서먹서먹하셔요?"

(구) "허허허, 요절할 일도 많다. 나도 지금까지 장가를 아니 든 아이라, 아이는 일반이니 너도 나더러 해라 하는 것이 좋은 일이니 숫접게 너도 나더러 해라 하여라. 그리하면 내가 너더러 해라 하더라도 불안한 마음이 없겠다."

– 이인직, 〈혈의 누〉

1_ 제시문 **가**를 읽고 개화기에 여성을 바라보는 태도에 대하여 말해 봅시다.

2_ 제시문 **나**의 내용을 요약해 보고, 이를 통해 〈혈의 누〉에 나타난 여성에 대한 시각을 정리해 봅시다.

3_ 제시문 **다**에서 구완서가 옥련에게 '해라체' 사용을 권유한 이유를 남녀평등의 관점에서 말해 봅시다.

Step_4 〈혈의 누〉에서 표방하는 결혼관

개화기 때 조선의 결혼 풍습을 살펴보고, 당시의 자유연애 결혼을 통해 여성의 위상과 정체성을 생각해 봅시다.

가-1 조선 풍속 같으면 청상과부가 시집가지 아니하는 것을 가장 잘난 일로 알고 일평생을 근심 중으로 지내나, 그러한 도덕상의 죄가 되는 악한 풍속은 문명한 나라에는 없는 고로, 젊어서 과부가 되면 시집가는 것은 천하만국에 부끄러운 일이 아니라. 정상 부인이 어진 남편을 얻어 시집을 간다.

가-2(옥) "그대는 부인이 계신 줄로 알았더니…… 미국에 오실 때 십칠 세라 하셨으니, 조선같이 혼인을 일찍 하는 나라에서 어찌하여 그때까지 장가를 아니 들으셨소."

　(구) "너는 나더러 종시 해라 소리를 아니 하니 나도 마주 하오를 할 일이로구, 허허, 허허. 그러나 말대답은 아니 하고 딴소리만 하여서 대단히 실례하였다. 내가 우리나라에 있을 때에 우리 부모가 내 나이 열두서너 살부터 장가를 들이려 하는 것을 내가 마다하였다. 우리나라 사람들이 조혼하는 것이 옳은 일이 아니라. 나는 언제든지 공부하여 학문 지식이 넉넉한 후에 아내도 학문 있는 사람을 구하여 장가들겠다, 학문도 없고 지식도 없고 입에서 젖내가 모랑모랑 나는 것을 장가들이면 짐승의 자웅같이 아무것도 모르고 음양배합의 낙만 알 것이라. 그런고로 우리나라 사람들이 짐승같이 제 몸이나 알고 제 계집 제 새끼나 알고 나라를 위하기는 고사하고 나라 재물을 도적질하여 먹으려고 눈이 벌겋게 뒤집혀서 돌아다니는 것이 다 어려서 학문을 배우지 못한 연고라. 우리가 이 같은 문명한 세상에 나서 나라에 유익하고 사회에 명예 있는 큰 사업을 하자 하는 목적으로 만리타국에 와서 쇠공이를 갈아 바늘 만드는 성력을 가지고 공부하여 남과 같은 학문과 남과 같은 지식이 나날이 달라 가는 이때에 장가를 들어서 색계상에 정신을 허비하면 유지한 대장부가 아니라. 이에 옥련아, 그렇지 아니하냐."

나 김관일은 딸의 혼인 언론을 하다가 구씨가 서양 풍속으로 직접 언론하자 하는 서슬에 옥련의 혼인 언약에 좌지우지할 권리가 없이 가만히 앉았더라.

　옥련이는 아무리 조선 계집아이이나 학문도 있고 개명한 생각도 있고, 동서양으로 다니면서 문견이 높은지라. 서슴지 아니하고 혼인 언론 대답을 하는데, 구씨의 소청이 있으니, 그 소청인즉 옥련이가 구씨와 같이 몇 해든지 공부를 더 힘써 하여 학문이 유여한 후에 고국에 돌아가서 결혼하고, 옥련이는 조선 부인 교육을 맡아 하기를 청하는 유지한 말이라. 옥련이가 구씨의 권하는 말을 듣고 조선 부인 교육할 마음이 간절하여 구씨와 혼인 언약을 맺으니, 구씨의 목적은 공부를 힘써 하여 귀국한 뒤에 우리나라를 독일국같이 연방도를 삼되, 일본과 만주를 한데 합하여 문명한 강국을 만들고자 하는 비사맥 같은 마음이요, 옥련이는 공부를 힘써 하여 귀국한 뒤에 우리나라 부인의 지식을 넓혀서 남자에게 압제받지 말고 남자와 동등 권리를 찾게 하며, 또 부인도 나라에 유익한 백성이 되고 사회상에 명예 있는 사람이 되도록 교육할 마음이라.

　세상에 제 목적을 제가 자기하는 것같이 즐거운 일은 다시없는지라. 구완서와 옥련이가 나이 어려서 외국에 간 사람들이라. 조선 사람이 이렇게 야만되고 이렇게 용렬한 줄을 모르고, 구씨든지 옥련이든지 조선에 돌아오는 날은 조선도 유지한 사람이 많이 있어서 학문 있고 지식 있는 사람의 말을 듣고 이를 찬성하여 구씨도 목적대로 되고 옥련이도 제 목적대로 조선 부인이 일제히 내 교육을 받아서 낱낱이 나와 같은 학문 있는 사람들이 많이 생기려니 생각하고, 일변으로 기쁜 마음을 이기지 못하는 것은 제 나라 형편 모르고 외국에 유학한 소년 학생 의기에서 나오는 마음이라.

－ 이인직, 〈혈의 누〉

1_ 제시문 **가**를 통해서 비판하고자 하는 조선의 결혼 풍습을 말해 봅시다.

....

....

....

....

2_ 제시문 **나**에는 자유연애를 통해 결혼하고자 하는 주인공의 마음이 드러나 있습니다. 여기서 알 수 있는 여성의 위상과 정체성을 말해 봅시다.

....

....

....

....

Step_5 문명개화

작가는 〈혈의 누〉에서 조선이 발전된 서구 문명사회를 본받아야 하며, 교육이 필요하다고 역설합니다. 이 관점에 대하여 각자 주장을 정하여 토론해 봅시다.

> **주장 1** 조선의 부국강병과 근대화를 위해 작가처럼 서구 문명을 적극 수용해야 한다.
> **주장 2** 서구적 모델에 의존하는 작가의 생각은 자주적 근대화를 저해함으로 옳지 않다.

가 평안도 백성은 염라대왕이 둘이라. 하나는 황천에 있고, 하나는 평양 선화당에 앉았는 감사이라. 황천에 있는 염라대왕은 나이 많고 병들어서 세상이 귀치 않게 된 사람을 잡아가거니와, 평양 선화당에 있는 감사는 몸 성하고 재물 있는 사람은 낱낱이 잡아가니, 인간 염라대왕으로 집집에 터주까지 겸한 겸관이 되었는지, 고사를 잘 지내면 탈이 없고 못 지내면 온 집안에 동토가 나서 다 죽을 지경이라. 제 손으로 벌어 놓은 제 재물을 마음 놓고 먹지 못하고 천생 타고난 제 목숨을 남에게 매어 놓고 있는 우리나라 백성들을 불쌍하다 하겠거든, 더구나 남의 나라 사람이 와서 싸움을 하느니 지랄을 하느니, 그러한 서슬에 우리는 패가하고 사람 죽는 것이 다 우리나라 강하지 못한 탓이라.

나 (서생) "오냐, 학비는 염려 말아라. 우리들이 나라의 백성 되었다가 공부도 못 하고 야만을 면치 못하면 살아서 쓸데 있느냐. 너는 일청전쟁을 너 혼자 당한 듯이 알고 있나 보다마는, 우리나라 사람이 누가 당하지 아니한 일이냐. 제 곳에 아니 나고 제 눈에 못 보았다고 태평성세로 아는 사람들은 밥벌레라. 사람이 밥벌레가 되어 세상을 모르고 지내면 몇 해 후에는 우리나라에서 일청전쟁 같은 난리를 또 당할 것이라. 하루바삐 공부하여 우리나라의 부인 교육은 네가 맡아 문명 길을 열어 주어라."
하는 소리에 옥련의 첩첩한 근심이 씻은 듯이 다 없어졌는지라.

그길로 횡빈까지 가서 배를 타니, 태평양 넓은 물에 마름같이 떠서 화살같이 밤낮없이 달아나는 화륜선이 삼 주일 만에 상항에 이르러 닻을 주니 이곳부터 미국이라.

다 김관일은 딸의 혼인 언론을 하다가 구씨가 서양 풍속으로 직접 언론하자 하는 서슬에 옥련의 혼인 언약에 좌지우지할 권리가 없이 가만히 앉았더라.

옥련이는 아무리 조선 계집아이나 학문도 있고 개명한 생각도 있고, 동서양으로 다니면서 문견이 높은지라. 서슴지 아니하고 혼인 언론 대답을 하는데, 구씨의 소청이 있으니, 그 소청인즉 옥련이가 구씨와 같이 몇 해든지 공부를 더 힘써 하여 학문이 유여한 후에 고국에 돌아가서 결혼하고, 옥련이는 조선 부인 교육을 맡아 하기를 청하는 유지한 말이라. 옥련이가 구씨의 권하는 말을 듣고 조선 부인 교육할 마음이 간절하여 구씨와 혼인 언약을 맺으니, 구씨의 목적은 공부를 힘써 하여 귀국한 뒤에 우리나라를 독일국같이 연방도를 삼되, 일본과 만주를 한데 합하여 문명한 강국을 만들고자 하는 비사맥 같은 마음이요, 옥련이는 공부를 힘써 하여 귀국한 뒤에 우리나라 부인의 지식을 넓혀서 남자에게 압제받지 말고 남자와 동등 권리를 찾게 하며, 또 부인도 나라에 유익한 백성이 되고 사회상에 명예 있는 사람이 되도록 교육할 마음이라.

– 이인직, 〈혈의 누〉

PROS&CONS

주장 1	
주장 2	

※ 시대 상황을 고려하여 〈혈의 누〉에 반영된 작가의 사상을 서술하고, 그 의의와 한계를 논술해 봅시다.

가 〈혈의 누〉는 1906년부터 〈만세보〉에 연재를 시작한 소설이며, 배경은 청일전쟁으로 말미암아 아비규환을 이룬 평양 일대이다. 이 와중에 일곱 살 난 옥련은 피란길에서 부모와 헤어지게 되고 부상을 입게 된다. 어쩌다 일본군에게 구출된 옥련은 이노우에(井上, 정상)라는 군의관의 도움으로 일본에 건너가 소학교를 다닌다. 그런데 그의 전사 소식을 들은 그의 부인은 양녀로 거두었던 옥련 때문에 재가하지 못함을 분하게 여기며 옥련을 구박하기 시작한다. 이에 옥련은 죽기로 결심하고 집을 나오지만 어디로 가야 할지 몰라 방황한다. 그러던 중 구완서를 만나 함께 미국으로 건너가 공부를 하게 된다. 옥련은 워싱턴에서 극적으로 아버지 김관일을 만나게 되고, 구완서와 약혼한다. 한편 평양에 있던 옥련의 어머니는 죽은 줄 알았던 딸의 편지를 받고 꿈같다고 생각한다. 이렇게 전쟁으로 인해 뿔뿔이 흩어졌던 가족이 서로 연락을 취하고 감격하는 것을 끝으로 이 소설은 막을 내린다.

나 〈혈의 누〉는 청일전쟁 당시 평양의 참상을 시작으로 하여, 그 후 10년 동안 조선, 일본, 미국을 무대로 삼아 옥련과 그의 일가, 그리고 구완서라는 인물을 통해 한 가족의 기구한 운명과 개화기의 시대상을 그리고 있다.

지금까지 많은 연구자들은 〈혈의 누〉의 주제를 자주독립 의식의 고취, 사회와 정치의 개혁, 신학문의 섭취와 교육의 필요성 역설, 남녀평등 사상의 고취, 자유 결혼, 조혼 폐지, 재가 허용 등으로 파악해 왔다. 〈혈의 누〉가 이러한 내용을 담고 있는 것은 사실이지만, 소설의 내면을 자세히 살펴보면 주제가 일관된다고는 할 수 없다.

다 이인직은 청일전쟁이 조선에서 일어난 것은 우리 민족이 약하기 때문이라고 생각하고, 우리 민족이 약한 이유는 일본처럼 근대화하지 못했기 때문이라고 믿는다. 또 청일전쟁에서 일본은 조선을 도와주기 위한 시혜자의 역할을 하고 있다고 파악하고, 작품 속 일본인을 착한 이웃의 모습으로 그린다. 우리나라를 식민지로 삼으려 하는 일본을, 우리를 돕는 착하고 강한 나라로 생각하며 우리도 그들처럼 강해져야 한다는 모순된 논리를 펼친다. 이인직은 일본 말고는 다른 어떤 근대화도 알고 있지 못하기 때문이다.

개화기라는 짧은 시간 동안 우리나라에선 급격한 변화가 이루어졌다. 이때, 무지몽매한 상태의 조선과 조선인을 보는 일본 유학생 이인직의 심정은 답답하기 그지없었을 것이다. 그래서 조선이 근대화되고 강해지기 위해서 일본을 따라가야 한다고 생각한 이인직은 의도하거나 계획하지 않고 당연한 마음으로 친일 문학을 통한 친일 활동은 펼쳤다. 그에게는 그 활동이 애국이었던 것이다.

라 이인직의 왜곡된 사상이 표현된 작품이 바로 〈혈의 누〉이다. 〈혈의 누〉는 표면적으로 남녀평등 사상과 자유 결혼, 조혼 폐지 등을 주장하고 있다. 하지만 이런 주장은 결국에 개화사상과 연관된 주제를 드러내기 위한 것에 지나지 않으며, 이와 마찬가지 이유로 우리의 습속이나 가치관 등은 지나치게 비하하는 우를 범한다. 그리고 여성 인물들의 경우도 남녀평등 사상을 받들어 개화한 듯한 자세를 취하지만 결국은 아버지의 뜻, 남편의 뜻에 복종하는 모습을 보여 준다. 깊이 각인되어 몸에 밴 습관은 쉽게 고쳐지지 않는다. 〈혈의 누〉 속 여성 인물들 역시 철저한 여필종부(女必從夫) 사상의 기반 위에서 행동하고 사고할 뿐이다.

	개요짜기
서론	
본론	
결론	

문명의 이념과 신소설 〈혈의 누〉

I. 서론

1. 연구사 검토 및 문제 제기

〈혈의 누〉는 국초 이인직(李人稙)이 1906년부터 1907년에 걸쳐 〈만세보〉에 연재한 신소설이다. 이 작품에 나타나는 문명의 이념과 전시국제공법이라는 제도에 주목하여 그 관계 양상을 살펴보자.

1894년의 청일전쟁과 1904년의 러일전쟁에서 일본은 전쟁의 승리와 함께 전시국제공법을 준수함으로써 서구 국가들로부터 '문명국'으로 인정받는 것을 또 하나의 목표로 삼았다. 전시국제공법은 1864년에 스위스에서 체결된 제네바 조약과 뒤이어 체결된 몇 개의 선언과 법규 등을 아울러 지칭하는 것으로, 일본은 1866년에 제네바 조약에 가입하였다. 이 조약의 기본 이념은 인도주의에 입각하여 전쟁터에서 국적을 불문하고 부상자를 구호해야 한다는 것이었다.

〈혈의 누〉에서 일본 군의가 피란민 옥련을 구호하는 서사 구조는 전시국제공법의 이념을 전형적으로 형상화한 장면이다. 서사 구조뿐만 아니라 이 장면에 나타나는 적십자 간호사라든지 독한 약이 섞이지 않은 일본군의 총탄과 같은 물품은 모두 전시국제공법에서 기본 이념으로 제시되었던 인도주의 사상을 실현하는 장치이다. 따라서 이인직은 〈혈의 누〉에서 전쟁을 인도주의적으로 수행하여 문명국으로 인정받으려는 일본의 이념을 그려 낸 셈이다. 이와 같은 인식을 토대로 이인직이 〈혈의 누〉에서 부상당한 한국인 소녀를 일본인 군의가 구해 준다고 설정한 진정한 의도와 전시국제공법을 준수하여 문명국으로 평가받으려 했던 일본의 자세를 이인직이 어떻게 평가하고 있었는지 밝혀 보고자 한다.

이인직의 〈혈의 누〉는 그의 실질적인 처녀작이며 전쟁 장면을 서두에 배치했다는 특이성 때문에 많은 연구가 이루어졌다. 이러한 연구들은 이인직과 관련된 '객관적인 자료의 발굴과 소개 단계'로 시작되었고, '서사 구조에 대한 분석'을 거친 뒤에 점차 '작품에 깃들어 있는 식민 지배자의 내밀한 시선과 시대적 배경으로서의 개화 논란'의 단계로 확대되었다. 그리고 앞선 연구들에서는 〈혈의 누〉의 특징으로 일본을 상징하는 일본군 헌병과 정상 군의가 한국을 상징하는 최씨 부인과 옥련을 보호한다는 구조가 작가 이인직의 친일적인 성향에서 비롯되었다는 점을 지적한다. 〈혈의 누〉가 청일전쟁의 평양 전투 장면에서 시작되는 것도 이인직의 친일적 성향과 관련된 것으로 치부되어 왔다. 이러한 설정들이 일본을 옹호하려는 이인직의 자세에서 비롯한 것이라는 견해에는 의심의 여지가 없을 것이다. 그런데 전쟁터에서 부상 주민을 구호한다는 서사의 이면에 문명국으로 인정받으려는 일본의 의도가 자리 잡고 있음을 지적한 연구는 거의 없었다. 그러므로 이인직이 〈혈의 누〉의 출발점에 청일전쟁을 끌어들인 진정한 의미에 대해서도 명확한 분석이 이루어졌다고 볼 수는 없다.

이인직이 〈혈의 누〉의 배경으로 그가 종군했던 러일전쟁이 아니라 청일전쟁을 선택한 이유가 '청일전쟁은 한국에서 청국의 지배권을 제거함으로써 한국이 독립국으로 거듭날 수 있는 기회였지만 러일전쟁은 종전(終戰)과 거의 동시에 한국이 일본의 보호국이 됨으로써 미래의 가능성을 열지 못했다.'는 역사와 관련이 있다는 연구가 있다. 비슷한 시기에 창작되었던 다른 신소설에서도 러일전쟁은 흔적을 찾기 어렵지만 청일전쟁은 몇몇 작품의 무대가 되었다는 연구자의 지적은 신중히 검토해 볼 필요가 있다. 그러나 이 역시 이인직이 왜 소설의 배경을 전쟁으로 삼았는지에 대해서 적절한 해답을 제시하지 못한다. 그래서 이 글을 통해 이와 같은 물음에 알맞은 답을 제시해 보고자 한다.

2. 연구의 시각 및 연구 방법

이 글은 전쟁터의 피란민 옥련이 일본 군의에 의해 구호되는 소설의 흐름이 전시국제공법에 명시된 '인도주의에 입각한 국적과 상관없는 부상자 구호'라는 이념을 형상화한 것으로 볼 수 있다는 점에서 출발한다. 전시국제공법은 현대의 국제 사회에서는 전쟁법(Law of War) 혹은 국제 인도법(International Humanitarian Law) 등으로 불린다. 그런데 이인직이 〈혈의 누〉를 발표한 1906년 전후에는 전시국제공법이라는 용어가 한국에 퍼져 있지 않았다. 〈혈의 누〉가 연재되었던 〈만세보〉나 당대 2대 매체였던 〈황성신문〉과 〈대한매일신보〉에서도 이 용어를 거의 찾아볼 수 없다. 한편 일본은 1886년에 제네바 조약에 가입한 이후 전쟁과 관련된 국제 법규를 수용하기 위해 힘썼다. 《일청전역국제법론》을 통해 전시국제 공법을 육군의 지도층을 중심으로 적극적으로 수용하려 하였으며, 국제법학자 아리가는 러일전쟁 발발 직후인 1904년에 일반 독자를 대상으로 《전시국제공법》을 펴냈다. 이인직이 〈혈의 누〉에서 전시국제공법이라는 용어를 사용한 것도 앞서 언급한 아리가의 저서에 의거한 것으로 추측된다. 전시국제공법은 그 시초인 제네바 조약이 체결되었을 때만 해도 인도주의 사상이 강조되었으나 본질적으로는 향후 전쟁을 치를 의사가 있는 국가에 의해 체결되어 왔다. 2장에서는 일본이 전시국제공법을 수용한 역사로부터 출발하여 청일전쟁에서 처음으로 준수의 중요성이 선전된 것, 그리고 전쟁을 '문명 전쟁'이라는 이념으로 끌고 가는 과정을 살펴보고자 한다.

그리고 전시국제공법의 준수가 문명국의 일원이 되는 길이라는 이념이 〈혈의 누〉에 존재한다는 것은 이 작품 속에 러일전쟁이 아닌 청일전쟁을 끌고 왔다는 사실과도 관련이 있다. 일본은 청일전쟁의 초기부터 전시국제공법의 이념을 선전해 왔다. 이인직은 이와 같은 이념을 일본 유학 시절에 도쿄정치학교의 강의에서 알게 되었으리라고 짐작된다. 국제법학자 아리가는 도쿄정치학교의 강사였고 이 학교의 교과목 일람표에는 2학년 이수 과목으로 '국제공법(국제법의 연혁, 평시국제법, 전시국제법의 연구)'이 명시되어 있다. 일본을 본받아 한국 역시 문명국을 지향해야 한다고 생각했던 이인직으로서는 일본이 내건 문명의 이념에 귀 기울였을 것이다. 하지만 1904년 2월부터 5월까지 러일전쟁에서 한어통역으로 종군하면서 보게 된 일본군의 모습은 문명 정신에 입각했다고 보기 어려운 참혹한 모습이었을 것이다. 따라서 이인직에게 러일전쟁은 소설로 형상화하기에는 너무 가혹하고 추악한 것처럼 여겨졌다고 짐작되며 대신에 전시국제공법이 준수되어 문명의 정신과 함께 수행되었다고 들었던 청일전쟁을 소설로 형상화했을 것이다. 그리고 이런 추측을 하면 〈혈의 누〉 어딘가에 일본의 '비문명국'스러운 모습이 그려져 있지 않을까 하는 의문이 생긴다. 그래서 3장에서는 종군 이전에 이인직이 갖고 있던 생각을 확인해 보고, 이인직의 종군 과정을 검토하여 그것이 이인직에게 미친 영향을 분석할 것이다.

이인직은 1905년 5월 러일전쟁의 한어통역에서 해고된 뒤 1910년 한일 합병에 이르기까지 쉴 새 없이 다양한 활동을 계속했다. 이 시기 이인직은 흔들림 없이 친일적 자세를 유지한 것처럼 보이며, 반일과 친일 사이에 다양한 스펙트럼이 존재했던 당시의 분위기에 비추어 볼 때 그는 특이한 존재였다. 필자는 이것이 이인직의 친일적 성향이 강했기 때문이라기보다는 러일전쟁의 종군 과정에서 그가 목격했을 것으로 짐작되는 일본군의 실태와 관련이 있다고 생각한다. 그래서 친일적 인물의 제1인자로 친일적 성향을 일관되게 유지했다고 평가되는 이인직이, 현실적으로는 일본에 아주 가까운 자세를 취했다고 해도 일본의 사상에 대해 부정적인 생각도 있었으리라고 판단된다. 이 문제는 4장에서 자세히 살펴볼 것이다. 그러기 위해 이인직의 러일전쟁 종군 과정을 검증하고, 전시국제공법의 준수가 문명국으로 인정받는 길이라는 일본의 이념을 청일전쟁과 러일전쟁에서 일본군이 보여 주었던 실태와 대조시켜 분석한 뒤 〈혈의 누〉를 '전쟁터의 피란민 옥련 구호하기' 장면을 중심으로 분석할 것이다.

Ⅱ. 청일전쟁은 문명 전쟁

1. 전시국제공법과 문명 전쟁의 이념

이인직의 러일전쟁 종군 과정을 검증하기 전에 전시국제공법을 준수하면서 전쟁을 수행하는 것이 문명국으로 인정받는 길이라는 이념이 어떤 방식으로 선전되고 국민에게 인식되었는지를 검토해 보고자 한다.

아리가의 저술서인 《전시국제공법》 제3장 '전시공법의 성문'의 제1절 '전규(戰規)'에 관한 국제 조약'을 보면 전시국제공법의 정의와 범위를 알 수 있다.

전시공법도 평시공법과 마찬가지로 꼭 성문이 있는 것은 아니다. 일부분은 문명국의 대부분이 가맹한 국제 조약으로 구성되어 있고 일부분은 문명국 간의 전시의 관례로 구성되어 있으며 이들을 아울러 전쟁의 법규 관례라고 한다. (중략) 금일 존재하는 국제 조약은 다음과 같다.
(一) 1858년 파리 공회의 선언, 즉 해안 봉쇄의 유효 조건을 정하고 개인 선박을 해상 포획의 목표로 삼는 것을 금하여 포획해야 할 선박 화물을 한정한 것.
(二) 1864년 제네바 만국회의에서 체결된 조약, 즉 전쟁터에서 부상당한 병사의 상태를 개량하는 일에 관한 것.

(三) 1868년 상트페테르부르크 만국회의의 선언, 즉 불필요한 고통을 증대시키고 또는 사망을 필연으로 하는 무기 사용을 금한 것.

(四) 1899년 헤이그 평화회의에서 체결된 육전의 법규관례에 관한 조약 및 이에 동반되는 세 가지 선언.

(五) 1899년 헤이그 평화회의에서 체결된 1864년 제네바 조약의 원칙을 해전에 응용하는 조약.

　(二)의 '제네바 만국회의에서 체결된 조약'이 모든 전시국제공법의 기반이자 출발점이 되는 제네바 조약, 통칭 적십자 조약이다. 그 중심 조항인 제6조에는 "부상을 당하거나 질병에 걸린 군인은 어느 나라에 속해 있든지 불문하고 간호해야 한다."는 문구가 명시되어 있다. 1866년 제네바 조약에 가맹한 일본은 가맹 직후부터 그 내용을 군 내부에 보급하는 데 힘쓴 것으로 보인다. 당시 육군 대신이었던 오야마 이와오는 조약의 주석서 〈적십자조약 해석〉을 작성하고 모든 장병에게 배포하였다. 형식적인 조약 가맹에 만족하지 않고 실제 '운영'을 담당할 장병에게 그 철저한 이해를 요구하고 있는 것은 실제 운영의 기회, 즉 전쟁이 언제든지 일어날 수 있다는 당시 일본의 기본적인 인식을 보여 주는 것이다. 청일전쟁에서는 1894년 7월 25일 풍도 앞바다에서 해전이 일어난 뒤 8월 1일에 선전 조서(宣戰詔書)가 내려져 거기에 '국제법'에 의거해 전쟁을 수행해야 한다는 이념이 명시되었고 육군 대신 오야마가 병사에게 배포한 훈시(訓示)에도 문명의 공법 준수 필요성이 명시되었다.

　여기서 주목해야 할 것은 문명이라는 어휘가 인도주의적인 구호 활동의 의미뿐만 아니라 몇 가지 다른 의미로도 사용되었다는 사실이다. 후쿠자와 유키치는 청일전쟁을 '문야(文野)의 전쟁'으로 정의하면서 '동양에서 서구 문명을 대표하는 일본과 전통적 동양 문명 즉 야만을 대표하는 청국 사이의 전쟁'이라고 주장하였다. 교전 상대 국가를 명확히 '야만국'으로 몰아넣는 일이 공공연했던 것이다. 당시 일본 국민들의 적극적 협조도 '문명의 전쟁'이라는 이데올로기가 자국민들에게 받아들여졌기 때문으로 해석할 수 있다.

2. 아리가 나가오와 도쿄정치학교

　위에서 살펴본 것처럼 청일전쟁의 시작을 전후하여 일본에서는 문명의 공법이라 지칭되었던 전시국제공법을 준수해야 한다는 목소리와 함께 문명의 전쟁이라는 이념이 고취되었다. 앞에서 아리가 나가오의 저서 중 《일청전역국제법론》과 《전시국제공법》을 언급했는데 이보다 앞선 저서로 《만국전시공법 – 육군조규》가 있다. 특이할 만한 점은 앞에서 언급한 두 책에서는 '문명 전쟁' '문명 교전' '문명 국민이 지켜야 하는 전율' 등의 어휘가 난무하는데 비해 《만국전시공법》에는 '공법주의' '인의박애주의' '인애주의' 등의 어휘는 있어도 '문명 전쟁' '문명 국민'과 같은 어휘를 전혀 찾을 수 없다는 것이다. 이 사실은 국제법학자 아리가가 청일전쟁의 시작을 전후하여 일본 당국이 선전했던 '문명 전쟁'의 이념을 받아들인 것으로 볼 수 있다. 일본은 청일전쟁에서 교전 상대국을 '비문명국'으로 몰아넣음으로써 문명의 이념을 강조하였고, 이를 국민의 감정을 하나로 묶는 데에 이용했던 것이다. 그리고 대외적으로는 전시국제공법을 준수하는 국가라는 인상을 확실히 줌으로써 문명국으로 인정을 받아 당시 현안이었던 불평등 조약을 개정하겠다는 의도가 있었다.

당시 국제법학자 아리가는 1905년 7월 간행된 〈국제법잡지〉에서 러일전쟁에 종군했던 다른 국제법학자들과는 달리 유일하게 만주총독부 고문이자 법학박사의 직함으로 명부의 가장 앞에 게재될 만큼 일본으로부터 높게 평가받고 있었다. 이인직이 그의 강의를 수강했는지 여부는 확인할 길이 없지만, 그의 강의가 아니더라도 도쿄정치학교에는 국제공법이란 교과목이 있었다. 또한 청일전쟁 이후 일본에서 전시국제공법 준수와 함께 문명 전쟁의 이념이 널리 선전되었다는 점을 감안하면 이인직 역시 전시국제공법과 문명 이념에 대해 잘 알고 있었다고 짐작할 수 있다.

3. 〈미야코〉 신문 동료의 평양 전투 미담

이인직이 일본 유학 시절에 도쿄정치학교에서 전시국제공법 준수가 문명국으로 인정받는 길이라는 이념을 접하게 되었다면, 청일전쟁이 문명 전쟁이라는 일본의 주장을 신뢰하게 된 요인 중 하나로 어떤 일본인 기자가 쓴 청일전쟁 종군기를 들 수 있다. 이인직은 〈혈의 누〉 도입부에서 청일전쟁의 평양 전투를 묘사하여 전란 속에서 흩어져 가는 옥련 일가의 모습을 그렸다. 그런데 최근에 이루어진 어떤 연구에서 그가 〈미야코〉 신문사의 견습생이었던 시절 동료 기자였던 치즈카 레수이가 청일전쟁 때 〈호치〉 신문사의 종군 기자로 한국에 건너갔고 그때의 기록을 남겼다는 사실이 밝혀졌다. 이로 말미암아 이인직이 거기서 작품의 모티프를 얻었을 것이라는 추측이 가능해졌다. 치즈카는 1894년 6월 9일 근무처였던 〈호치〉 신문사에서 한국으로 건너가 취재하라는 명령을 받았다. 그는 아산과 평양에서 일본군의 전투를 직접 보고 동년 12월에 4개월 간의 종군기를 엮은 《진중일기(陣中日記)》를 간행했다. 치즈카가 그린 평양 전투의 모습과 〈혈의 누〉 속의 묘사가 아예 똑같지는 않다. 그러나 이인직이 치즈카의 글을 참고하였다고 짐작되는 부분은 몇 군데 있다.

첫째는 평양 전투가 1894년 9월 15일 새벽에 시작되어 그날 밤에 이미 승패가 가려졌다고 서술한 부분이다. 둘째는 일본군이 9월 12일 새벽에 평양 대동강가에 도달하여 다른 일본군 부대와 함께 평양성을 포위한 뒤 15일 새벽에 공격을 시작할 때까지 치즈카가 일본군의 위생대 본부가 자리 잡고 있었던 어떤 큰 소나무 밑에서 휴식을 취하고 거기서 위병대장과 교류를 갖고 식사도 함께했다고 서술한 부분이다. 셋째는 대동강을 배로 건너가서 피란 가려는 한국인 주민 수십 명이 청군에게 난사당하는 것을 일본군이 구출하였고, 일본군 여단장은 그들에게 밥과 잔돈을 주었다는 삽화이다. 그때 구출된 '한인의 대부분은 노유부녀(老幼婦女)'였다는 점도 비슷하다.

일본군이 한국인 피란민을 구했다는 삽화는 사실인지 아니면 전쟁터의 미담으로 조작된 일인지 판단하기 어렵다. 하지만 전투로 인하여 엄청난 평양 주민들이 죽거나 다쳤음에도 그런 참상은 하나도 그리지 않고 아름다운 구출담만 존재한다는 것은 의심스러운 일이다. 이러한 전쟁 미담은 청일전쟁에서 일본이 선전했던 문명 교전의 이념과 같은 것으로, 적어도 러일전쟁에 종군하기 전의 이인직이라면 쉽게 받아들일 수 있는 이야기일 것이다. 이런 의미에서 〈혈의 누〉의 기본적인 얼개는 그가 러일전쟁에 종군하기 전에 이미 어느 정도 구상해 놓았다고 추측할 수 있다. 그런데 치즈카의 종군기에서도 일본 당국이 그토록 선전했던 문명 정신 혹은 문명 전쟁과 같은 어휘를 찾을 수 없다. 아마도 치즈카가 전쟁터를 직접 목도하고 일본에서 선전하는 문명 교전의 이념과 전쟁터의 혹독한 현실과의 괴리를 알아차려 문명이라는 어휘를 쓰지 않았을까 추정한다. 하지만 그는 어디까지나 일본의 승리를 전하기 위해 신문사 대표로 특파된 언론인이었기 때문에 일본군과 관련된 전쟁터의 어두운 측면이나 한국 주민들이 희생해야 했던 '점령'이나 징발에 대해서는 이인직에게 전해 주지 않았다고 짐작된다.

이처럼 이인직은 도쿄정치학교에서 수강하고 〈미야코〉 신문에서 견습생 생활을 하면서, 전시국제공법의 준수가 일본이 문명국으로 인정받는 길이라는 이념을 반복적으로 흡수했을 것이다. 이후 이인직은 1903년 7월 도쿄정치학교를 졸업하고, 이듬해 2월부터 러일전쟁에서 한어통역으로 일본 육군성 제1군 사령부 소속으로 종군한다.

Ⅲ. 이인직의 러일전쟁 종군과 일본관

1. 종군 전 이인직의 일본관

이인직은 1903년 5월 5일에 〈미야코〉 신문에 〈한국 신문 창설 취지서〉를 발표하였다. 여기서 그는 한국인은 우선 '이족(異族)인 구미인(歐美人)의 감촉을 상하지 않게 노력해야 하며, 동족(同族)인 일본인과는 친밀하게 지내야 한다'고 말한다. 이인직의 '일본관'과 함께 여기서 주목해야 할 것은 그의 '구미관'이다. 이인직이 생각하는 '구미인'은 함부로 다가가지 못하는 상대이며 외경과 신중성을 요하는 존재인 듯하다. 그리고 문명 부강을 지향하는 한국은 '동양의 문명국' 일본에 그 의지를 호소하여 '감응(感應)의 동정(同情)'을 얻어야 하지만 한국의 민중들이 '무서운 전쟁의 역사에 대한 관념'을 갖고 있어서 일본인과 친밀하게 지내기 어렵다고 생각하는 듯하다.

이인직이 생각하는 우리 민족의 일본관과 구미관이 정확하다고 볼 수는 없다. 우리 민족은 1898년을 전후하여 러시아가 한국의 내각과 궁중에서 세력을 확대해 나가는 양상에 분노하여 심각한 반러 감정을 가지고 있었다. 이인직의 생각과 달리 민중들은 구미 국가인 러시아를 증오하고 있었던 것이다. 따라서 이인직은 민중들의 반러 감정을 인식하지 못한 채 〈한국 신문 창설 취지서〉를 발표했다고 봐야 할 것이다. 일본에 대한 민중의 인식도 러일전쟁 발발을 전후하여 미묘하게 변하여 러시아와 일본 가운데 일본의 편을 들려는 정서가 나타나고 있었다. 이인직은 일본 유학을 마치고 귀국한 뒤에야 한국인의 감정 변화를 알게 되었을 것이다. 그러다가 1904년 2월 러일전쟁이 터지면서 그는 한어통역으로 종군하였으며, 이 종군 경험이 후에 이인직의 활동에 영향을 준다. 한어통역에서 해고된 후 귀국한 그가 친일적 태도를 유지해 가는 데에도 결정적 역할을 한 것으로 짐작된다.

2. 러일전쟁 종군과 전쟁터의 비문명성

1904년 6월 도쿄에서 출판된 《전지직업안내》는 러일전쟁의 전쟁터에서 여러 업무에 종사하는 비전투원의 모집 상황과 대우를 소개하고 있다. 이 책은 한어통역에 대해 '한어는 재(在) 한국 본방인(本邦人) 가운데 정통하는 자가 많고 지원자도 가장 많으나 채용은 매우

적은 모양이다. 봉급은 아주 낮다.'고 적혀 있다. 이인직은 러일전쟁에서 '육군 통역(판임관 대우)'이었으며, 말단 관리 대우를 받았던 것으로 추측된다. 또한 1907년 9월 일본의 육군 대신 데라우치 마사다케가 러일전쟁에서 공적이 큰 한국인에게 상을 수여하자고 이토 히로부미에게 건의하였는데, 28명의 대상자 명단에 이인직도 포함되었다. 이와 같은 사실들을 고려하면 이인직은 판임관 대우로 많진 않지만 종군 기간 동안 어느 정도의 봉급과 대우를 보장받았을 것이며, 맡은 임무를 착실하게 수행하여 일본군에 크게 공헌했음을 알 수 있다.

이제 이인직의 러일전쟁 종군 과정을 여러 기록물들을 참고하면서 검토해 보고자 한다. 러일전쟁은 1904년 2월 6일에 일본 해군이 마산항에 상륙하여 전신국을 점령하면서 시작되었다. 이어서 2월 8일에는 인천항에서 러시아 군함 두 척을 공격한 뒤 수송선으로 일본 육군의 선견대가 인천에 상륙하였다. 이후 각 부대별로 군항이 있는 히로시마에 집합하는 시일이 정해졌으며, 이인직이 소속했던 사령부는 2월 22일에 집합을 도모한 것으로 되어 있다. 이인직이 통역으로서의 종군을 2월 22일부터라고 서술하고 있는 것과 일치하는 대목이다. 그리고 제1군 사령관이 3월 14일에 히로시마 근교의 우지나[宇品]를 출항한 것으로 되어 있어 사령부 소속이었던 이인직도 함께 출발하여 진남포로 향한 것으로 짐작된다. 〈혈의 누〉에서는 군의인 정상 소좌가 요동반도에서 전사한 뒤 정상 부인이 옥련에게 냉담해지기 시작하여 옥련이 마침내 자살을 결심하고 일본 오사카만에서 고향인 평양을 떠올리는 장면이 있다.

내 몸이 저 물에 빠지거든 이 물에서 썩지 말고 물결, 바람결에 몸이 둥둥 떠서 신호·마관 지나가서 대마도 앞으로 조선 해협 바라보며 살같이 빨리 가서 진남포로 들어가서 대동강 하류에서 역류하여 올라가면 평양 북문 볼 것이니 이 몸이 썩더라도 대동강에서 썩고지고. 물아 부탁하자, 나는 너를 쫓아간다.

이인직 역시 앞서 언급한 것처럼 일본군의 수송선을 타고 서해를 북상하여 진남포에 상륙한 것으로 추정된다. 이처럼 이인직이 종군 과정에서 일본군 측의 일원으로 일본에서 한국으로 건너간 경험이 〈혈의 누〉 곳곳에서 소설적 상상력으로 반영되어 나타나고 있다. 이후 제1군은 진남포에 상륙한 뒤 평양으로 진군해 사령부는 평양에 머물고 다른 부대는 '남만주(南滿洲)'를 향하여 서북부로 전개해 나갔다. 다음의 《일러전사》 기록을 보면, 군사령관이 계속 평양에 머물렀다가 4월 5일에 제1군 전군이 의주(義州) 부근까지 진군하여 개진한다는 명령을 역시 평양에서 내렸음을 알 수 있다. 적어도 3월 21일부터 4월 5일까지의 보름 정도는 군사령관과 군사령부가 평양에 머물러 있었던 셈이다.

군사령관은 (3월) 14일에 (히로시마)를 출발하고 진남포에 도착해 다음과 같은 정보를 얻었다.
군사령부는 (3월) 21일에 수로 평양에 (도착하고) 군병참감부는 (3월) 12일에 진남포에 상륙하고 20일 동지(同地)를 출발하여 22일에 평양에 이르렀다.
그간 군사령부는 평양에 있었다. (4월) 3일까지 얻은 정보에 의하면…… 군사령관은 7일부터 전군을 전진시킴을 결정하여 5일 평양에서 의주(義州) 부근 개진에 관한 명령을 내렸다.

이인직이 꼭 군사령부와 군사령관의 주둔지에 함께 있었다고 판단할 수는 없다. 하지만 1908년에 이인직이 통역의 공로를 인정받아 공로금을 받게 되는 것으로 볼 때, 그가 군 지도부의 눈에 닿는 곳에 늘 있었던 것으로 추측할 수 있다. 그래서 여기서부터는 그가 군사령관 및 군사령부와 함께 행동하였다고 가정하여 논지를 진행시키고자 한다.

군사령관이 제1군 전체 4월 7일부터 전진하라는 명령을 내린 후, 군사령관과 군사령부 역시 평양에서 전진하기 시작한다. 군사령부는 4월 7일부터 21일까지 2주일 동안에 평양에서 의주까지 약 190킬로미터 정도를 진군하였다. 이인직에게 이 행군은 결코 쉽지 않았을 것이다. 체력적으로 힘든 일이었을 뿐만 아니라 최전방에서 멀리 떨어진 평양에 머물렀던 그에게는 바로 앞에 적군이 버티고 있는 의주 부근에서의 근무란 엄청난 긴장과 부담을 느끼게 했을 것이기 때문이다.

〈혈의 누〉에는 화자가 전시국제공법을 거론하면서 일본군 병사들이 주민이 피난을 가버린 빈집에 '함부로 들어간다'는 묘사가 있다. 이인직은 일본군과 함께 행동하면서 그런 행세를 수없이 목격했을 것이다. 전시국제공법에 의거하여 전시에 군인들이 빈집을 점령하는 것이 허용된다고 해도 그것은 어디까지나 전쟁 당사자 국가들의 논리이지 전쟁터나 보급 기지가 된 지역의 주민들에게는 그런 짓을 당할 만한 이유가 하나도 없다. 그리고 청일전쟁과 러일전쟁 모두 한국은 전투 당사자가 아니었으며 제3국끼리의 싸움임에도 불구하고 전쟁터가 되어 버린 지역의 주민들은 외부에서 일방적으로 가해지는 폭력에 시달려야 했다. 한국인이면서 일본군에 종군했던 이인직에게 당시 주민들과 그 지역의 모습은 어떻게 비춰졌을까?

평시절 같으면 이웃 사람도 오락가락하고 방물장수, 떡장수도 들락날락할 터인데, 그때는 평양성 중에 살던 사람들이 이번 불 소리에 다 달아나고 있는 것은 일본 군사뿐이라. 그 군사들이 까마귀 떼 다니듯이 하며 이집 저집 함부로 들어간다.

본래 전시국제공법(戰時國際公法)에, 전장에서 피란 가고 사람 없는 집은 집도 점령하고 물건도 점령하는 법이라. 그런고로 군사들이 빈집을 보면 일삼아 들어간다.

신사상(新思想)이 전면에 내세워진 〈혈의 누〉에서는 전시국제공법 역시 몇몇 신사상 가운데 하나로 취급되어 있는 듯하다. 위의 인용문 역시 〈혈의 누〉에서 일관되게 찾아볼 수 있는 일본 옹호의 자세가 아낌없이 발휘된 장면이다. 그런데 왠지 나중에 덧붙인 해명과 같은 느낌이 든다. 〈혈의 누〉에서는 위의 인용문 전에 화자가 김관일의 사고를 묘사하면서 평양 선화당에 앉아 있는 감사의 학정을 배제하며 동시에 조선이 강한 나라가 됨으로써 백성들이 목숨과 재물을 보존해야 한다고 서술되어 있다. 새로운 시대에 개인의 자산 보존은 꼭 확보되어야 하는 권리이다. 그러나 예외적으로 '전시(戰時)에는 점령군에 의한 개인 자산의 점령이 허용된다.'는 것은 독자에게 상당한 모순으로 비춰질 수 있다. 이런 해명은 점령당한 주민들의 분노만 더할 뿐이다. 이인직 역시 그런 상황이 이해하기 힘든 일임을 잘 알고 있었을 것이다. 일본군에 의한 빈집 점령은 전쟁이라는 '근대적인 제도' 아래 괴이하고 비인간적인 짓들이 당당하게 행해진다는 것을 뜻하며, 진정한 근대화를 향한 시대의 의지에 역행하는 일로 비춰진다. 러일전쟁에서 한국은 전쟁터가 되었다기보다 일본군이 행군하는 통로이자 병참 기지였던 것이다. 1904년 2월에 강제적으로 맺어진 한일의정서로 인해 한국은 일본군이 진군하는 데에 편의를 제공하겠다고 약속하였고, 그 조항을 앞세워 일본군은 점령, 징발 등을 노골적으로 실시하였다. 여기서 '빈집 점령'이 어떤 식으로 일어났는지를 알아보기 위해 러일전쟁 종군 기자였던 한 미국인이 남긴 종군기를 살펴보고자 한다.

1904년 3월 12일, 순안(順安).

사오천 명 정도의 주민이 살고 있던 순안 마을은 지금은 거의 텅 비어 있다. 이미 문과 창문이 없어지기 시작했고 집 안은 텅 비어 있다.

일개 중대 병력을 보유한 중대장이 마을을 장악하고 있었다. 매일 저녁 남쪽에서 도착하여 그다음 날 아침 다시 북쪽으로 떠나는 병사들에게 숙소를 할당하는 일 외에 모든 일을 맡아서 하는 사람이 바로 이 일본 육군 중대장이었다. 물론 이렇게 끝도 없이 이어지는 병사들의 행렬에게 주어지는 집들은 주인들이 버리고 간 집들이었다. 그런데 그 마을 주민들뿐만 아니라 그 주위에 살고 있는 주민들도 벌써 피난을 가 버린 후였다. 십 년 전에 중국군이 들어왔을 때 이미 그들은 병사들에 의해 장악되는 것이 무엇을 뜻하는 것인지 알게 된 것이다. 이번에는 러시아 정탐대가 왔다 돌아갔고, 그 뒤를 이어서 일본군이 들어온 것이다. 역사의 소용돌이를 겪으면서 주민들은 산으로 은신처를 옮긴 것이다.

인용문의 글쓴이와 이인직이 같은 광경을 봤다고는 확신할 수 없지만 마을 주민들의 모습과 일본군 병사들의 행세에 대한 묘사는 참고할 만하다. 위 글에서 주민들은 10년 전 청일전쟁 때에 당했던 일을 교훈으로 미리 피난을 가 버렸다고 짐작되며 그만큼 오랜 세월 불편을 겪어야 했을 것이다. 더욱이 일본군 병사들의 행렬은 끝도 없이 이어지고 그럴 때마다 주민들이 살다 간 빈집이 병사들의 숙소가 되었다. 따라서 비슷한 광경을 보았을 이인직은 주민들에게 엄청난 피해를 주는 이런 행위가 일본이 내걸었던 문명 전쟁이라는 명목에 맞는 것인지 의문이 생겼을 수 있다. 〈혈의 누〉에서 일본군을 옹호하듯이 서술된 빈집 점령의 묘사가 나중에 덧붙여진 느낌을 준다는 점은 그것을 직접 목격했던 이인직이 그런 행세를 어떻게 인식하고 있었는지 파악하는 단서가 된다. 이인직은 빈집 점령이 전시국제공법에 의거한 행위라도 전적으로 긍정하지는 못했다고 볼 수 있다. 이 문제에 대해서는 4장에서 자세히 다루고자 한다.

빈집 점령뿐만 아니라 한국 남성들을 인부로 징발하는 임무에 대해서도 언급해야 한다. 일본인 병사의 회고록이나 미국인 종군 기자의 종군기에 따르면 일본군에 의해 역부로 징발된 한국인 남자들은 도망가지 못하도록 백의(白衣)의 어깨 혹은 이마나 볼에 원형이나 삼각형 또는 '전(電)'과 같은 한자가 그려졌고 채찍질도 가해졌다. 빈집 점령뿐만 아니라 한국인 인부에 대한 비인간적이고 가혹한 취급이나 강제 동원의 광경을 보면서 동포에 대한 횡포가 문명국의 처사로 보였을 리가 없다. 이인직은 일본의 근대성을 인정하여 한국이 일본을 본받거나 협조를 얻어 문명 개화를 이루어 내야 한다는 논리를 펴기 했지만 그 논리에 일본이 전쟁을 수행하기 위해 한국인의 삶을 희생시킬 수 있음을 포함시키진 않았을 것이다. 이런 의미에서 러일전쟁 종군은 이인직이 도쿄 유학 시절 청일전쟁의 미담을 들으면서 형성되었던 문명국 일본이라는 '우상'을 어느 정도 깨뜨리는 역할을 하였을 것이다.

군수 물자의 징발에 대해서는 이인직이 속해 있었던 일본 육군성 제1군 사령부에 법률 고문으로 종군했던 국제법학자 니나가와 아라타가 남긴 〈약탈과 징발의 법리(法理)〉라는 글에서 단서를 찾을 수 있다.

전시에 있어서 사유재산의 약탈과 사유재산의 권리적 징발이란 그 성질이 상당히 유사하며, 거기다가 현행법규에서는 전자를 엄금하고 후자를 허용하는데 나는 이것에 관하여 조금 의문을 가지고 있다. 나의 설(說)에 의하면 만약 약탈을 엄금한다면 징발 역시 엄금함이 적절하며 또 만약 징발을 허용한다면 약탈 역시 허용함이 가능함을 논리상에서 믿는 바이다.

요점은 전쟁터에서 공공연하게 수행되는 징발과 금지되어 있는 약탈은 성질이 아주 유사해 보이기 때문에 어느 한쪽을 허용하고 어느 한쪽을 금지하는 것이 타당하지 않다는 것이다. 일본인인 니나가와가 보기에도 약탈로 보일 수 있는 가혹한 징발이 한국인 이인직에게 어떻게 보였는지를 상상하기란 어려운 일이 아니다. 이처럼 러일전쟁 중에 일본군이 한국 영토를 진군하는 과정에서 빈집 점령, 인부 징발, 약탈 수준의 군수 물자 징발을 대대적으로 수행하였고, 이인직은 그런 모습을 목격하면서 일본이 주장하는 문명 교전이란 이념에 많은 의문을 가지게 되었을 것이다. 이런 경험이 일본에 대한 이인직의 사유와 한국으로 귀국한 뒤 전개한 다양한 활동, 저술하는 작품에 어떻게 반영되었는지를 살펴봐야 할 것이다.

한국에서는 대규모 전투가 벌어지지 않았던 러일전쟁에서도 민중들이 이만큼 고통스러웠다면 평양 시가지에서 전투가 벌어졌던 청일전쟁에서 지역 주민들이 받아야 했던 고통은 얼마나 무시무시한 것이었을까. 이인직이 〈혈의 누〉에서 본인이 종군했던 러일전쟁이 아닌 청일전쟁의 장면을 작품 서두에 배치한 것은 청일전쟁 이후 일본이 선전해 왔던 전시 국제공법 준수 방침과 문명 전쟁이라는 이념에 그가 의문을 품게 되면서 지역 주민들이 엄청난 희생을 치러야 했던 평양 전투에 다시금 관심을 갖게 되었기 때문이라고 추측할 수 있다.

전쟁 당사자 국가들에 의해 우리 국민에게 가해지는 피해에 대한 분노는 옥련 아버지인 김관일의 생각에 잘 나타나 있다. 청일전쟁의 평양 전투가 벌어진 날 새벽부터 총소리가 천지를 뒤집어 놓고 사면 산꼭대기들 가운데에 불비가 쏟아져서 김관일은 아내와 옥련과 함께 셋이서 피난길을 떠났는데 인파에 휩쓸려 가족을 잃어버리고 혼자 집으로 돌아온다.

화자는 김관일의 사고를 대신하여 서술하는 형식으로 황무지가 된 평양과 아울러 한국의 상황을 독백으로 한탄한다. 이 대목에서 김관일의 사고는 바로 화자의 사고이며 이인직의 사고를 반영한 것으로 보아도 무방하다. 그리고 김관일의 독백은 전쟁의 비참함과 타국 간 분쟁으로 인하여 자국이 전쟁터가 되었음에도 그것을 막아 주지 못했던 한국의 상황에 대한 작가의 위기감을 독자에게 전해 준다.

땅도 조선 땅이요, 사람도 조선 사람이라. 고래 싸움에 새우 등 터지듯이, 우리나라 사람들이 남의 나라 싸움에 이렇게 참혹한 일을 당하는가. (중략)
제 손으로 벌어 놓은 제 재물을 마음 놓고 먹지 못하고 천생 타고난 제 목숨을 남에게 매어 놓고 있는 우리나라 백성들을 불쌍하다 하겠거든, 더구나 남의 나라 사람이 와서 싸움을 하느니 지랄을 하느니, 그러한 서슬에 우리는 패가하고 사람 죽는 것이 다 우리나라 강하지 못한 탓이라. (중략)
범 같고 곰 같은 타국 사람들이 우리나라에 와서 감히 싸움할 생각도 아니 하도록 한 후이라야 사람도 사람인 듯싶고 살아도 산 듯싶고, 재물 있어도 제 재물인 듯하리로다.

인용문에서 일본군과 청군을 향한 직접적인 비판이나 증오를 찾을 수는 없지만 한국이 전쟁터가 되는 바람에 국민이 입은 엄청난 피해에 대한 분노는 감지할 수 있다. 이인직은 한국이 제3국끼리의 싸움으로 인해 전쟁터가 되었음을 세 번이나 반복하고 있다. 유사한 구절을 반복하는 것은 숨겨진 분노를 대신하는 표현 방법으로 볼 수 있다.

3. 한어통역으로 폭력과 유린의 당사자 되기

니체는 '괴물과 싸우는 사람은 자신이 그 과정에서 괴물이 되지 않도록 조심해야 한다.'고 했는데 이 말은 바꾸어 말하면 괴물과 싸우는 사람 역시 스스로 괴물이 되기 쉽다는 말이다. 일본군은 한국의 영토로 진군하면서 양식과 장비 등을 운반하기 위해 마을마다 상상을 초월하는 수치의 한국 남성들을 징발하였다. 이인직이 한어통역으로 일본 육군성 제1군에 종군했던 시기와 한국에서 제1군이 각각 마을에 병참사령부를 개설하여 한국 남성들을 징발한 시기가 1904년 3월 중순부터 동년 5월까지로 거의 일치한다는 점만으로는 단정할 수 없지만, 그가 이 징발 임무에 종사했을 개연성이 크다. 따라서 이인직이 맡았던 한어통역은 스스로 폭력과 유린의 가해자가 되어야 하는 일이었을 것이다. 적어도 〈미야코〉 신문의 동료 기자가 전해 주는 미담과는 전혀 다른 경험이었을 것이다. 스스로 괴물이 되어야만 수행할 수 있는 일이라면 그것을 소설로 창작하는 것은 '가해자'가 된 자신을 그려 내는 일이므로 작가가 내면적으로 승화시키는 과정이 필요하다. 그래서 끝난 지 오래 되지 않은 어떤 현실을 그려 내는 것은 쉽지 않았을 것이다. 또한 이인직에게 러일전쟁의 종군 경험이 〈혈의 누〉 창작의 직접적인 계기가 된 것은 분명해 보이나, 1906년 당시에 바로 소설 주제로 그려 내기에는 러일전쟁의 영향이 어디까지일지, 언제까지 파급될지 가늠할 수 없는 상황이었을 것이다. 러일전쟁 종군 경험이 자칭 문명국인 일본의 본성을 직접 목격할 수 있었던 장으로서 향후 그가 실천하는 모든 언행에 영향을 줄 만큼 결정적인 사건이었다는 점이 중요하다. 하지만 이인직이 러일전쟁 종군 과정을 통해 일본의 문명 교전 이념에 의문을 갖게 되었다면 한국으로 귀국한 뒤 행하는 일관된 친일 행위는 어떻게 설명해야 할지 문제가 된다. 이에 대한 분석에 앞서 당시 한국 민중과 지식인의 일본관이 어떤지 살펴봐야 한다.

4. 한국 국민의 반러 감정 및 친일과 반일

1905년 을사조약이 강제 체결된 이후 한국에서 '애국 계몽 운동'을 전개한 각종 단체와 매체는 반일과 친일 사이에서 헤매는 불안정한 모습을 보인다. 1896년 아관파천 이후 러시아에 대한 국민들의 감정이 급격히 악화되었기 때문이다. 한국은 1896년 10월에 군사 교관을, 1897년 9월에 재무 고문관을 러시아에서 초빙하였는데 그것이 국민들의 눈에는 정부가 러시아의 의도대로 굴러 가는 것처럼 보였다. 독립 협회는 만민공동회를 개최하여 군사 교관과 재무 고문관을 외국인에게 위탁하는 것이 2천만 동포의 치욕이라고 역설했다. 그리고 동년 9월에 고종 황제와 황태자의 독살 미수 사건으로 이전 러시아 공사관 통역이었던 김홍육(金鴻陸)이 체포되자 국민의 반러 감정은 한층 더 고조되었다. 이러한 반러 감정은 1900년대로 들어선 뒤 러일전쟁이 일어날 무렵까지 계속되었던 것으로 보인다. 황현(黃玹)은 1904년 2월 러일전쟁의 발발을 전후한 시기에 국민이 안고 있던 '러시아관'을 다음과 같이 기록하고 있다.

이때에 조야가 모두 생각하기를, '일본은 그대로 사람이지만 아국인(俄國人)은 곧 짐승이다. 만약 저들이 일본을 이기고 석권하여 남하한다면, 사람의 씨가 없어질 것이다.' 하고, 모두들 일본이 이기고 아국이 패하기를 기도하였다. 그래서 파견되는 일이 있을 때마다, 운송하는 수고를 마다하지 않았다. 그렇지만 이는 일본인들이 우리를 해치려는 마음을 품은 것이 선전포고하던 날부터였던 것을 알지 못할 것이다.

황현의 글은 감정이 드러나지 않는 담담한 어조로 일관되고 있지만, 사건의 본질을 예리하게 꿰뚫고 있으며 행간에 감추어져 있는 글의 긴장감에서 그가 일본뿐만 아니라 러시아에 대해서도 강한 경계심을 갖고 있었음을 알 수 있다. 또한 당대 대표적 2대 언론이었던 〈황성신문〉과 〈대한매일신보〉도 일본의 침략적 속성을 충분히 알면서도 러시아와 일본 두 나라 사이에서는 일본 편을 들어 주는 논지를 폈다. 1903년 10월 1일자 〈황성신문〉의 논설 〈일부득불전〉을 보면, 몇 가지 이유를 들면서 일본이 부득이 러시아와 싸울 수밖에 없음을 여러 번 논하고 있다. 이를 반복하여 강조한 것은 국민 사이에서 만연하던 반일 정서 못지않게 반러 정서도 존재했음을 시사한다. 〈대한매일신보〉 역시 '러시아보다 일본이 낫다는 상대적 선호 의식'을 갖고 있었다.

이렇게 반러 감정이 생겼던 것은 러시아가 한국의 국권을 대놓고 무시했기 때문이다. 황현의 《매천야록》에는 러시아가 이 시기 한국 영해에서 무허가로 고래잡이를 하고, 국경 지대에 제멋대로 전주(電柱)를 세우거나 무허가로 삼림 벌채를 하는 등 한국의 국권을 침해하는 행위를 반복하였다고 언급했다. 그리고 이런 행위가 저질러질 때마다 한국 정부가 즉각 항의하였음에도 러시아는 번번이 이를 무시하거나 역으로 한국 정부에 배상금을 요구하는 등 국가 간의 도리와 관습을 무시했다.

그러나 《매천야록》과 〈매일신보〉 〈대한매일신보〉의 '상대적 일본 선호 의식'은 한국과 동양의 미래를 위해 러시아보다 일본이 이기는 것이 낫다는 주장이라기보다 당시 지식인과 매체 모두 한국이 러일 간에 끼이면서 어떤 방향으로 나아가야 할지 판단하지 못한 결과로 해석된다. 러시아와 일본의 어느 한쪽을 배척하면 다른 한쪽이 세력을 확대할 것이 분명한 상황에서 한국의 지식인과 언론이 국가가 나아가야 할 길을 찾거나 제시하는 일은 무척 난감한 사안이었을 것이다. 1905년 11월에 한국이 일본의 보호국이 된 이후에도 각종 단체가 반일과 친일 사이에서 다양한 면모를 보여 준 것도 이러한 맥락에서 이해할 수 있다.

이인직이 종군을 마치고 귀국한 뒤 보여 주는 일관된 친일적 자세는 같은 시기 한국의 지식인과 언론이 지닌 불안정한 태도와 비교해 볼 때 특이한 것이었다.

Ⅳ. 이인직의 문명의 이념과 〈혈의 누〉

1. 전시국제공법 준수와 문명 이념의 형상화

이인직은 1903년 5월 5일자로 〈미야코〉 신문에 〈한국 신문 창설 취지서〉를 발표하였다. 이 취지서에서 한국이 문명 부강의 길로 나아가기 위해서는 동양의 문명국 일본에 호소하여 감응의 동정을 구하는 것이 급선무임을 역설하였고, 일본국 인인군자(仁人君子)를 향해 '그 동경을 찬성하여 문명의 감(鑑)을 보여 달라.'고 청했다. 이인직은 한국이 문명 부강한 국가가 되기 위해서 일본의 동정 곧 협조가 꼭 필요하다고 생각했다. 하지만 이 글이 쓰인 1년 후 1904년 4월 30일과 5월 1일에 러시아군과 일본군 사이에서 압록강 전투가 벌어졌고 이인직은 의주에 위치한 일본 육군 제1군 사령부에서 그 격전을 직접 목격했다. 더욱이 일본군이 한국 영토로 진군하는 과정에서 약탈적 수준의 징발을 목격하고, 한어통역의 임무로 징발에 스스로 나서야 했을 개연성에 대해 3장에서 이미 살펴본 바 있다. 이러한 경험을 통해 그가 종전에 갖고 있었던 '대일 의지적인 정서'에도 미묘한 변화가 생겼을 것이다. 4장에서는 이인직의 〈혈의 누〉에서 일본의 문명 전쟁 이념과 관련 있는 몇 가지 내용을 대조하여 분석함으로써 〈혈의 누〉와 그런 이념이 어떤 관계를 갖고 있는지 검토해 보고자 한다.

이인직의 〈혈의 누〉가 청일전쟁의 평양 전투 장면으로 시작하는 것에 대해 많은 해석이 이루어져 왔다. 그러나 청일전쟁 과정에서 일본이 서구 국가들에게 문명국으로 인정받으려고 애썼다는 점과 그런 일본이 보여 준 모습들을 이인직이 〈혈의 누〉 곳곳에서 형상화하고 있다는 점은 충분한 검토가 이루어지지 않았다. 〈혈의 누〉에서 이인직이 전달하려 했던 신사상은 등장인물들의 언행을 통해 독자들에게 직접적으로 제시되고 있다. 하지만 일본이 스스로 문명국임을 인정받기 위해 애쓴 모습들은 〈혈의 누〉 안에 여러 번 형상화되어 있음에도 현대인의 통념에서는 당연한 일이거나 대일 옹호적인 서술에 불과한 것처럼 느껴져 어떤 의미가 부여되어 있는지 놓치기 쉬웠다. 그 형상화는 '전쟁터에서 부상한 지역 주민 구호하기' '무기에 독물 사용하지 않기' '소형 탄환 사용으로 불필요한 고통 주지 않기' '군 위생부대의 적십자 휘장 사용하기' 등으로 정리해 볼 수 있다. 이들은 모두 1864년 스위스에서 제네바 조약이 체결된 이후 전쟁터에서 실시된 '인도적 구호'가 문명과 굳게 연결되면서 국제적으로 새로운 흐름으로 부상한 것과 관계가 있다. 일본은 1866년 제네바 조약에 가맹한 이후 문명국을 지향하여 청일전쟁과 러일전쟁에서 전시국제공법, 곧 제네바 조약 및 관련 조약 준수에 큰 주의를 기울였다. 1894년 청일전쟁에서 모든 병사에게 인쇄물로 훈시를 내려 조약의 취지와 준수 필요성을 전달했으며, 각 군의 사령부마다 국제법학자를 두 명씩 종군하게 하였다. 그러므로 이인직도 제1군 사령부에 소속되어 있으면서 두 명의 국제법학자가 전쟁터 현실에 입각하여 실천적으로 국제공법을 해석하는 것과 제1군이 임무 수행에 법을 어떻게 적용시키는지 모두 목격했을 것이다. 또한 올바른 해석과 적용으로 전시국제공법을 준수하는 것이 일본이 문명국으로 인지되기 위한 길이라는 이념을 종군 과정 내내 들었을 것이다.

2. 청일전쟁과 부상 주민의 구호

이 부분에서는 일본군이 청일전쟁에서 지역 주민이 부상당한 경우 국제공법을 참고하여 어떻게 대처했는지 살펴보고자 한다.

인용문은 청일전쟁과 러일전쟁 모두에 법률 고문으로 종군했던 일본인 국제법학자 아리가 나가오의 저서 《일청전역국제법론》에 실린 〈부상주민(負傷住民)의 구호〉의 일부분이다.

금주(金州)의 포격은 주민에게 저대(著大)한 피해를 입힌 것은 아니었다고 해도 역시 유산탄(榴散彈)으로 인해 다소의 부상자가 생겼다. (중략) 이미 죽은 자는 어찌할 방도가 없다. 그러나 부상자는 신속히 구호해야 한다. 그러므로 우리 군은 제1사단의 위생대(衛生隊)를 가지고 북문 밖 사원 안에 두 개의 야전병원을 개설하여 일본군의 부상자를 치료하는 동시에 적군의 부상자 및 금주성 주민의 부상자를 구호하였다. 이것이 세계의 최문명국(最文明國)의 처치라기에 부끄럼 없는 하나의 미사(美事)임은 의심의 여지가 없다. 우리 헌병은 말할 것도 없고 보통의 장교하사(將校下士)에 이르기까지 인민이 부상당한 것을 보면 바로 야전병원의 한쪽에 보내어 치료를 받게 하고 보행하기가 어려운 자가 있으면 바로 의원 혹은 간호장을 출장시켜 구호하게 하였다. (중략) 일본 군대에서는 군의 및 군의 간호장 간호수에 이르기까지 모두 적십자의 비장(臂章)을 달아 놓고 있었다.

1894년 11월 6일에 일본 육군의 제2군은 요동반도 남쪽에 위치하는 금주성을 점령했는데 인용문은 그 과정에서 발생한 부상자에 대한 서술이다. 여기서 일본군은 아군, 적군 지역 주민을 가리지 않고 부상당한 이들을 모두 구호하여 치료한 것으로 되어 있다. 그리고 아리가는 인용문이 게재된 《일청전역국제법론》을 저술한 목적이 '일청 전역에서 적(敵)은 전율(戰慄)을 무시하였음에도 불구하고 아군은 문명 교전의 조교(條規)에 준거했던 사실을 상세하게 구주(歐洲)의 국제법학자에게 전하고자' 함이었다고 서두에서 밝혔다. 그는 이 책을 1896년에 먼저 프랑스어로 쓰고 나서 일본어로 번역했다. 이것은 일본이 청일전쟁에서 국제공법을 준수하여 문명국의 면모를 유지했다는 '자기 평가'를 '구주의 학자 사회에서 지대한 세력을 가지는' 프랑스 학사 회원(學士會院)의 회원인 국제법학자에게 전달하여 인정받으려는 의도였다고 볼 수 있다. 그러므로 인용문에 서술되어 있는 사항은 저자가 관찰한 것으로 사실로 볼 수는 있으나 미화와 과장이 섞여 있을 개연성이 있다. 더욱이 일본은 전시국제공법의 본고장인 서구에서 생각하는 인도주의적 구호 활동의 표준을 넘어서는 수준으로 구호를 실시함으로써 일본이 문명국이라는 인상을 확실히 남기려고 하였다. 또한 일본은 청일전쟁에서 명분상으로는 국제공법을 준수하기 위해 노력하고, 청국에 대해서는 제네바 조약의 가맹국이 아니었으므로 국제공법을 무시했다고 비난하였다. 그리고 이 차이를 일본은 문명국과 비문명국의 차이로 파악하고 대내외적으로 선전하였다.

3. 문명 이념과 〈혈의 누〉의 옥련 구호

이인직은 1906년 7월 22일부터 10월 10일까지 〈혈의 누〉를 연재했고 1907년 3월 17일에는 그것을 단행본으로 묶어서 간행했다. 이 책에 나온 '전쟁터의 지역 주민 옥련 구호'의 장면은 아래와 같다.

당초에 옥련이가 피란 갈 때에 모란봉 아래서 부모의 간 곳 모르고 어머니를 부르면서 발을 동동 구르다가 난데없는 철환 한 개가 넘어오더니 옥련의 왼편 다리에 박혀 넘어져서 그날 밤을 그 산에서 목숨이 붙어 있었더니, 그 이튿날 일본 적십자 간호수가 보고 야전병원(野戰病院)으로 실어 보내니 군의(軍醫)가 본즉 중상은 아니라. 철환이 다리를 뚫고 나갔는데 군의 말이, '만일 청인의 철환을 맞았으면 철환에 독한 약이 섞인지라 맞은 후에 하룻밤을 지냈으면 독기가 몸에 많이 퍼졌을 터이나, 옥련이 맞은 철환은 일인의 철환이라 치료하기 대단히 쉽다.' 하더니, 과연 삼 주일이 못 되어서 완연히 평일과 같은지라.

평양 전투 와중에 유탄(流彈)에 맞아 부상당한 옥련이 일본군에 의해 구출되는 이 장면은 옥련이 일본에 건너가고 미국으로 유학 가는 계기라는 점에서 서사의 전환점이자 주인공의 운명을 크게 바꾸는 중요한 장면이다. 이 장면에서 주목해야 할 점을 몇 가지로 정리해 보면 다음과 같다. ① 부상병이 아닌 지역 주민 옥련이 일본군에 의해 구호를 받았다는 점, ② 적십자 간호사가 옥련을 발견하여 야전병원으로 데리고 갔다는 점, ③ 일본군의 총탄에는 독물이 사용되지 않았다는 점. 이 세 장면의 공통점은 전시국제공법, 곧 제네바 조약의 취지에 다 포함된다는 것이다.

1864년 스위스 제네바에서 체결된 제네바 조약의 정식 명칭은 '전지군대(戰地軍隊)에 있어서의 부상자 및 병자의 상태 개선에 관한 조약'이다. 그리고 제6조에는 '부상을 당하거나 질병에 걸린 군인은 어느 나라 속적(屬籍)인지를 불문하고 접수하여 간호해야 한다.'는 문구가 명시되어 있다. 이 제네바 조약은 이탈리아 통일 전쟁의 솔페리노 전투에서 부상병의 참상을 목격하고 스스로 구호 활동에 종사했던 스위스인 앙리 뒤낭의 제창으로 1864년에 체결되었다. 그리고 뒤낭 이전에도 19세기 서구 국가들이 치른 전쟁의 현장에서 이미 인도주의적 사상에 입각한 구호 활동이 이루어지고 있었다. 나폴레옹 전쟁 이후 징병제가 일반화되면서 많은 일반 국민이 병사로 참전해야 했고, 이와 함께 언론이 발전되면서 전사자와 부상병의 소식이 각국 국내로 전해져 각국 정부는 구호에 신경을 쓸 수밖에 없었다. 이와 같이 19세기 서구 국가에서 일어난 인도주의 사상의 흐름과 각국의 국민군끼리 싸우는 전쟁이 일반화되면서 '전쟁과 전쟁터의 인도화' 또는 '전쟁의 문명화'가 중요한 이념으로 떠올랐다. 이런 흐름에 따라 일본은 전시국제공법을 준수하여 인도주의적으로 전쟁을 치름으로써 문명국의 일원으로 인정받을 수 있는 기회로 청일전쟁을 택했을 것이다.

같은 맥락에서 〈혈의 누〉를 다시 보면 옥련 구호 장면은 문명국으로서 일본의 측면을 독자에게 보여 주기 위해 이인직이 설정해 놓은 장치임을 쉽게 알 수 있다. 적십자나 간호사, 야전병원, 군의 등의 어휘는 현대인의 시각에서 본다면 특별히 낯선 단어가 아니지만, 청일전쟁 당시에는 어휘가 새롭거나 낯선 개념으로 독자에게 읽혔을 것이다. 그리고 이 어휘들은 아리가가 썼던 〈부상 주민의 구호〉와 〈혈의 누〉에서 거의 비슷하게 나타난다.

아리가가 저술한 《일청전역국제법론》과 《만국전시공법》도 이인직의 〈혈의 누〉에 어느 정도 영향력을 미친 것으로 보인다. 《일청전역국제법론》은 종군 과정에서 관찰한 일본의 군사 행동의 실제 사례를 국제공법에 비추어 분석한 책이며, 《만국전시공법》은 '전시공법의 원칙과 역사'로 시작하여 프로이센·프랑스 전쟁이나 크림 전쟁과 같은 19세기에 치러진 '구미근시(近時) 전쟁의 실례'를 1864년의 제네바 조약과 1868년의 상트페테르부르크 선언 등의 국제공법에 근거하여 해설한 책이다. 도쿄정치학교에서 아리가가 어떤 자료를 교재로 삼아 강의했는지는 확인할 수 없지만 주목받고 있던 두 권의 저작을 저자 스스로 강의에서 사용했으리라고 충분히 짐작해 볼 수 있다. 그리고 이인직 역시 한국이 문명 국가가 되기 위한 방도를 여러모로 모색하고 있었기 때문에 아리가의 강의에 깊은 관심을 보였을 것이다.

이인직은 청일전쟁에서 일본이 내걸었던 전시국제공법 준수로 '문명국으로 인정받기'라는 이념을 부상당한 지역 주민 옥련 구호하기를 통해 형상화했고, 그 과정에서 아리가가 서술한 《일청전역국제법》의 〈부상 주민의 구호〉라는 절을 중심으로 상당 부분 참고했다고 볼 수 있다. 구체적으로 살펴보면, 첫째 〈혈의 누〉에 그려져 있는 '옥련 구호하기'의 서사 구조가 〈부상 주민의 구호〉에서 일본군이 지역 주민을 구호한다는 내용과 유사성을 보인다는 점, 둘째 앞서 언급한 것처럼 전쟁터에서 부상당한 지역 주민을 구호해야 한다는 국제공법의 인도주의적 이념과 관련된 어휘들이 공통적으로 나타난다는 점, 셋째 일본이 인도주의적 이념을 실천하기 위해 천황의 선전 조서나 육군 대신의 훈시를 통해 전시국제공법 준수의 필요성을 군대뿐만 아니라 온 국민에게 선전했다는 점 등을 참고 증거로 들 수 있다.

또한 〈혈의 누〉에서 정상 소좌가 옥련에게 설명하고 있듯이 일본군의 총탄에는 독물이 상용되지 않았다는 점과 일본군의 총탄이 옥련의 몸속에 남지 않고 다리를 뚫고 나갔다는 점에서 《만국전시공법》과의 구체적 관련성도 지적할 수 있다. 아리가는 《만국전시공법》에서 독물 및 맹수 사용의 금지와 불필요한 상해를 입히는 병기의 금지라는 제목의 절을 마련하여 '상트페테르부르크 선언'과 '브뤼셀 선언'의 해당 항목과 연관하여 자세히 설명하고 있다. 상트페테르부르크 선언은 제네바 조약의 정신을 확충하여 전쟁에서 병사에게 불필요한 고통을 주는 발사물의 사용을 금지하는 목적으로 소집된 것이었다. 그리고 브뤼셀 선언은 13조에서 독물 및 독을 포함한 병기를 사용하는 것과 불필요한 참해(慘害)를 입히는 병기, 총탄, 물질 및 1868년의 상트페테르부르크 선언에서 금지된 발사물을 사용하는 것을 금지 사항으로 명시하고 있다. 정상 소좌가 유탄을 맞아 부상당한 옥련을 구호하는 장면이 이인직의 친일적 정서가 묻은, 일본을 찬양하는 장면임은 분명하다. 그 저변에는 문명국 일본은 문명국답게 불필요한 상해를 입히는 병기를 사용하지 않는다는 이념이 자리 잡고 있는 것이다. 또한 옥련이 만일 '청인의 철환을 맞았으면 철환에 독한 약이 섞인지라'라고 서술하는 장면은 청일전쟁 당시 제네바 조약의 가맹국이 아니어서 국제공법을 준수하지 않았던 청국에 대한 비판이다. 동시에 국제공법을 준수하는 문명국 일본에 대비시켜 청국을 비문명국 혹은 야만국으로 몰아넣는 도식이기도 하다.

전시국제공법에 입각하여 총탄에도 문명의 정신을 불어넣으려고 애썼던 일본은 러일전쟁 과정에서도 그 사실을 널리 알리고 인정받고자 애쓴 것처럼 보인다. 아래 인용문은 러일전쟁에서 이인직이 소속해 있던 육군성 제1군 사령부에 국제법 고문으로 종군한 국제법학자 니나가와 아라타의 글이다.

우리 군은 늘 문명국군(文明國軍)으로서 행동을 충실히 수행함을 약속하는 고로 ① 독물 및 독을 쓴 무기를 사용한 적이 없고 (중략) ⑤ 불필요한 참해를 입히는 무기 탄약 혹은 물질은 사용한 적이 없고 (중략) 우리 군이 사용한 소총탄은 가장 자선적(慈善的)인 것으로 적국 군의가 인정하는 바로다.

그리고 니나가와는 일본군 총탄에 대한 외국 언론의 기사를 소개하면서 그 문명의 정신을 선전하는 데에 여념이 없다.

아군이 사용하는 총탄이 얼마나 문명적인가를 증명하기 위해 좌(左)에 명치 37년(1904년) 8월 25일자 영국 데일리 텔레그래프(daily telegraph)신문의 기사 일절(一節)을 싣는다.
일본의 소총탄 : 일본군은 전쟁터에서 적군에 대하여 인도(人道)를 나타냈다. 러시아군 의관(醫官)의 말에 따르면 일본군의 소총탄은 전혀 무해라고 할 수는 없더라도 거의 무해라고 할 수 있다고 한다. (중략) 일례를 들자면 전에는 죽었던 사상(死傷)도 오늘날에는 며칠 만에 전쾌(全快)되어 병고(病苦)를 잊는다. (중략)
카자크 및 캅카스인은 일본군이 아주 작은 총탄을 사용하는 것을 기뻐하였다. 이와 관련하여 사관과 병졸의 담화가 있다. (중략) 사관이 당신은 어디를 맞았는가 하고 물으니 병졸은 어깨와 팔과 다리를 보여 주며 또 등에 두 곳이 있음을 답하였다. 그러면 몸속에 머문 것이 몇 개 있느냐는 물음에 병졸은 머문 것이 하나도 없고 일본의 총탄은 모두 관통한다고 (후략)

실제 러일전쟁에서 일본군이 사용한 총탄은 경량화되고 구경(口徑)이 축소된 피갑탄(被甲彈)이었는데, 이것은 일본군이 아주 작은 총탄을 사용하고 모두 관통한다는 인용문의 언급과 일치한다. 일본군의 총탄이 문명적임을 역설하는 그의 표현이 꼭 과장된 것은 아님을 알 수 있다.
니나가와의 언급은 러일전쟁에 대한 것이어서 청일전쟁을 배경으로 한 〈혈의 누〉와의 연관성에 대해서는 신중할 필요가 있지만, 철환이 다리를 뚫고 나가 며칠 만에 완쾌되었다는 옥련 구호하기 장면의 구절과 비교해 보면 니나가와의 언급과 흡사함을 알 수 있다. 그리고 위 인용문이 실린 니나가와의 저서 《구로키군(軍)과 전시국제법》은 1905년 8월에 나온 책으로 이인직이 〈만세보〉에 〈혈의 누〉를 발표하기 10개월 전이다. 이런 정황을 고려하면 문명 전쟁의 이념을 부각시키기 위해 일본이 러일전쟁에서 적극 도입한 새로운 총탄의 특성을 이인직이 〈혈의 누〉에서 차용하여 형상화했을 가능성이 크다.

〈혈의 누〉에서 옥련은 정상 소좌가 전사함으로써 정상 부인의 냉대라는 또 다른 시련을 맞이하는데, 이 장면에는 작품의 사실성과 문명국 일본과 비문명국 청국이라는 도식을 보여 주는 장치가 존재한다.

설자가 호외를 들고 보다가 쌍긋 웃더니 그 아래는 자세히 보지 아니하고 하는 말이,
"아씨, 이것 좀 보십시오. 요동반도가 함락이 되었습니다. 아씨, 우리 일본은 싸움할 적마다 이기니 좋지 아니하옵니까. 에그, 우리나라 군사가 이렇게 많이 죽었나. 아씨, 이를 어찌하나. 우리 댁 영감께서 돌아가셨네. 만국공법(萬國公法)에, 전시에서 적십자기(赤十字旗) 세운 데는 위태치 아니하다더니 영감께서는 군의시언마는 돌아가셨으니 웬일이오니까."

옥련이 일본에 간 지 반 년이 못되어 정상 소좌의 부고를 듣게 되었는데, 이때의 사건은 실제 역사와 비슷하다. 역사적으로 청일전쟁에서 요동반도 함락이 1895년 3월 9일의 일이고, 평양 전투는 1894년 9월 15일의 일이었으므로 반 년 뒤에 요동반도가 함락된다는 설정은 작품의 사실성을 더해 준다.

1864년 체결된 제네바 조약에서 국적을 불문하고 병상병을 구호해야 한다는 제6조가 전체의 기반이 되는 인도주의 사상을 표방한다면, 군의를 위시한 모든 구호 요원의 중립과 보호와 적십자 표장의 사용 등을 명시한 몇 조항들은 이 사상을 실천하기 위해 필요한 조건들을 구체적으로 서술하고 있다. 적십자기가 세워진 곳에서 임무를 수행하는 군의 정상 소좌는 평양 전투의 장면에서 부상당한 옥련을 보호해 주는 구원자이자 옥련이 일본과 미국으로 가는 길을 열어 주는 안내자였다. 그리고 옥련이 당대 한국의 현실을 상징하는 존재라면, 옥련을 구호하는 정상 소좌는 한국이 개화의 길로 나아가도록 도와주는 일본을 상징하는 존재이다. 옥련과 정상 소좌에게 부여된 이런 속성은 당대 일본이 추진했던 '한국 보호론'의 논리를 인정하고자 하는 이인직의 사고를 반영한 것이다. 또한 적십자기를 향해 공격이 가해지고 정상 소좌가 전사한다는 서사는 교전 상대국을 비문명국으로 간주하여 일본을 문명국으로 부각시키려는 장치라고 할 수 있다.

4. 일본의 위선적 속성과 이인직의 사유

김동인(金東仁)은 1932년 〈조선근대문예〉라는 제목의 글을 일문(日文)으로 발표했는데 거기서 '조선 근대 문학의 선구'로 이인직을 거론하면서 아래와 같이 서술했다.

씨(이인직, 논자 주)의 처녀작이 출판된 연대는 기억에 없다. 필자들이 어린 시대여서 적어도 30년이나 될 것이다. (중략) 거장 국초는 사표(師表)도 없고 문제도 없이 서거했다. 씨의 소설은 한가한 부인들이 언해피엔드(unhappy end)인 까닭에 혀를 차면서 읽었을 뿐 청년들 사이에서는 일고(一顧)되지도 않았다. 시대가 너무나도 일렀기 때문이다.

1900년생인 김동인은 이인직의 〈혈의 누〉가 〈만세보〉에 연재된 때에는 어려서 기억이 없다는 이유를 들어 《귀의 성》을 회상하여 들려준 기억을 되살리고 있다. 그러므로 이인직의 소설이 '청년들 사이에서는 일고(一顧)되지도 않았다.'는 말은 《귀의 성》에 한정된 것으로 이해될 수 있다. 하지만 〈조선근대문예〉는 김동인이 이인직을 이광수나 최남선 등 현대 문학 초창기의 대표 작가와 함께 개략적으로 거론하는 글이므로 이인직의 다른 작품에도 해당되는 지적일 수도 있다.

이인직은 일본이 청일전쟁에서 문명국임을 인정받으려는 뚜렷한 의식을 갖고 있었던 것을 인식하고, 이를 토대로 일본군이 실천하는 피란민 옥련의 인도적 구호를 〈혈의 누〉의 중심에 두었다. 그리고 전쟁터에서 부상당한 지역 주민의 구호는 문명 교전을 내걸었던 일본군에게 필수적인 임무로 간주되었고 전쟁 시작 전부터 대내외적으로 거듭 선전되었다. 그러나 그런 명분과는 다르게 실제 전쟁터에서는 약탈적 수준의 징발이 실시되어 우리 국민들은 그 혹독함에 시달려야 했다.

전시국제공법의 준수와 관련하여 이인직은 〈혈의 누〉에서 일본군 병사가 전장에서 피란 가고 사람 없는 집을 점령하는 행위를 전시국제공법에 의거한 정당한 조치로 묘사하고 있다. 그런데 서사의 중심을 이루는 옥련 구호하기 역시 전시국제공법의 인도주의를 전형적으로 형상화한 장면임에도 빈집 점령 장면과는 달리 전시국제공법에 의거한 행동임을 따로 명시하고 있지 않다. 옥련 구호하기 장면에서 그것이 공법에 의거한 행동임을 알려 주는 장치는 적십자 간호사나 독한 약이 섞이지 않은 일본군 총탄 등 몇 개밖에 없으며, 그것도 적십자라는 식별 표장의 의미와 전시국제공법의 근본적 사상을 아는 독자에게만 전달

될 뿐이다. 여기서 우리는 한국과 일본의 현실을 바라보는 이인직의 냉정한 시선을 느낄 수 있다. 옥련 구호하기 장면은 이인직이 문명국으로 인정받고자 하는 일본의 이념을 충분히 인식하면서도 현실적으로 한국의 입장에서는 그것이 결코 문명국답거나 인도주의적인 행동으로 볼 수 없다는 것을 간파한 결과로, 이인직의 현실주의자로서의 예리한 감각을 보여 주는 것이다. 빈집 점령은 전시국제공법이라는 면죄부가 명시되어 있지 않으면 일본군이 저지른 흉악한 일로 한국 독자에게 여겨졌을 것이다. 따라서 일본의 협조를 얻어 한국이 문명 개화를 이뤄야 한다고 주장했던 이인직은 한국 국민이 갖고 있던 반일 정서가 장해가 될 것을 염려하였다. 그래서 빈집 점령이 당대에 아직 새로운 개념이었던 전시국제공법에 의거한 행위라는 해명은 이인직 입장에서 당연히 서술해야 할 것이었다. 하지만 전쟁터의 지역 주민 구호는 전쟁의 당사자 국가가 아닌 한국의 입장에서는 당연히 이루어져야 할 일이었다. 따라서 옥련 구호를 인도주의나 문명국이라는 이념과 함께 공법 준수에 해당하는 행위라고 명시했다면 한국 독자에게는 위선적인 행위로 비춰질 수밖에 없었다. 옥련을 구호하는 장면에서 그것이 전시국제공법 준수에 해당하는 행위임을 명시하지 않음으로써 이인직은 한국 국민이 엄청난 희생을 치러야 하는 전쟁에까지 문명국으로 인정받고자 하는 일본의 자세에 대해 소극적이나마 비판을 가하고 있다. 여기서 이인직은 한국과 일본 사이에 서면서 잃은 것 하나 없이 하고 싶은 말을 다 하고 있는 것처럼 보인다. 이처럼 이인직이 주도면밀한 현실적 정치 감각을 갖고 있었다고 본다면, 러일전쟁 종군 이후 한일합방에 이르기까지 이인직이 실천했던 다양한 활동과 철저하게 친일적인 태도도 이해할 수 있다.

여기서 또 따져 보아야 할 것이 제네바 조약을 위시한 전시국제공법은 근본적으로 전쟁의 당사자 국가만의 논리라는 점이다. 지역 주민 구호를 인도주의에 입각한 행위라고 강조하는 것은 위선적인 일로 보일 수 있다. 하지만 1864년 제네바 조약이 체결되기 전까지만해도 전쟁터에서 발생하는 부상병은 물론 부상당한 지역 주민은 중립을 확보하지 못한 위험한 구호 환경과 열악한 위생 시설 등으로 인해 방치되기 일쑤였다. 제네바 조약은 이런 참혹한 전쟁은 일어나기 마련이라는 생각을 전제로 성립된 것이다. 뒤낭은 앞서 언급했던 《솔페리노의 회상》에서 다음과 같이 서술하고 있다.

어쨌든 진보나 문명에 대해서 그처럼 자주 이야기하고 있는 이 시대에 있어서 불행히도 전쟁을 전적으로 피할 수는 없기 때문에 인도주의와 진정한 문명 정신에 입각하여 전쟁을 방지하거나 적어도 전쟁의 공포를 감소시키기 위하여 애써야 된다고 주장하는 것이야말로 긴급한 일이 아니겠는가?

뒤낭의 언급은 돌려 생각하면 전쟁의 부정적인 측면을 들어 인도주의나 문명이라는 이념을 비판하는 목소리가 이전부터 존재했음을 시사한다. 어떻게 보면 이인직의 생각에도 이것과 비슷한 점이 있었다. 아무리 문명국 일본이라도 청일전쟁과 러일전쟁에서 한국 국민에게 엄청난 피해를 주면서도 그들을 구호하는 일을 가지고 인도주의니 문명국이니 하는 것은 한국 역사상 대표적 친일파 인물로 꼽히는 이인직에게도 탐탁지 않은 일이었을 것이다. 이인직에게 '전시국제공법의 준수가 문명국의 의무'라는 명제가 탐탁지 않았던 다른 이유는 당시 전쟁을 벌일 능력이나 의지가 없었던 한국에게는 공법을 준수하여 문명국으로 인정받는다는 방법 자체가 아예 필요가 없었기 때문이다. 1907년 당시의 한국이 일본의 그것과 맞먹는 군사력을 소유하는 것은 이인직의 눈에는 너무나도 어려운 일로 보였을 것이다. 막강한 군사력을 소유하지 못하면 전쟁을 일으키는 것 역시 어려울 것이며, 전쟁의 수행을 전제한 전시국제공법 준수의 이념도 당시 한국 정황에 비추어 볼 때 무의미해 보였을 것이다.

그리고 공법을 준수함으로써 문명국으로 인정받고자 했던 일본은 1894년과 1904년에 군사력을 앞세워 한국과 강제적으로 '조일공수동맹조약'과 '한일의정서'를 체결했다. 그런데 만약 이들 역시 2개국간의 전시국제공법이었다고 본다면 이것은 '공법주의'가 낳은 폐해이자 일본이 그런 풍조를 악용한 사례다. 조약을 체결해서 법적으로 일을 처리했다고 하더라도 상대에게 칼을 들이대면서 조약에 서명하라고 협박했다면 그것은 문명국다운 행위라고 할 수 없다.

〈혈의 누〉를 읽은 청년들이 작품 이면에 담겨 있는 문명국 일본의 위선적 이념과 친일의 정서를 알아차렸다는 가정 아래, 그들이 〈혈의 누〉를 '일고'하지도 않은 이유는 쉽게 짐작된다. 따라서 김동인이 〈조선근대문예〉에서 언급했던 이인직의 작품에 대한 당대 독자들의 반응은 《귀의 성》뿐만 아니라 〈혈의 누〉를 포함한 다른 작품에도 해당된다고 보여 앞으로의 연구를 통해 상세히 검토해 볼 필요가 있다.

V. 결론

　이인직은 〈혈의 누〉에서 청일전쟁의 평양 전투를 무대로 부상당한 지역 주민 옥련을 일
본군 군의 정상 소좌가 구호한다고 그림으로써, 청일전쟁과 러일전쟁에서 일본이 내걸었
던 전시국제공법의 준수가 서구 국가로부터 문명국으로 인정받는 길이라는 이념을 형상화
하였다. 이와 같은 일본의 이념을 이인직은 일본 유학 시절에 접하였을 것이다. 그것은 청
일전쟁 시작 이후 일본 당국이 문명 전쟁이라는 이념을 대내외적으로 널리 선전하였으며,
그가 다녔던 도쿄정치학교에서 전시국제공법의 교과목이 마련되어 있었다는 점에서 추측
할 수 있다. 특히 도쿄정치학교에서는 당시 일본에서 전시국제공법 연구의 1인자였던 국제
법학자 아라가 나가오가 강사로 근무하고 있어 이인직이 그의 강의를 직접 들었을 개연성
도 있다.

　이인직은 1903년 5월 〈미야코〉 신문에 〈한국 신문 창설 취지서〉를 발표하여 한국은 일
본의 협조를 얻어 문명 개화를 이룩해 내야 한다고 역설하였다. 하지만 1904년 러일전쟁
에 종군하면서 그런 자세에 미묘한 변화가 생겼다. 그는 종군 과정에서 일본군이 한국인
주민을 상대로 인부 및 군수 물자의 징발을 가혹하게 실시하고 빈집을 함부로 점령하는
등 횡포를 일삼는 광경을 목격했을 것이다. 그러면서 일본의 문명 전쟁 이념을 의심할 수
밖에 없었겠지만, 군사력에 있어서도 이미 문명국 수준의 막강한 실력을 소유한 일본에
대해 오래전부터 일본을 옹호하는 언행을 거듭해 왔던 이인직으로서는 태도를 바꾸기에
는 늦은 감이 있었다. 그래서 일본의 협조 없이 독자적으로 문명 개화를 이룩하기에는 아
직 한국의 실력이 미흡하다는 것이 그가 현실적 정치 감각을 통해 도출해 낸 결론이었을
것이다. 이런 측면에서 1904년 5월에 러일전쟁의 한어통역에서 해고된 후 1910년의 한일
합병에 이르기까지 그가 취했던 일관된 친일적 태도도 이해가 된다. 일본의 군사력을 직
접 목격한 그는 일본에 대한 무력 투쟁에 힘을 쏟는 것이 한국의 문명 개화를 이룩하기 위
한 건설적인 방법이라고 생각하지 않았기 때문에 의병에 대해 철저히 부정적인 견해를 보
인 것 같다.

　이와 같은 견해를 토대로 〈혈의 누〉를 분석하면 이 작품은 일본이 청일전쟁과 러일전쟁
에서 적극 선전했던 문명 전쟁의 이념을 전형적으로 형상화한 장면이 핵심이라고 할 수 있
다. 정상 군의가 피란민 옥련을 구호하는 장면은 전쟁터에서 국적 여하를 불문하고 부상자
를 구호해야 한다는 전시국제공법의 근본이념을 그대로 형상화한 것이다. 또한 〈혈의 누〉

에 나타나는 적십자 간호수, 야전병원, 군의 등의 어휘는 모두 전시국제공법의 이념을 드러내는 장치들이다. 일본군이 사용한 총탄에는 독물이 사용되지 않았고 그것이 옥련의 다리를 뚫고 나갔다는 설정 역시 적군에게 불필요한 고통을 주지 말아야 한다는 전시국제공법의 이념을 구체화한 장면이다.

그런데 이인직은 〈혈의 누〉에서 주민이 피란 간 빈집을 일본군이 점령하는 장면에서만 그것이 전시국제공법에 준거한 행위임을 명시하고, 부상 주민 옥련을 구호하는 장면에서는 공법의 이념을 전형적으로 형상화한 장면임에도 불구하고 그것을 명시하지 않고 있다. 빈집 점령 장면에서 전시국제공법에 의거한 행동이라고 명시한 것은 독자가 그것을 일본군이 저지른 흉악한 행위로 간주하는 것을 막아 일본군의 행위를 옹호하고 있는 것이다. 그리고 옥련을 구호하는 장면에서 전시국제공법에 의거한 행위로 명시하지 않은 이유는 그 내용을 명시했을 때 오히려 독자가 구호의 주체인 일본에 대해 위선이나 오만함을 느낄 수 있기 때문이다. 굳이 명시하지 않음으로써 한국 독자의 반감을 사지 않도록 했다는 점에서 이 역시 일본을 옹호한 것이다. 그러나 한국 독자에게 문명국 일본의 이념을 정확하게 전달하지 않았을 수도 있다. 이것은 일본의 위선과 오만함에 대하여 의심을 가질 수밖에 없었던 이인직이 소극적이나마 비판적 자세를 나타낸 것으로 볼 수 있다.